IM SCHATTEN DER ZYPRESSEN

Andrea Süssenbacher, geboren 1988 in Klagenfurt am Wörthersee, fühlt sich schon seit Kindheitstagen magisch von der Schönheit Italiens angezogen. Sie lebte und arbeitete eine Zeit lang in Friaul, ehe sie zum Germanistikstudium nach Österreich zurückkehrte. Aktuell lebt und arbeitet sie in Klagenfurt.

ANDREA SÜSSENBACHER

IM SCHATTEN DER ZYPRESSEN

Kriminalroman

emons:

Bibliografische Information der Deutschen Nationalbibliothek
Die Deutsche Nationalbibliothek verzeichnet diese Publikation in der Deutschen Nationalbibliografie; detaillierte bibliografische Daten sind im Internet über http://dnb.d-nb.de abrufbar.

MIX
Papier aus verantwortungsvollen Quellen
FSC® C083411
FSC
www.fsc.org

Umschlagmotiv: Jaroslaw Pawlak/photocase.de
Umschlaggestaltung: Nina Schäfer, nach einem Konzept von Leonardo Magrelli und Nina Schäfer
Umsetzung: Tobias Doetsch
Gestaltung Innenteil: César Satz & Grafik GmbH, Köln
Lektorat: Marit Obsen
Druck und Bindung: CPI – Clausen & Bosse, Leck
Printed in Germany 2018
ISBN 978-3-7408-0287-5
Originalausgabe

Dieser Roman wurde vermittelt durch die Literatur- und Textagentur Wortunion, BlueCat Publishing GbR, Berlin.

Für Birgit

EINS

Die Ruhe war beängstigend. Das Kratzen der Kugelschreibermine auf dem Papier durchbrach die Stille. Commissario Lorenzo Medeot setzte den Stift ab und starrte auf die verschnörkelte Unterschrift.

Es war die letzte Akte.

Er schlug den Ordner zu, versah ihn mit dem Vermerk »erledigt« und beförderte ihn auf den Stapel neben dem Schreibtisch. Dann warf er einen Blick auf die Uhr.

Zu früh für das Mittagessen. Viel zu früh.

Unruhig wippte er in seinem Bürosessel auf und ab. Er war drauf und dran, sich ein zweites Frühstück zu genehmigen, auch wenn er wusste, dass er es sich nicht erlauben konnte. Seine Hemden wussten es, seine Frau Claudia wusste es auch, und sie alle ließen keine Gelegenheit aus, ihn daran zu erinnern.

Er fuhr sich mit der Hand über den Bauch. Natürlich hatte Claudia recht, auch wenn er das niemals offen zugeben würde. Schließlich konnte er nichts dafür. Wenn es nach ihm ging, waren es der Job, der Stress, die mangelnde Bewegung, das Alter. Nein, weniger der Job, seine Arbeit war nach wie vor etwas, das ihn durchaus zu erfüllen vermochte. Die mangelnde Bewegung war es, die ihm zu schaffen machte.

Medeot nickte seinem leeren Büro bestätigend zu: Ohne Zweifel, das war es. Er war wie angekettet an diesen großen und mittlerweile fast leeren Schreibtisch.

Er liebte seine Arbeit, heute noch mehr als vor fünfundzwanzig Jahren, und hatte eigentlich nichts zu beklagen. Er mochte sogar den Kaffee, den das Görzer Polizeipräsidium, die Questura di Gorizia, eigens von Goriziana Caffé geliefert bekam. Dennoch schien es, als wäre genau dieser Kaffee im Moment das Einzige, was ihn bei Laune halten konnte.

Schon vor Wochen war eine sonderbare Friedlichkeit in der Provinz eingekehrt. Pünktlich mit Beginn des norditalienischen

Frühsommers herrschte eine Ruhe, wie Medeot sie seit Jahren nicht mehr erlebt hatte.

Von Zeit zu Zeit hielt er gar den Telefonhörer prüfend an sein Ohr – wie gewohnt empfing ihn das Freizeichen.

Er hätte erleichtert sein müssen. Die sich in Sisyphus-Manier stets weiter ansammelnde Menge an Bürokram und Formalien, die er mit Vorliebe zur Seite schob, war erledigt. Jeder einzelne Bericht war zur Gänze abgearbeitet. Jeder. Selbst die, über die sich schon eine dünne Staubschicht gezogen hatte – was er allerdings mehr der mangelnden Motivation des Putzdienstes zuschrieb als seiner eigenen Verantwortung.

Er seufzte, nahm die Jacke vom Garderobenständer und machte sich auf den Weg zu Michele, dem kleinen Café in der Nähe seines Büros, in dem fast jeder Polizist der Questura sich zumindest hin und wieder blicken ließ. Würde es die Dienststelle nicht geben, das Michele hätte seine Türen wahrscheinlich schon vor langer Zeit für immer geschlossen.

»Bundì Dottore«, grüßte Luca, der Mann hinter der Theke. Einen Michele hatte es hier, soweit Medeot sich zurückerinnern konnte, nie gegeben. »Es freut mich, dass Sie mich so bald schon wieder beehren. Wieder das Übliche, Cappuccino und ein Cornetto?«

Luca war freundlich und lächelte ihn herzlich an. Auch wenn nichts darauf hindeutete, glaubte Medeot dennoch zu wissen, was er insgeheim dachte. Zwar würde sich jemand wie Luca nie einen anmaßenden Blick oder einen vermeintlich lustigen Kommentar erlauben, das war aber auch gar nicht nötig. Medeot wusste selbst, dass ihn die fehlende Arbeitsauslastung in ein Polizistenklischee verwandelt hatte.

Er beschloss, auf das Cornetto zu verzichten, leerte den für seinen Gaumen viel zu heißen Cappuccino in einem Zug und war schon wieder draußen. Vielleicht sollte er sich zu einem Verdauungsspaziergang aufmachen. Er warf einen weiteren Blick auf die Uhr. Um noch ein paar Minuten totzuschlagen, fügte er in Gedanken hinzu.

Als er fast eine geschlagene Stunde später auf die Piazza Cavour einbog, fühlte er sich wie ein anderer Mensch. Was ein wenig frische Luft und Bewegung doch ausrichten konnten!

Tommaso Bearzot, der junge Inspektor an Medeots Seite, der sich im letzten Jahr zu einem äußerst fähigen, wenngleich nach wie vor etwas tollpatschigen Polizisten gemausert hatte, stand wartend vor seiner Bürotür.

»Schießen Sie los«, forderte Medeot ihn auf. Es war dem Jungen anzusehen, dass er beinahe platzte vor Aufregung. Im Fall von Bearzot musste das allerdings nicht von Bedeutung sein. Er war über einen Mordfall gleichermaßen aufgeregt wie über die neue Sorte brasilianischer Röstung, die der Kaffeelieferant von Zeit zu Zeit als Geschenk mitbrachte.

»Es gibt einen neuen Fall«, verkündete Bearzot stolz, »genau genommen sogar zwei. Ich habe mir gleich beide geschnappt, damit Sie sich einen aussuchen können.«

Medeot konnte sich ein Lächeln nicht verkneifen.

»Ein Einbruch in eine Schule, man hat ein paar PCs aus dem Computerraum gestohlen«, er hob einen der beiden Umschläge in seiner Hand, »oder ein Überfall auf einen Supermarkt.«

Keine sonderlich attraktive Auswahl, aber besser als nichts. »Se non è zuppa è pan bagnato«, entgegnete Medeot. Jacke wie Hose also. »Was ist denn weiter weg?«

»Weiter weg?«

»Ja, was ist zeitaufwendiger?«

»Ihnen macht die Langeweile auch zu schaffen, was? Bei der Schule handelt es sich um ein Gymnasium etwa drei Straßen von hier. Der Supermarkt ist ein kleiner Coop ein paar Kilometer westlich der Stadt.«

Medeot schnippte mit den Fingern. »Perfekt, fahren wir. Geben Sie die Schule Capello.«

Viel zu kurze Zeit später lenkte Medeot den Polizeiwagen auf den Parkplatz vor dem Supermarkt. Dafür, dass der Ort gerade einmal siebentausend Einwohner hatte, hatte sich eine beachtliche Anzahl an Schaulustigen entlang des weiträumig um den

Eingang gezogenen Absperrbands versammelt. Schon aus der Entfernung vernahm Medeot lautstarke Beschwerden. Einer der uniformierten Polizisten versuchte vehement, die Menge zu beruhigen, doch viel schienen ihm seine Verständnisbekundungen nicht zu nützen. Vor allem ein Grüppchen älterer Damen, augenscheinlich alle Rentnerinnen, setzte ihm hart zu. Medeot musste sich bemühen, ernst zu bleiben ob des komödiantischen Anblicks. Andere wiederum gafften einfach, die Smartphones griffbereit, in der Hoffnung, einen interessanten Schnappschuss zu ergattern. Sie werden enttäuscht werden, dachte Medeot, schob ein paar von ihnen kommentarlos zur Seite und trat unter dem Absperrband durch. Eine Leiche gab es heute nicht.

»Bundì. Commissario Medeot und Ispettore Bearzot.« Er zückte seinen Dienstausweis. »Was ist hier passiert?«

»Unbekannte haben versucht, einen Überfall zu verüben, Dottore«, erklärte der uniformierte Polizist der Squadra Volante, die als Erstes eingetroffen war.

»Sie haben es *versucht*?«, wiederholte Medeot. »Das heißt, Sie haben sie bereits gefasst? Wieso sind wir dann überhaupt hier?«

»Nein, Dottore. Sie sind entkommen. Aber … es ging wohl etwas schief. Sie haben … nun ja … es wäre möglich, dass sie eine Geisel genommen haben.«

»Wie bitte?« Medeot schob zornig die Augenbrauen zusammen. »Eine Geisel? Wieso haben Sie das nicht gemeldet, Herrgott noch mal? Sie kennen doch die Vorschriften! Bearzot, wir brauchen Straßensperren. Sofort! Sagen Sie in der Zentrale Bescheid, dass wir eine Geiselnahme haben. Wenn wir Glück haben, werfen sie die Geisel irgendwo raus. Wenn wir Pech haben … Na ja.«

»Es tut mir leid, Dottore. Wir waren uns nicht sicher. Niemand hat es bislang bestätigt außer Nicolo Zaghet, der Verkäufer, der an der Kasse saß und somit im direkten Sichtfeld der Täter war.«

»Wo ist er? Ich will mit ihm sprechen.«

Der Polizist zeigte auf einen hageren Mann Mitte vierzig, der neben einem uniformierten Kollegen im Eingangsbereich des Supermarktes stand und zu Boden starrte. Die Hände hatte er in den Hosentaschen vergraben.

»Wo sind die restlichen Leute, die zu der Zeit anwesend waren?«

Mit einem Kopfnicken deutete der Polizist auf eine Stelle im Schatten des Vordachs. Dort standen eine ältere korpulente Frau mit einem Rollator und eine Mutter mit einem Mädchen, etwa sechs oder sieben Jahre alt. Sie sah aufgeweckt aus, tänzelte ungeduldig um ihre Mutter herum. Sicher hatte sie gar nicht mitbekommen, was vor sich ging. Und ein Mann Anfang dreißig mit fettigem Haar, der schwitzte und Handschellen trug.

Medeot stutzte. »Was ist mit dem da? Wieso habt ihr ihm Handschellen angelegt?«

Der Polizist zögerte kurz, ehe er antwortete. »Das ist Pipi.«

»Verzeihung?«

»Pipi. Eigentlich heißt er Pietro Lugan, doch jeder kennt ihn unter seinem Spitznamen Pipi.«

»Und woher kennen *Sie* Pipi? Beziehungsweise noch viel wichtiger, was macht er hier?«

»Wir hatten ihn schon einige Male bei uns. Er dealt, allerdings konnten wir ihn noch nie mit einer größeren Menge erwischen. Hin und wieder greifen wir ihn auf, weil er irgendwo auf dem Gehweg übernachtet oder auch mal einen Passanten anpöbelt. Im Grunde ist er aber harmlos.«

»Harmlos klingt das für mich nicht. Halten Sie es nicht für einen eigenartigen Zufall, dass er ausgerechnet jetzt hier auftaucht? Und wieso haben Sie ihm überhaupt die Handschellen angelegt?«

»Er wollte abhauen. Aber nur weil er Drogen dabeihatte.«

Medeot schnappte hörbar nach Luft. Die Selbstverständlichkeit, mit der der Polizist diesen Umstand zum Ausdruck brachte, ließ seinen Blutdruck sofort in die Höhe schnellen. So konnte die Squadra Volante vielleicht auf der Straße arbeiten: hier ein Auge zudrücken, da sich ein Frühstückscornetto spendieren lassen. Medeot konnte unmöglich der Einzige sein, dem auffiel, dass das an Amtsmissbrauch grenzte. So ein Verhalten würde in seiner Abteilung nicht geduldet werden, da herrschten zweifellos andere Sitten, und man legte das Gesetz nicht so aus, wie es einem gerade genehm war. »*Das* hat er Ihnen gesagt?«, fragte er mühsam beherrscht und verkniff sich für den Moment alles, was ihm auf der Zunge lag.

»Ja, und wir haben auch tatsächlich welche bei ihm gefunden.«

»Das heißt nicht, dass er nichts mit dem Vorfall zu tun hat. Wir nehmen ihn mit.« Medeots Tonfall ließ keine Widerworte zu.

Er ließ den Polizisten einfach stehen und marschierte zum Eingang des Supermarktes.

»Sind Sie Zaghet?«

»Der bin ich, Nicolo Zaghet.«

»Sie arbeiten hier?«

»Ja, ich bin Verkäufer. Also, die Aushilfe eigentlich. Bin noch nicht so lange hier.«

»Erzählen Sie mir, was passiert ist.«

»Ich habe Ihrem Kollegen doch alles schon ganz genau ...«

»Dann erzählen Sie es bitte noch mal.«

»Wie Sie wollen. Ich war allein im Laden. Der Chef hatte etwas zu erledigen, und da nicht viel los war, hat er mir die Verantwortung überlassen. Ich saß also an der Kasse, da hörte ich ein lautes Klirren in Gang zwei. Das ist der Gang direkt hinter der Kasse, den sehe ich von dort gut. Diese Göre hatte eine Glasflasche mit Tomatensoße aus dem Regal geworfen, die natürlich in tausend Stücke zerbrochen ist. Ein ganzer Liter Tomatensoße! Stellen Sie sich mal die Sauerei vor. Das Mädchen sah zuerst erschrocken aus, und ich rief ihr zu, sie solle das gefälligst aufwischen, da grinste sie mich blöd an und rannte davon, dieses Balg. Da fragt man sich schon, was die Mutter in der Zeit getrieben hat. Ein Supermarkt ist schließlich kein Spielplatz. Na, jedenfalls habe ich die Kasse versperrt und bin in Gang zwei, um den Boden sauber zu machen.«

»Haben Sie noch irgendjemand anderen gesehen außer diesem Mädchen?«

Zaghet schüttelte bestimmt den Kopf. »Nein, da war niemand. Nicht in meiner Nähe jedenfalls. Aber dann hörte ich was. Ich sah auf, und da machte sich doch tatsächlich ein Maskierter an der Kasse zu schaffen!«

»Ein Maskierter?«

»Ja, er hatte so eine Art Sturmhaube auf. Ich konnte gar nicht so schnell schauen, wie er die Kasse aufgebrochen hatte und begann, die Scheine in eine der Einkaufstaschen zu stopfen. Ich hab natürlich gerufen, er soll das lassen, und ihn gefragt, was ihm eigentlich einfällt. Der Chef lässt mich jeden Cent, der fehlt, aus eigener Tasche bezahlen. Stellen Sie sich mal vor, wie viele Jahre ich noch für den schuften muss, wenn die mir die komplette Kasse leer räumen. Bis ich auf dem Totenbett liege, das sag ich Ihnen.«

»Die? Wie viele waren es?«

»Zwei.«

»Gut. Sie haben also bemerkt, dass man Sie ausrauben wollte. Was ist dann passiert? Haben Sie versucht, die Männer aufzuhalten?«

»Ja, Herrgott noch mal, natürlich! Ich bin auf den Kerl zugestürmt – das heißt, ich wollte auf ihn zustürmen, doch in dem Moment hörte ich eine Stimme hinter mir am Ende der Reihe. Ich drehte mich also um, und da war der Zweite, ebenfalls maskiert. Er hielt einer Frau eine Waffe an den Kopf …«

»Die Frau haben Sie zuvor auch nicht gesehen?«

»Nein, sag ich Ihnen doch. Die kamen alle aus dem Nichts. Er drohte mir, er würde sie erschießen und auch mich, wenn ich nur noch eine Bewegung machte. Er sagte, ich solle mich zur Seite drehen, das Gesicht zum Regal mit der Tomatensoße, und die Hände auf das Regalbrett legen. Dann befahl er mir, die Augen zu schließen und bis hundert zu zählen.«

Zaghet verstummte, und es folgte eine lange Pause.

»Und dann?«, hakte Medeot ungeduldig nach.

»Na, dann habe ich das getan. Ich lasse mich doch nicht erschießen. So viel ist mir das Geld aus der Kasse auch wieder nicht wert.«

»Und die Frau?«

»Na ja, die kannte ich doch nicht. Natürlich tut es mir leid, dass sie von den beiden als Geisel genommen wurde, und ich hoffe, sie tun ihr nichts, aber persönlich kann ich dazu doch nicht …«

»Ich meine, ob Ihnen an der Frau etwas Besonderes aufgefallen ist. Können Sie sie beschreiben?«

Zaghet schüttelte erneut den Kopf und hob ratlos die Schultern. »Nicht wirklich, tut mir leid. Die haben mich doch gezwungen, die Augen zu schließen.«

»Aber davor. Davor haben Sie sie doch gesehen.«

»Alles, was ich gesehen habe, war eine riesige Kanone, Signor Commissario. Ich kann … ich weiß nicht, sie war … durchschnittlich. Dunkles Haar, normal groß. Mehr kann ich Ihnen wirklich nicht sagen. Als ich die Augen wieder öffnete, waren alle drei verschwunden. Ein paar Kunden kamen herein und begannen ihren Einkauf. Es war, als wäre nichts geschehen.«

Medeot seufzte und klappte sein Notizheft zu. »Bleiben Sie in Reichweite, während wir uns umsehen.«

***

Medeot schloss die Tür zu seinem Büro auf. »Wie kann es sein, dass zehn Leute im Supermarkt waren und nur ein Einziger überhaupt etwas mitbekommen hat? Der Laden ist doch winzig.«

»Tja, das weiß ich leider auch nicht, Chef«, erwiderte Bearzot, »aber heutzutage schert sich doch ohnehin niemand mehr um seine Mitmenschen. Alle interessieren sich nur noch für sich selbst.«

»Oder vielleicht hat Zaghet sich die ganze Sache nur ausgedacht.«

»Und die Kasse selbst ausgeräumt? Glaub ich nicht.«

»Davon können Sie sich gleich selbst ein Bild machen«, sagte Santino Capello, der zweite Inspektor in Medeots Team, der vor Kurzem aus dem sonnigen Süden zu ihnen versetzt worden war, und trat an die beiden heran. Er reichte Medeot einen USB-Stick und machte sogleich wieder auf dem Absatz kehrt.

»Wie sieht es mit einer ersten Zwischenbilanz der Spurensicherung aus?«, fragte Bearzot den Commissario.

»Nicht besonders gut. Haben Sie eine Vorstellung davon, wie viele Menschen so ein Geschäft tagtäglich betreten? Die Kollegen sind noch nicht einmal damit fertig, alle Abdrücke zu nehmen. Und selbst dann wird die Auswertung dauern. Die von der Forensik behaupten, sie müssten erst ihren Rückstand aufarbeiten, ehe wir dran sind. Allerdings frage ich mich, womit die so überlastet sein können, während wir uns zu Tode langweilen.«

Er seufzte. Eine Massenanalyse wie diese versprach nur geringe Erfolgsaussichten. Dennoch, die Chance auf einen Glückstreffer war stets gegeben. In der Zwischenzeit galt es, andere Ansätze zu verfolgen.

In seinem Büro steckte er den Stick in den USB-Port und öffnete die Datei mit dem aktuellen Datum. Schweigend starrten er und Bearzot auf den Bildschirm, während die Aufnahme bis zur fraglichen Uhrzeit vorspulte. Die Qualität ließ zu wünschen übrig, und Medeot stieß einen leisen Fluch aus.

»Besser als nichts«, beruhigte ihn Bearzot und deutete auf die Gestalt, die sich gerade von der Kasse weg und in einen der Gänge hineinbewegte. »Wenn man die Geschichte kennt, ergibt es einen Sinn. Das muss Zaghet sein, wie er in Gang zwei geht, dort läuft das kleine Mädchen weg. Und jetzt sehen Sie mal hier.« Ein Schemen tauchte am unteren Bildschirmrand auf und marschierte zielstrebig hinter die Kasse.

»Hm«, brummte Medeot, »er hat also nicht gelogen. Jetzt fehlt nur noch … da ist es!«

Er stoppte die Aufnahme an der Stelle, an der eine weitere vermummte Gestalt in den Bildausschnitt trat. Das sich bewegende Durcheinander verschiedener Graustufen, das sie der grottenschlechten Auflösung zu verdanken hatten, zeigte, wie die Gestalt jemanden umklammerte. Es war eine Frau, so viel war gerade noch zu erkennen.

»Können wir das nicht vergrößern?«, wollte Medeot wissen.

Bearzot drückte verschiedene Tasten, und die Gestalten kamen näher.

»Jetzt erkennt man ja noch weniger als zuvor.«

»Tut mir leid, Chef. Die Qualität ist einfach zu schlecht.«

Medeot kniff die Augen zusammen, legte den Kopf schräg und winkte dann ab. »Nein, das hat eindeutig keinen Sinn. Geben

Sie das Ding in die IT-Abteilung, vielleicht können die etwas drehen.«

Er speicherte die Datei, ehe Bearzot den Stick abzog, und ließ die Aufnahme erneut laufen. Und noch einmal. Dann ein viertes Mal. Etwas hatte ihn stutzig gemacht. Schon als Zaghet die Geschichte erzählte, hatte er sich gewundert, doch jetzt ergab das Ganze wirklich keinen Sinn mehr. Oder war es möglich, dass er sich das nur einbildete?

»Bearzot, was würden Sie tun, wenn Sie anstelle der Täter wären und der Kassierer kommt auf Sie zu?«

»Ich denke, ich würde Zaghet die Waffe an den Kopf halten, das Geld einsammeln und dann so schnell wie möglich abhauen.«

»Richtig. Ich auch.«

»Sie haben recht. Die Frau ist völlig unnötig. Die zwei hätten überhaupt keine Geisel gebraucht.«

»Die Frau steckt da mit drin. Nur so lässt sich das erklären. Ha!«

Medeots kurzem Triumph wurde ein jähes Ende gesetzt, als es draußen auf dem Gang laut wurde. Durch die angelehnte Bürotür drang eine aufgebrachte Frauenstimme zu ihnen herein. Dann wurde geschrien, und es folgte ein lautes Poltern, das Medeot sehr vertraut vorkam. Der Gummibaum in der Vorhalle des Präsidiums wurde gerade – nicht zum ersten Mal – zum Puffer für angestaute Wut. Normalerweise war es die Wut von Medeot, doch dieses Mal machte ihm eine junge Frau Mitte zwanzig Konkurrenz. In Handschellen und wild um sich tretend wurde sie von zwei fluchenden Polizisten durch die Halle befördert.

»Was ist denn heute los? Es scheinen ja auf einmal alle verrückt geworden zu sein.« Medeot wandte sich an einen der Uniformierten, der keuchend ohne die Frau zurückkam. »Worum ging es da gerade?«

»Mit der können *Sie* sich jetzt weiter herumschlagen, Dottore«, knurrte er und rieb eine gerötete Stelle an seinem Unterarm, die aussah wie eine Bisswunde. »Wir haben sie aufgegriffen, als sie Drogen kaufen wollte.«

»Und was hat das mit mir zu tun?«

»Sie hatte eine Coop-Einkaufstüte dabei, die voller Bargeld war. Die Summe entspricht exakt der, die aus der Kasse des Supermarktes gestohlen wurde.«

»Ist das Ihr Ernst? Das ist ja kaum zu glauben.« Medeot war bereits auf dem Weg in den Vernehmungsraum. »Sie sollten sich impfen lassen«, rief er dem Polizisten noch zu.

Man hatte die Frau unsanft auf einen der Stühle verfrachtet, ohne ihr die Handschellen abzunehmen. Das allerdings aus gutem Grund, wie die Bisswunde am Arm des Polizeibeamten und die beiden grimmig dreinblickenden Kollegen neben der Tür bewiesen. Zwar tobte sie nicht mehr, doch man konnte nicht vorsichtig genug sein. Entsprechend groß fiel Medeots Sicherheitsabstand aus.

»Wie heißen Sie?«, fragte er, an die gegenüberliegende Wand gelehnt.

Sie starrte ihn nur zornig an.

»Was ist, wollen Sie nicht mit mir reden?«

Er musterte sie. Sie hätte eine attraktive Frau sein können, und bestimmt war sie es früher gewesen, doch das Gift hatte bereits seine Spuren hinterlassen. Sie war blass und sah schlicht und ergreifend ungesund aus. Das pechschwarze Haar war ungewaschen und verfilzt, auch ihre Kleidung trug sie offensichtlich schon länger. Ihr Blick glitt suchend über die Wände.

»Sagen Sie, können Sie mich überhaupt verstehen?« Medeot sah sie mitleidig an.

Sie reagierte nicht, ihre schwarzen Augen tasteten nach wie vor den kalten Beton ab.

»Hören Sie mir gut zu, Signorina.« Er trat einen Schritt von der Wand weg. »Ich habe alle Zeit der Welt. Von mir aus können wir bis übermorgen hier sitzen, das macht mir gar nichts. Sie allerdings werden schon bald zu spüren bekommen, was es bedeutet, einen kalten Entzug zu erleben. Das wird nicht schön, für keinen von uns, aber ich lasse Sie hier nicht weg, bis Sie mir gesagt haben, was ich wissen will.«

Medeot musste sich bemühen, seinen streng und entschieden klingenden Tonfall nicht schleifen zu lassen, auch wenn er sich sicher war, dass sie den Unterschied in ihrem Zustand kaum wahrnehmen würde. Nichts lag ihm ferner, als die junge Frau, die vor ihm saß, zu quälen.

Um seiner Drohung Nachdruck zu verleihen, nahm er gemächlich auf dem zweiten Stuhl ihr gegenüber Platz und sah sie unverwandt an.

»Alice«, murmelte sie. Ihr Blick hörte auf, umherzuwandern, sie fixierte stattdessen die Tischplatte. »Mein Name ist Alice Grion.«

»Gut, Signora Grion, das ist ein Anfang. Dann erzählen Sie mir, wer die anderen sind.«

»Welche anderen?«

»Ihre Komplizen, mit denen Sie den Supermarkt überfallen haben. Sind die auch abhängig? Waren Sie high, als Sie die Tat begangen haben? Haben Sie deshalb geglaubt, es sei notwendig, Sie als Geisel zu nehmen?«

»Wovon sprechen Sie? Welche Geisel? Und was für ein Überfall? Ich habe nichts damit zu tun!«

»Als man Sie aufgegriffen hat, hatten Sie die gesamte Beute dabei, auf den Cent genau. Wie wollen Sie mir das denn erklären?«

»Ich ... ich ...«, sie vergrub das Gesicht in ihren Händen, »ich weiß es nicht.«

»Was soll das heißen, Sie wissen es nicht? Denken Sie doch mal scharf nach.«

»Ich glaube, ich stand gerade in der Nähe eines Supermarktes, irgendwo in ... ich weiß nicht mehr, an dieser Straßenecke.« Sie kniff angestrengt die Augen zusammen. »Da rannte jemand auf mich zu. Er drückte mir etwas in die Hand und rannte weiter. Ja, genau. Er hat mich dabei gegen die Wand geschubst. Sehen Sie!« Sie hob den Ärmel und legte eine frische Abschürfung am Ellbogen frei. »Ich habe mich hinter die Mülltonnen zurückgezogen und bin eine Weile dort sitzen geblieben. Und dann war da plötzlich die Tüte mit dem Geld.«

»Wie hat die Person ausgesehen?«

»Weiß nicht.«

»Geben Sie sich Mühe.«

»Ich weiß es nicht, sie trug einen dunklen Kapuzenpulli, dessen Kapuze sie tief ins Gesicht gezogen hatte. Ich konnte es nicht sehen.«

Er war unschlüssig, was er von Alice Grion und ihrer Geschichte halten sollte. Einerseits fiel es ihm schwer zu glauben, dass jemand in ihrem Zustand in der Lage war, sich so etwas auszudenken, andererseits sträubte sich alles in ihm dagegen anzunehmen, die Täter würden ihre Beute einfach so wegwerfen. Schließlich hatten sie keine Bank überfallen, sie mussten also auch nicht befürchten, ein Farbpäckchen zwischen den Scheinen zu finden.

»Ich habe Ihnen alles gesagt, was ich weiß. Kann ich jetzt gehen? Bitte!«

Medeot deutete ein Nicken an und verließ den Verhörraum.

»Sie lassen sie einfach gehen?«, fragte Bearzot ungläubig. Er hatte gemeinsam mit Santino Capello in Medeots Büro auf ihn gewartet.

»Erst wird sie noch erkennungsdienstlich behandelt, aber dann soll sie von mir aus gehen.«

»Sie kaufen ihr die Geschichte also ab?«

»Ich bin mir nicht sicher. Veranlassen Sie bitte, dass eine Streife auf sie angesetzt wird. Sollte sie doch etwas mit denen zu tun haben, führt sie uns möglicherweise auf ihre Spur. Und lassen Sie die Einkaufstasche auf Spuren untersuchen, vielleicht haben wir ja Glück.«

»Letzteres ist schon geschehen, Commissario«, erklärte Capello und drückte den Rücken durch.

Motiviert und fleißig war er, das konnte Medeot ihm nicht absprechen. Grundsätzlich hatte er nichts gegen den jungen Kalabrier, er machte seine Arbeit gut und gewissenhaft, und auch menschlich schien Capello absolut in Ordnung zu sein. Medeot fragte sich vielleicht manchmal, was jemanden, der aus dem sonnigen und so völlig andersartigen Süden stammte, hierher, an dieses vergessene Fleckchen Erde, trieb. Dennoch, hätte man Medeot die Wahl selbst treffen lassen, er hätte sein Team auf Bearzot beschränkt. Doch es war nicht seine Entscheidung gewesen. Eine

Etage weiter oben vertrat man die Meinung, dass »Zeiten wie diese« einen zusätzlichen Inspektorenposten erforderten. Man hatte Medeot erklärt, dass er sich darüber freuen könne, trotz der Kürzungen an allen möglichen Stellen zusätzliche Unterstützung zu bekommen. Der Sinn dahinter, dass die Unterstützung aus jemandem bestand, der nicht aus der Gegend stammte und Friaul wahrscheinlich nur aus dem Geografieunterricht kannte, erschloss sich Medeot nicht. Für kurze Zeit hatte der Kommissar sogar die Möglichkeit in Erwägung gezogen, dass Capello vom Polizeidirektor bewusst eingeschleust worden war, um seine Arbeit zu überwachen, aber das war natürlich Mumpitz.

»Es wurden nur die Abdrücke von Alice Grion gefunden«, fuhr Capello fort. »Aber damit haben Sie bestimmt schon gerechnet.«

Medeots Miene verfinsterte sich. Das hatte er tatsächlich. Leider bedeutete es, dass sie genauso schlau waren wie vor ein paar Stunden, als sie vor dem Supermarkt aus dem Polizeiwagen gestiegen waren.

»Liegt schon eine Rückmeldung der Squadra Volante vor? Was haben die restlichen Zeugenbefragungen ergeben? Wissen wir denn zumindest, ob sie ein Auto hatten?«

»Niemand hat etwas gesehen. Es ist, als hätten sie sich in Luft aufgelöst. Auf dem Parkplatz war zu der Zeit niemand, und Kameras gibt es dort nicht.«

»Wir leben im einundzwanzigsten Jahrhundert! Absolut alles wird heute überwacht. Wie kann es sein, dass ausgerechnet das eine Mal, wenn wir es bräuchten, keine Kamera zu finden ist? Und die im Laden selbst ist auch zum Vergessen.«

»Es ist ein kleiner, alter Supermarkt, Chef, der noch nie überfallen wurde. Der Besitzer hielt es nicht für notwendig, in mehr Sicherheit zu investieren. Wir können noch froh sein, denn die meiste Zeit ist auch diese eine Kamera nicht angeschlossen.«

»Das grenzt ja schon fast an Fahrlässigkeit, so etwas«, brummte Medeot.

»Alice Grions Aussage zufolge können wir nun zumindest davon ausgehen, dass sie zu Fuß geflohen sind.«

»Vermummt und mit einer Geisel unterm Arm? Es ist unmöglich, dass das niemandem auffällt.«

»Was ist, wenn sie gar nicht geflohen sind?«, warf Capello ein. »Was, wenn sie sich in einer der Wohnungen dort aufhalten? Rund um den Supermarkt gibt es doch unzählige Seitengassen mit Dutzenden Apartments. Ich habe mir in der Nähe vor Kurzem eine Wohnung angesehen.«

»Sie könnten damit tatsächlich recht haben. Ich will alle verfügbaren Einheiten dort haben, sofort! An jeder Tür soll geklingelt, jeder einzelne Winkel durchkämmt werden. Wir unterhalten uns in der Zwischenzeit mit diesem Pipi. Mal sehen, was der uns zu sagen hat.«

Pietro Lugan war eine ähnlich traurige Erscheinung wie Alice Grion. Schmuddelig und irgendwie fahl. Er war auffallend klein und hatte schütteres Haar, aber im Gegensatz zu Alice schien sein Geist durchaus klar zu sein.

»Bin ich ein Zeuge oder ein Verdächtiger?«, fragte er, als Medeot den Raum betrat.

»Sie tragen Handschellen, was glauben Sie wohl?«

»Ach kommen Sie, Commissario. Das ist doch nicht notwendig. Ich bin auch ganz brav, versprochen.«

»Bei meinen Kollegen von der Streife haben Sie sich vielleicht den einen oder anderen Freund gemacht, Signor Lugan, aber hier wird über Straftaten nicht einfach so hinweggesehen.«

»Nennen Sie mich Pipi, Commissario, so nennen mich alle.«

»Das werde ich mit Sicherheit nicht tun. So, Sie wurden mit zwei Gramm Heroin erwischt und sind von einem Tatort geflüchtet.«

»So schlimm, wie es klingt, war das doch gar nicht«, maulte Pipi. »Ich mache Ihnen einen Vorschlag. Ich erzähle Ihnen, was ich weiß, und Sie lassen mich laufen.«

»Sie sind nicht in der Position, jemandem Vorschläge zu unterbreiten, Signor Lugan«, erwiderte Medeot seelenruhig. Von diesem Rumpelstilzchen würde er sich nicht vorführen lassen.

»Ich habe aber nützliche Informationen für Sie, über die Räuber. Die gebe ich Ihnen nur, wenn Sie mir versprechen, mich laufen zu lassen.«

Medeot knirschte hinter geschlossenen Lippen mit den Zähnen. Zu oft hatte er sich heute schon auf die Zunge beißen müssen. Er begann zu verstehen, wieso man Lugan stets wieder laufen ließ. Sein Leben spielte sich auf der Straße ab, er sah viel und kannte viele. Wahrscheinlich wusste er über jeden in der Gegend eine Geschichte zu erzählen, vorausgesetzt, dass es ihm nützte.

»Erzählen Sie. Wenn Ihre Geschichte etwas wert ist, sprechen wir über Ihre Forderung.«

Bei ihm würde Lugan mit dieser Masche nicht weit kommen. Bis jetzt war er nicht hilfreich, er behinderte lediglich eine laufende Ermittlung. Medeot hatte gute Lust, ihn dafür zur Rechenschaft zu ziehen. Das in Kombination mit zwei Gramm Heroin konnte den Zwerg in ernste Schwierigkeiten bringen.

Lugan schien einen Moment lang angestrengt zu überlegen. »Gut«, sagte er und legte beide Hände flach vor sich auf den Tisch, »es waren drei.«

»Es waren drei? Woher wollen Sie das wissen?«

»Ich hab den dritten Mann gesehen. Ich war hinten bei den Getränkekisten und habe dort … na ja, Sie wissen ja, in den Colaflaschen gibt es zurzeit diesen Gewinncode, und ich habe versucht …«

»Das will ich nicht wissen, lassen Sie das. Oder wollen Sie mir noch mehr Gründe geben, Sie festzunehmen?«

»Schon gut. Ich sah also hoch, und da stand er. Mit dem Rücken zu mir. Seelenruhig, rührte sich nicht und sah an die Decke.«

»Etwa auf die Überwachungskamera?«

»Gut möglich, das weiß ich nicht. Erst in dem Moment ist mir aufgefallen, dass etwas vorging. Es hat ja auch von den anderen Kunden keiner etwas mitbekommen, die waren alle noch weiter weg als ich. Ich habe kaum gewagt, mich zu bewegen, ich dachte, wenn er mich sieht, erschießt er mich.«

»Er war bewaffnet?«

»Hinten in seinem Hosenbund steckte eine Pistole.«

»Und sonst? Wie sah er aus?«

»Commissario, ich sah ihn doch nur von hinten. Aber ich würde sagen, er war eins fünfundachtzig, muskulös, männlich. Dunkel gekleidet.«

»Hautfarbe?«

»Er hatte eine Kapuze auf und trug Handschuhe.«

»Was ist dann passiert?«

»Irgendwann hat er in Richtung Kasse genickt und ist durch den Lieferanteneingang verschwunden. Ich wollte sehen, was da vor sich ging. Ich bin von Natur aus ein neugieriger Mensch, wissen Sie. Also schlich ich mich in die Nähe der Kasse und sah dort den zweiten Mann, der gerade das Geld einsackte.«

»Können Sie mir denn wenigstens den etwas genauer beschreiben?«

»Er trug eine Maske. Aber der Hellste war er wohl nicht.«

»Wie meinen Sie das?«

»Na ja, im Zimmer daneben steht der Safe, und der Schlüsselbund lag direkt neben der Kasse.«

»Wie bitte?«

»Verzeihen Sie, ich habe nun mal ein Auge für solche Kleinigkeiten. Das ist kein Verbrechen, Commissario. Ich fand es eigenartig, dass er sich mit den kleinen Scheinen begnügt hat, wenn ihm der Inhalt des Tresors doch praktisch auf dem Silbertablett präsentiert wird. Er hat auch die Rubbel- und Lotterielose nicht angerührt. Alles ein ziemlich großer Aufwand, finde ich, wenn man überlegt, dass man das bisschen Beute am Ende auch noch durch drei teilen muss.«

»Was war mit dem Mann im Gang bei dem Verkäufer? Konnten Sie ihn sehen?«

»Tut mir leid, nein. Ist es wahr, dass er eine Geisel genommen hat?«

Medeot musterte ihn. Er wollte gar nicht wissen, wann Pietro Lugan das wieder aufgeschnappt hatte. Eigentlich durfte er davon gar nichts wissen.

»Ach Commissario, jetzt haben Sie sich doch nicht so. Ich versuche nur zu helfen. Und wo wir schon beim Thema sind, schlage ich Ihnen vor, ein Gespräch mit dem Filialleiter des Supermarktes zu führen. Fragen Sie ihn nach Nicolo Zaghet. Ich bin mir sicher, Sie werden noch ein paar interessante Infos bekommen.«

Medeot hatte sich still und leise in sein Büro geschlichen, wie er es immer tat, wenn er nachdenken musste. Es war der Ort, an dem er die Informationen ordnete, um ihnen einen Sinn zu geben, sozusagen seine Denkeroase. Er wollte es nicht zugeben, doch Lugans Worte hatten ihn ins Grübeln gebracht. Die Täter hatten tatsächlich einiges an Wert zurückgelassen. Er konnte sich dieses Verhalten noch nicht genau erklären, aber es passte perfekt zu Alice Grions Geschichte. Geld schien nicht das primäre Ziel der Diebe gewesen zu sein.

Es klopfte energisch.

Ehe Medeot reagieren konnte, stürzte Bearzot herein.

»Tut mir leid. Entschuldigung, Chef«, beteuerte er und schloss die Tür betont leise, so als würden diese beiden Aktionen sich gegenseitig aufheben. »Verzeihung, aber ich habe eine Theorie, die müssen Sie hören!«

Medeot richtete sich in seinem Sessel auf. Als wäre Bearzot mit seinen verrückten Theorien nicht genug, war ihm gerade selbst eine gekommen, die ebenso gut der Phantasie des Inspektors hätte entsprungen sein können.

»Sie wollen mir erzählen, dass es eine Entführung war«, mutmaßte er.

Bearzot blieb für einen kurzen Moment der Mund offen stehen. »Ja, ich … ich wollte genau das sagen«, murmelte er verblüfft. »Woher …«

»Mir kam ein ähnlicher Gedanke.«

»Es ist die einzige Erklärung, oder? Die Sache mit dem Raubüberfall war nur ein Ablenkungsmanöver. Man hat versucht, es so aussehen zu lassen, als wäre der Überfall schiefgegangen und man sei gezwungen gewesen, eine Geisel zu nehmen. Dabei wollte man von Anfang an nur diese Frau!«

Medeot antwortete nicht sofort.

»Chef, ich weiß, dass das vielleicht etwas weit hergeholt ist«, lenkte Bearzot sofort ein, »und Sie sagen ja immer, ich soll nur mit Theorien kommen, wenn ich sie auch beweisen kann, aber ich sage Ihnen, es ist die einzig logische Erklärung.«

»Es könnten genauso gut irgendwelche Junkies gewesen sein, die einfach nicht so genau wussten, was sie da eigentlich taten.«

»Bewaffnete Junkies, die nicht nur vermummt waren, sondern auch noch Handschuhe trugen?«

Medeot zuckte mit den Schultern. Es galt, alle Möglichkeiten abzuwägen. Sie durften nichts auslassen. »Wer, denken Sie, würde auf die Idee kommen, so etwas zu inszenieren, und vor allem aus welchem Grund?«

Diesmal war es Bearzot, der keine Antwort parat hatte.

Später am Nachmittag tigerte Medeot ungeduldig in seinem Büro auf und ab. Ein Blick auf die Uhr zeigte ihm, dass schon fast Feierabend war. Die Zeit schien nun so schnell zu verrinnen, dass man meinen konnte, sie wollte ihre Trägheit der letzten Tage wieder ausgleichen. Und die Einsatzkräfte waren bereits seit Stunden unterwegs, ohne etwas von sich hören zu lassen. Dabei hatte er angeordnet, sofort über Neuigkeiten informiert zu werden.

Das Schrillen des Telefons riss ihn aus seinen Gedanken. Er griff hastig zum Hörer. Cecchi, der Leiter des Einsatzkommandos, war am Apparat.

»Commissario? Wir haben das Versteck gefunden. Es liegt in einer der Seitengassen, so, wie Sie es vermutet haben. Im Dachgeschoss.«

»Verstehe. Haben Sie die Frau?«

»Negativ, Commissario. Die Wohnung war leer, sie waren bereits weg.«

Medeot fluchte und holte mit dem Telefonhörer zu einem Hieb aus. Wahrscheinlich hätte er ihn quer durch den Raum geworfen, hätte er nicht ausgerechnet Cecchi am anderen Ende der Leitung gehabt.

»Keine Sorge, wir erwischen sie, das schwöre ich Ihnen. Weit können sie noch nicht sein, und viel weiter werden sie nicht mehr kommen.«

Cecchis stets militärisch klingender Tonfall hatte etwas Endgültiges an sich, das Medeot tatsächlich etwas zu beruhigen vermochte. Er wusste, wenn er jemandem vertrauen konnte, dann ihm und seinem Team.

»Danke, Cecchi. Was haben Sie in der Wohnung gefunden?«

»Es gibt seit geraumer Zeit keinen Mieter mehr, was unsere Täter gewusst haben müssen. Sie haben die paar noch vorhandenen Möbel so platziert, dass man meint, man stehe vor einer Festung, wenn man zur Tür hereinkommt. Die haben sogar so etwas wie Schießscharten eingerichtet. Ich sage Ihnen, die meinten es todernst und waren auf alles vorbereitet.«

»Irgendwie ergibt das Ganze mit jeder neuen Information noch weniger Sinn.«

»Wenn Sie mich fragen, haben Sie es nicht mit irgendwelchen Möchtegern-Gangstern zu tun, die schnell mal einen Supermarkt ausrauben wollten. Sie sollten vorsichtig sein.«

»Denken Sie, wir haben noch eine Chance, die Frau lebend zu finden?«

Kurz herrschte Stille am anderen Ende der Leitung.

»Ich weiß es nicht, Commissario.«

»Lasst den Erkennungsdienst durchmarschieren. Wenn sie sich dort aufgehalten und umgezogen haben, müssen sie Spuren hinterlassen haben.«

»Chef«, tönte es an der Bürotür. Bearzot lugte herein. Medeot bedeutete ihm einzutreten und legte auf.

»Konnten Sie den Supermarktbesitzer ausfindig machen?«, fragte er ohne Umschweife.

»Es war nicht ganz einfach. Ich habe Signor Campodonico bei seinem täglichen Spaziergang mitten in der Pampa abgefangen. Seine Frau meinte, ich würde ihn so am ehesten finden. Und es hat geklappt.«

»Und was hatte er zu sagen?«

Bearzot musste seinen winzigen Notizblock zücken, auf dem er alles nur Erdenkliche notierte. Man konnte meinen, das Gespräch mit Campodonico hätte nicht gerade eben, sondern vor drei Monaten stattgefunden.

»Er fiel aus allen Wolken. Sein Handy hatte er nicht dabei, er hatte also keine Ahnung, was passiert war. Der arme Kerl regte sich so sehr auf, dass ich dachte, er würde gleich einen Herzinfarkt bekommen. Ich habe ihm den Gefallen getan, ihn zum Supermarkt zu fahren. Nachdem er sich im Auto ein wenig beruhigt hatte, erzählte er mir, dass er eigentlich den ganzen Vormittag hätte dort sein sollen. Erst danach wollte er nach Hause, um den Geburtstag seines Sohnes zu feiern. Dann habe er aber die Nachricht erhalten, die Bezirksleitung würde eine Sonderprüfung durchführen und er müsse dafür in die Zentrale nach Udine, um irgendwelche Unterlagen abzuholen, also verließ er den Supermarkt früher. Als er in Udine ankam, wusste die Sekretärin nichts davon, und der zuständige Herr war nicht anwesend. Campodonico war wütend, dass er den ganzen Weg umsonst gemacht hat, fuhr nach Hause und spielte den Gastgeber. Als das Fest vorbei war, machte er sich zu seinem Spaziergang auf, um sich ein wenig abzukühlen.«

»Und was hat er über Zaghet gesagt?«

»Nicolo Zaghet hatte ich inzwischen gründlich überprüft. Er ist alles andere als ein unbeschriebenes Blatt, sein Vorstrafenregister ist recht umfangreich. Als ich Campodonico fragte, warum er Zaghet überhaupt eingestellt hat, faselte er irgendetwas von einem Gefallen für seine Cousine. Ist wohl sein Neffe zweiten Grades, wenn ich das richtig verstanden habe. Allerdings scheint Campodonico, obwohl er Zaghet den Laden und die Kasse anvertraut hat, der Meinung zu sein, er habe immer noch kriminelle Dinge am Laufen. Und jetzt wird es erst richtig interessant, Chef: Laut Campodonico war es Zaghet, der ihm gesagt hat, man würde ihn in Udine erwarten. Angeblich hat jemand auf dem Firmenanschluss angerufen, und er war es, der abgehoben hat. Ein Zufall?«

»Wohl kaum. Dieser Wicht steckt da mit drin. Zitieren Sie ihn her. Nein, besser noch, lassen Sie ihn abholen. Nicht dass er uns auch noch abhaut.«

Es klopfte an der Tür, und Medeot rief: »Herein.« Man reichte ihm eine Mappe. Hastig schlug er sie auf, und für einen Moment schlich sich ein siegreiches Lächeln in sein Gesicht. Dem Erkennungsdienst war es tatsächlich gelungen, an einem der Regale in Gang zwei einen Fingerabdruck zu finden. Doch nicht nur das, es gab zu diesem Abdruck sogar einen Treffer in der landesweiten Datenbank.

Als Medeots Blick auf den Namen fiel, gefror sein Lächeln.

Alexandra Hüttenstätter.

Es war, als würden ihn die Buchstaben hämisch angrinsen.

Diesen Namen würde er sein Leben lang nicht vergessen. Fast ein Jahr war es her, seit er ihn zum letzten Mal gelesen hatte, den Namen der Frau, die er quer durch Friaul gejagt hatte, nur um festzustellen, dass er sie zu Unrecht beschuldigt hatte.

Wäre es irgendein anderer Name gewesen, Medeot hätte sofort geglaubt, die Person sei daran beteiligt. Doch nicht Alexandra Hüttenstätter. Es war unmöglich, dass die Schriftstellerin in einer Sache wie dieser als Komplizin in Frage kam. Das ließ für Medeot nur eine mögliche Schlussfolgerung zu. Er drehte sich in Richtung der großen Pinnwand, wo das unscharfe Standbild der Überwachungskamera hing, das selbst die IT-Abteilung nur minimal hatte verbessern können.

»Das könnte sie sein«, stellte Bearzot fest, der neben Medeot stehend mitgelesen hatte.

»Das ist sie. Da wette ich drauf. Lassen Sie mich mal ihre Adresse überprüfen.« Medeot setzte sich hinter seinen Schreibtisch und tippte den Namen in den Computer. »Sie scheint tatsächlich noch hier zu leben, gemeldet ist sie in der Via Udine in Cormòns. Das ist keine drei Kilometer vom Tatort entfernt.«

»Bringt uns das weiter, was die Täter angeht?«

Medeot zog die unterste Schublade auf, die in seiner Abwesenheit stets versperrt war, und nahm ein zerknittertes Foto heraus. Darauf war ein Wohnzimmer zu sehen, hinter der großen Terrassentür der tiefblaue Ozean. Auf der Rückseite stand in schwarzen Lettern: »Bitte verzeih mir.« Medeot wusste es nicht mit Sicherheit, aber er ging davon aus, dass es für Alexandra gedacht war und vermutlich von Angelo Cherubini stammte, dem Mann, der eigentlich hinter der ganzen Sache gesteckt hatte und der sie fast unschuldig ins Gefängnis hätte gehen lassen.

»Unglücklicherweise habe ich da eine Idee«, murmelte Medeot kaum hörbar.

»Sie glauben, es war Angelo Cherubini?«

»Ich wüsste nicht, wer sonst etwas davon hätte, sie zu entführen.«

»Aber er ist nach der ganzen Sache damals spurlos verschwunden. Ich dachte, er sei abgehauen. Irgendwohin, weit weg, wo es warm ist und paradiesisch. Wieso sollte er zurückkommen? Und wieso ausgerechnet jetzt?«

»Ich weiß es nicht, Bearzot.«

ZWEI

Es war schon lange dunkel, als Medeot die Tür zu dem etwas außerhalb von Görz gelegenen Einfamilienhaus aufschloss. Im Flur brannte Licht, doch es war still. Er wusste, dass Claudia immer eine der Lampen im Erdgeschoss anließ, wenn er nicht zu Hause war. Bei allem, was sie durch seinen Beruf zwangsläufig mitbekam – vieles erzählte er ihr gar nicht, und dennoch –, konnte er diese Angewohnheit durchaus nachvollziehen. Sein Gedanke bestätigte sich, als er die Tür zum Wohnzimmer öffnete. Dort war es nämlich dunkel. Claudia und der dreizehnjährige Elias schliefen bestimmt schon, Gabriella hingegen hing mit Sicherheit noch im Internet, das kleine Kästchen im Vorzimmer blinkte munter. Die Hausregel der Medeots, dass der Internetzugang nachts abgeschaltet wurde, war in dem Moment ad acta gelegt worden, als Gabriella kurzerhand ihr Handy benutzt hatte, um sich Filme anzusehen. Medeot wurde heute noch schwindlig bei dem Gedanken an die Handyrechnung. Claudia beschwerte sich zwar hin und wieder über das ständige Geblinke im Vorzimmer – sie behauptete, die Strahlung würde dafür sorgen, dass sie schlechter schlief –, doch meist nahm sie es einfach hin.

Wie gern hätte er sich jetzt neben seiner Frau auf das federweiche Kissen sinken lassen. Ein paar Stunden hätten gereicht, um seine Reserven wieder aufzufüllen. Doch daraus wurde nichts, in seinem Kopf ging es immer noch rund wie auf dem Jahrmarkt. Es war ein Ding der Unmöglichkeit, sämtliche Gedanken zeitgleich zur Ruhe zu bringen.

Er verzichtete darauf, die große Deckenleuchte im Wohnzimmer einzuschalten, die Helligkeit des Flurs breitete sich weit genug in den Raum aus. Er ging zur Küchenzeile, öffnete den Kühlschrank und schnappte sich die erstbeste Tupperdose. Crespelle ricotta e spinaci, mit Butter und Käse im Ofen überbacken. Offenbar die Reste des Mittagessens. Es duftete einfach himmlisch und brachte Medeots Magen prompt dazu, ein lautes Knurren von sich zu geben – kein Wunder, hatte er doch seit dem Frühstück nichts mehr zwischen die Zähne bekommen.

Er nahm sich eine Gabel und wollte es sich gerade auf dem einladenden Sofa bequem machen, als er es hörte. Etwas schlich draußen vor der Terrasse durch die Dunkelheit. Schemenhaft zeichneten sich im Garten die Bäume ab, Oleander und Sommerflieder, von denen er jeden einzelnen kannte und von denen jeder an seinem Platz war. Er schüttelte energisch den Kopf und wandte sich wieder seiner Mahlzeit zu. Das Umland von Görz war eine ländliche Gegend, voll von weiten Äckern und Weingärten, Wiesen und Wäldern, und die Ufergegend des Isonzo, der unweit des Grundstücks südwärts floss, beherbergte beinahe unberührte Naturjuwelen. Es kam durchaus vor, dass wilde Tiere abseits ihrer eigentlichen Territorien auf Nahrungssuche gingen. Hauptsächlich waren es Wildschweine; Medeot hatte bereits einmal einem ausgewachsenen und äußerst kampflustigen Exemplar gegenübergestanden. Eine erneute Begegnung dieser Art wollte er tunlichst vermeiden, selbst wenn er dabei riskierte, den Ärger von Claudia auf sich zu ziehen, wenn sie bemerkte, dass jemand ihren Gemüsegarten vorzeitig abgeerntet hatte. Den Zorn seiner Frau zog er dem eines voll entwickelten Keilers definitiv vor.

Genüsslich schob er sich einen Bissen nach dem anderen in den Mund. Selbst kalt waren die Crespelle einfach unbeschreiblich köstlich. Er hatte fast aufgegessen, als er einen neuerlichen Blick nach draußen warf. Beinahe wäre ihm das Essen im Hals stecken geblieben. Da war ein Baum, ein schmaler, menschlich geformter, der dort definitiv nicht hingehörte.

Mit einem Satz war er zurück am Küchentresen, wo er seine Dienstwaffe abgelegt hatte. Er ergriff die Beretta, würgte den Rest Crespelle hinunter und schlich in Deckung der Möbel zur Rückseite des Wohnzimmers. Er war fast am Fenster angekommen, als etwas gegen die Scheibe klopfte. Beinahe wäre ihm die Waffe aus der Hand gerutscht, so sehr erschrak er über das unerwartete Geräusch. Es klopfte wieder. Leise, aber ungeduldig – an die Scheibe der Terrassentür. Mit vorgehaltener Pistole starrte er ungläubig auf den Mann, der da im Dunkeln vor seiner Tür stand.

»Cherubini«, keuchte er ungläubig und entsicherte seine Waffe.

»Nicht schießen, Commissario«, tönte Angelos Stimme dumpf durch die Scheibe, »bitte. Ich brauche Ihre Hilfe.«

Er hob demütig beide Hände in die Luft.

»Ich sollte Sie auf der Stelle erschießen, Sie verdammter …« Medeots Stimme bebte, und er spürte, wie sein Gesicht vom Hals aufwärts rot anlief. »Nach allem, was Sie sich geleistet haben, wagen Sie es, in meinem Zuhause aufzutauchen, noch dazu mitten in der Nacht? Während meine Familie oben schläft! Und was haben Sie mit Alexandra gemacht, Sie Bastard, wo ist sie? Haben Sie ihr etwas angetan?«

Er musste sich bemühen, nicht vollends loszubrüllen. Das Letzte, was er brauchen konnte, war, seine Familie in Gefahr zu bringen. Er griff zum Handy, um Verstärkung anzufordern. Bei jemandem wie Cherubini konnte man nicht vorsichtig genug sein.

»Nein, bitte, Medeot. Lassen Sie das und hören Sie mir einen Moment zu, bitte. Wegen Alexandra bin ich doch hier.« Er trat noch näher an das Glas heran und fasste in seine Hosentasche.

Jeder Muskel in Medeots Körper spannte sich. Wenn Cherubini jetzt eine Waffe zog, würde er ihn erschießen, da gab es keine Diskussion. Doch Angelo zückte ein Blatt Papier und hielt es an die Scheibe. Es war ein DIN-A5-groß ausgedrucktes Foto von Alexandra Hüttenstätter, die benommen an der Kamera vorbei ins Leere starrte. Vor ihr lag auf einem Tisch die heutige Ausgabe des »Il Piccolo«, er erkannte die Regierungschefin Serracchiani auf der Titelseite.

»Das habe ich heute Nachmittag bekommen«, erklärte Angelo, und er klang beunruhigt. »Lassen Sie uns bitte kurz reden, ich mache mir Sorgen um sie.«

Medeot überlegte, musterte den attraktiven Mann mit den undurchschaubaren blauen Augen. Er sah hilflos aus. Medeot hielt nicht viel von ihm, dennoch war er sich sicher, dass Angelo Cherubini es nicht darauf abgesehen hatte, einen hochrangigen Polizisten in seinem eigenen Haus zu überfallen. Das war erstens nicht sein Stil, und ein Gewalttäter war der Mann obendrein nie gewesen. Er öffnete und ließ ihn eintreten, senkte die Pistole aber keinen Millimeter.

»Sie haben vielleicht Nerven«, knurrte Medeot.

»Es tut mir leid. Ich hätte vermutlich nicht herkommen dürfen, aber ich wusste nicht, was ich sonst tun sollte.«

Medeot starrte ihn an. Er bekam gerade eine einmalige Gelegenheit auf dem Silbertablett präsentiert, einen Dieb, Betrüger und Kunstfälscher dingfest zu machen. Es gab nach wie vor einen Haftbefehl gegen Angelo Cherubini. Zwar nur wegen Widerstands gegen die Staatsgewalt und Unterschlagung, denn der Beihilfe zu den Morden seines damaligen Komplizen war er nie überführt worden, doch für Medeot wäre es persönlich eine Genugtuung, diesem professionellen Lügner den Garaus zu machen.

»Commissario, Sie sind einer von den Guten. Deshalb komme ich zu Ihnen. Ich werde mich stellen.«

Medeot ließ die Waffe sinken und runzelte die Stirn. Er sollte ihn einfach in seinen Wagen verfrachten und auf das Präsidium schleifen, vorsichtshalber in Handschellen, um Cherubini zumindest ein Stück weit für seine Taten im vergangenen Jahr büßen zu lassen.

Doch er entschied sich anders. »Wie soll es Alexandra retten, wenn Sie sich stellen?«, wollte er wissen und legte seine Waffe zur Seite.

Angelo reichte ihm den Ausdruck. Am unteren Rand stand in gedruckten Buchstaben etwas, das Medeot auf den ersten Blick nicht aufgefallen war.

»Deine Freiheit für ihre«, las er.

»Deshalb bin ich hier«, sagte Cherubini ruhig. Entweder hatte er sich außergewöhnlich gut unter Kontrolle, oder er hatte sich seine Schritte vorab gut überlegt und bereits eine Entscheidung getroffen. »Ich will, dass Sie mich verhaften und es an die ganz große Glocke hängen.«

Es war also Letzteres der Fall.

»So wichtig, wie Sie glauben, sind Sie auch wieder nicht«, warf Medeot ein.

Cherubini verzog keine Miene. Es schien ihm ernst zu sein.

»Es geht nicht darum, wie wichtig ich bin, sondern darum, dass eine möglichst breite Masse davon erfährt, dass ich meine Freiheit aufgegeben habe. Und damit hoffentlich auch derjenige, der hinter Alexandras Entführung steckt.«

»Haben Sie eine Idee, wer das sein könnte?«

Angelo Cherubini verneinte.

Medeot zögerte mit einer Entscheidung. Es wäre möglich, dass Cherubini seine beste Chance war, Alexandras Leben zu retten. Sie hatten nicht gerade eine heiße Spur zu den Tätern oder ihrem Aufenthaltsort, und mit jeder Stunde, die verstrich, sank die Wahrscheinlichkeit, sie lebend zu finden.

Er zog einen der beigefarbenen Ordner, die er in Erwartung einer schlaflosen Nacht inoffiziell aus dem Büro mitgenommen hatte, aus seiner Aktentasche und blätterte zum Foto von Nicolo Zaghet. »Schon mal gesehen?«

Angelo Cherubini schüttelte den Kopf. Der sonst so charmante und in Medeots Augen gleichermaßen schmierige Schwerenöter war heute äußerst still.

»Sind Sie sicher? Sehen Sie genau hin.«

»Nein, Medeot, ich kenne diesen Mann nicht. Wer ist das?«

Medeot ignorierte seine Frage. Sie hatten den Verkäufer mit der zweifelhaften Vergangenheit an dessen offizieller Adresse nicht mehr angetroffen und ihn auch telefonisch nicht auftreiben können. Sein Handy war ausgeschaltet und er wie vom Erdboden verschluckt. Der nächste Name auf der immer länger werdenden Liste von Leuten, die er besser heute als morgen finden sollte. Was für eine Ironie, dass ihm dafür genau die Person, die er gerade nicht auf der Liste hatte, quasi frei Haus geliefert worden war. Noch war er allerdings skeptisch.

»Wie haben Sie diese Nachricht erhalten?«

»Ich denke nicht, dass das etwas zur Sache tut.«

»Und ob es das tut. Was ist, sind Sie mal wieder in etwas Illegales verwickelt? Ich tue einfach so, als hätte ich es nicht gehört. Oder haben Sie Angst, ich könnte Sie das nächste Mal auf die gleiche Weise kontaktieren, wenn mir nach Plaudern ist?«

Die Rolle begann ihm zu gefallen. Der sonst so überhebliche

Betrüger kam kleinlaut auf allen vieren angekrochen, im Bewusstsein, dass er zu verantworten hatte, was Alexandra Hüttenstätter damals alles Schlimmes passiert war.

»Nein, es gefällt mir nur nicht, in welche Richtung Sie dieses Gespräch zu lenken versuchen«, gab Cherubini gereizt zurück. »Sie sollten dankbar sein, dass ich überhaupt hier aufgetaucht bin.«

Nun, allzu weit ist es mit der verlorenen Überheblichkeit dann anscheinend doch nicht her, dachte Medeot säuerlich und entgegnete: »In meinem Garten, mitten in der Nacht und indem Sie mir einen Heidenschrecken eingejagt haben. *Ich* soll Ihnen dankbar sein? Wenn mich nicht alles täuscht, wollen *Sie* doch etwas von mir.«

»Dafür habe ich mich bereits entschuldigt. Ich konnte ja wohl kaum am helllichten Tag in die Questura spazieren.«

»Wieso denn nicht, wenn Sie sich doch ohnehin stellen wollten?«

»Ich musste sichergehen, dass alles getan wird, damit Alexandra da heil wieder rauskommt. Ich vertraue Ihnen.«

Medeot stieß schnaubend Luft durch die Nase aus. Da zeigte sich wieder einmal, wie manipulativ Cherubini war. *Ich vertraue Ihnen.* Als wenn ihn das dazu brächte, zu tun, was er verlangte.

»Mag sein, dass das so ist« entgegnete er, »doch es beruht keinesfalls auf Gegenseitigkeit. Und nicht zuletzt deshalb werden Sie sich meine Fragen wohl oder übel gefallen lassen müssen. Sie vertrauen mir? Gut, denn ich bin derjenige von uns beiden, der sagt, wo es in dieser Angelegenheit langgeht. Setzen Sie sich«, befahl er und deutete auf die Couch.

Er ging zur Küchenzeile, füllte die Caffettiera randvoll mit frisch gemahlenem Triestiner Kaffee und drehte den Gasherd auf. »Also noch mal von vorn: Es ist sehr wohl von Bedeutung, wie die Entführer Sie erreicht haben. Es zeigt uns nicht nur, ob die wussten, wo Sie sich aufhielten, sondern auch, ob sie Sie wieder kontaktieren können und umgekehrt.«

»Wenn Sie es unbedingt wissen müssen: Es wurde mir über eine E-Mail zugespielt. Ich habe auf die Nachricht geantwortet, gefragt, was sie von mir wollen, aber es kam keine Reaktion.«

»Unsere Techniker können bestimmt herausfinden, wem diese E-Mail-Adresse gehört oder von wo die Nachricht verschickt wurde.«

»Ich habe bereits versucht, die IP-Adresse des Absenders zurückzuverfolgen, aber das war zwecklos, sämtliche Spuren wurden verwischt. Wer immer das ist, sie sind schlau.«

»Wer kann von Ihrer E-Mail-Adresse wissen? Sie verteilen sie doch sicher nicht an jeden.«

»Es gibt einige Leute, die sie kennen und hätten weitergeben können. Wenn ich darauf zugreife, lasse ich mich aber bestimmt nicht verfolgen. So dumm bin ich nicht.«

Medeot ignorierte die Bemerkung und schwieg.

»Was ist?«, fragte Cherubini ungeduldig. »Weihen Sie mich bitte ein?«

»Worin ein?«

»In den Gedanken, den Sie gerade hatten. Sie verschweigen doch etwas.«

Das musste er Angelo Cherubini lassen, der Mann hatte die Gabe, Menschen zu lesen. Ihm war tatsächlich gerade ein sehr interessanter Gedanke gekommen.

»Ich bitte Sie, Commissario. Sagen Sie mir, was hier los ist.«

»Wenn Sie mich fragen, hat die Botschaft eine andere Bedeutung«, erklärte Medeot schließlich. »Ich bezweifle, dass die wollen, dass Sie sich stellen. Ich glaube, Sie sind das Lösegeld für Alexandra, und ich würde wetten, dass Sie bald noch eine E-Mail bekommen, in der steht, wann und wo der Austausch stattfinden soll.«

Mit einem Mal war die Ruhe aus Cherubinis Augen verschwunden. Medeot konnte direkt sehen, was dahinter vor sich ging: Er realisierte, dass er in dem Fall nicht mehr auf Medeots Hilfe angewiesen wäre. Sein Blick wanderte von der Terrassentür zu Medeot und dann zur geladenen Beretta auf dem Tresen.

»Was immer Sie jetzt glauben, tun zu müssen – lassen Sie es«, sagte Medeot seelenruhig.

»Nein, ich … Sie hatten völlig recht. Es war eine dumme Idee, hierherzukommen. Ich sollte jetzt besser gehen und Sie nicht länger um Ihren wohlverdienten Schlaf bringen. Das war sehr unverschämt von mir.«

»Sie gehen nirgendwohin«, entgegnete Medeot und griff wieder zur Waffe, während er mit der anderen Hand die dampfende Caffettiera vom Herd nahm und die duftende Brühe auf zwei Tassen verteilte. »Wenn Sie sich jetzt aus dem Staub machen und Alexandra stößt etwas zu, werden Sie Ihr restliches Dasein im Bewusstsein fristen, dass es ganz allein Ihre Schuld war.«

Das saß. Angelo Cherubini schluckte hörbar und ließ sich widerstandslos eine Tasse in die Hand drücken.

»Können Sie nicht einfach vergessen, dass ich hier war? Ich hole sie selbst da raus, dafür brauche ich Sie nicht.«

»Doch, das tun Sie. Wer garantiert Ihnen, dass die Alexandra tatsächlich laufen lassen? Wir brauchen uns gegenseitig. Nur so können wir sie heil wieder nach Hause bringen.«

Angelo nickte ohne jegliche Überzeugung und nippte am heißen Kaffee.

»Lorenzo, ist alles in Ordnung?«

Claudias besorgte Stimme drang in sein Bewusstsein. Im ersten Moment war er noch völlig orientierungslos. Als sich sein Verstand eine Sekunde später ruckend in Gang setzte, sprang Medeot wie von der Tarantel gestochen auf. Cherubini! Er hätte diesem Bastard nie über den Weg trauen dürfen. Was hatte er mit ihm gemacht, hatte er ihn etwa betäubt?

»Willst du mich deinem Freund denn nicht vorstellen?« Claudia deutete auf die andere Seite der Couch, wo Angelo Cherubini – genau wie er selbst – wohl irgendwann einfach eingenickt war.

Seine Claudia war die schlauste und fürsorglichste Frau, die Medeot sich in seinen kühnsten Träumen nicht hätte ausmalen können. Die beiden hatten durchaus schwere Zeiten hinter sich, und trotzdem waren sie einander in all den Jahren ihrer Ehe nie von der Seite gewichen. Eine der Eigenschaften, die er so an seiner Frau schätzte, war, dass sie genau wusste, wann sie einer Situation kommentarlos den Rücken kehren und wann sie sich einmischen musste. Aus irgendeinem ihm unerfindlichen Grund jedoch erachtete sie die momentane Situation als eine, die ihre Aufmerksamkeit und womöglich gar ihre Fähigkeiten als Gastgeberin verlangte.

Ehe Medeot reagieren konnte, war Cherubini aufgesprungen, hatte Frisur und Hemd zurechtgerückt und Claudia überschwänglich begrüßt. »Ich möchte mich aufrichtig für die Unannehmlichkeiten entschuldigen«, säuselte er. »Was müssen Sie für einen Schreck bekommen haben, am frühen Morgen einen Fremden in Ihrem Wohnzimmer vorzufinden. Bitte, Signora Medeot, verzeihen Sie Ihrem Mann und mir. Wir sind schon so gut wie weg.«

Er hauchte ihr einen Kuss auf die Hand, der Claudia ein leises Kichern entlockte.

Was sollte das? Seine Frau kicherte doch sonst nicht.

»Bitte nennen Sie mich Claudia. Sie stören keineswegs. Darf ich Ihnen eine Tasse Kaffee anbieten oder ein Cornetto?«

Medeot wollte dieser Unterhaltung auf keinen Fall tatenlos zusehen, doch er war zu perplex, um einzugreifen.

Als hätte sie nur auf ihr Stichwort gewartet, kam in diesem Moment Gabriella die Treppe herabmarschiert und betrat das Wohnzimmer. Sie sah mürrisch in die Runde und wollte gerade zu einer – Medeot war sich dessen sicher – hämischen Bemerkung ansetzen, als ihr Blick auf Angelo fiel, der ihr ein strahlendes Lächeln schenkte. Mit einem Mal war die Sechzehnjährige wie ausgewechselt und wollte gar nicht mehr aufhören, mit den Wimpern zu klimpern. Cherubini lobte das Haus und die geschmackvolle Einrichtung sowie Gabriellas Guns-N'-Roses-T-Shirt und erzählte ihr gleich eine heitere Anekdote über ein Konzert dieser Band, auf das er sich mit siebzehn heimlich geschlichen hatte.

Medeot verfolgte das Szenario stumm, bis Gabriella einen glasigen Blick bekam und, während sie Angelos Geschichten lauschte, beiläufig mit einer Haarsträhne zu spielen begann.

»Das reicht jetzt«, knurrte er, packte Angelo am Arm und zog ihn aus dem Zimmer.

»Aber Papà, was hast du denn?«, echauffierte sich Gabriella.

Medeot starrte seine Tochter nur finster an. »Wir gehen«, erklärte er. »Wir haben viel zu tun.«

»Was haben Sie vor?«, wollte Angelo, der alles bereitwillig mit sich hatte geschehen lassen, wissen, sobald sie außer Hörweite waren.

»Ich bringe Sie jetzt in die Questura. Das hätte ich schon gestern Nacht tun sollen.«

»Was? Nein! Das können Sie vergessen.« Mit einer blitzartigen Bewegung befreite er sich aus Medeots Griff und war bereits an der Haustür, als Medeot noch verdutzt auf seine leeren Hände starrte.

»Wie stellen Sie sich das vor? Wenn Sie mit der Polizei zusammenarbeiten wollen, werden Sie sich früher oder später dort blicken lassen müssen.«

Angelo lachte laut auf. »Sie haben vielleicht Nerven. Dann hätte ich mich ja gleich verhaften lassen können.«

»Genau das hatten Sie gestern aber doch vor?«

»Ich hatte vor, Alexandra das Leben zu retten, und das ist immer noch so. Ich will und werde aber ganz bestimmt nicht mit der Polizei zusammenarbeiten, sondern nur mit Ihnen. Wenn Sie damit nicht einverstanden sind, gehe ich und finde sie allein.«

Medeot war nicht sonderlich überrascht über diese Reaktion, er hatte ohnehin nicht damit gerechnet, dass er sich widerstandslos auf ein Polizeirevier würde schleifen lassen. Also willigte er ein. Er führte Cherubini in sein Arbeitszimmer, das er so gut wie nie benutzte, und brachte sogar das Kunststück fertig, ihn so lange abzulenken, dass er ihn mit einer Hand an den Heizkörper fesseln konnte. Cherubini gab ein erbostes Fauchen von sich, doch da saßen die Handschellen bereits.

»Was soll das? Sie können mich hier doch nicht einfach anketten wie einen Hund!«

»Wie Sie sehen, kann ich das sehr wohl. Was soll ich Ihrer Meinung nach sonst tun? Sie frei in meinem Haus herumlaufen lassen?«

»Wieso nicht? Ich bin mir sicher, ich würde mich mit Ihrer Frau und Ihrer Tochter sehr gut verstehen.«

Medeots Unterlippe bebte, er musste sich zusammenreißen, diesem Möchtegern-Casanova keinen rechten Haken zu verpassen. »Machen Sie sich darüber mal keine Gedanken, die sind mittlerweile bestimmt schon weg.«

»Was ist, wenn ich auf die Toilette muss?«

Medeot sah sich um, griff zum Stiftebecher auf dem Schreibtisch, leerte ihn kurzerhand aus und warf ihn Cherubini vor die Füße.

Angelo Cherubini sah ihn ungläubig an.

»Keine Sorge«, brummte Medeot, »ich werde nicht lange weg sein«, und er hatte vor, dieses Versprechen zu halten.

Er brauchte nicht einmal zehn Minuten von seiner Einfahrt bis zum Eingangstor der Polizeidienststelle. Die Hauptstraße ins Zentrum von Görz war, obwohl es ein Wochentag war, nur mäßig befahren – sehr zum Missfallen Medeots, der die Zeit gern genutzt hätte, um seine Gedanken zu ordnen. Er schlich in sein Büro, winkte vorher aber noch Bearzot zu sich, der ihm eilig folgte.

Medeot war nicht in der Stimmung, sich zu fragen, wieso Bearzot überhaupt schon hier war, geschweige denn, ob er nicht gar *noch immer* hier war. Er legte den Gedanken vorerst ab, mit dem Vorsatz, ihn zu einem späteren Zeitpunkt noch einmal aufzunehmen. Stattdessen ließ er sich von Bearzot auf den aktuellen Stand bringen.

Die Neuigkeiten waren schnell zusammengefasst: Es gab keine. Zaghet blieb verschwunden. Den Anruf, der Campodonico weggelockt hatte, hatte man überprüft. Es war zu der von Zaghet angegebenen Zeit zwar tatsächlich ein Anruf auf dem Anschluss des Supermarktes eingegangen, doch dieser kam von einem nicht registrierten Wertkartenhandy, dahinter hätte sich jeder x-beliebige Anrufer verbergen können, wohl aber nicht die Bezirksleitung in Udine. Von den Entführern und Alexandra Hüttenstätter fehlte ebenfalls weiter jede Spur.

Medeot stützte das Gesicht in seine Hände. Hätten sie wenigstens irgendetwas, dem sich nachgehen ließe, ihm würde die

Zusammenarbeit mit Cherubini vielleicht erspart bleiben, doch so hatte er keine Wahl.

Er entschied, Bearzot einzuweihen. Dessen Reaktion war erwartungsgemäß gemischter Natur. Letzten Endes überwogen Freude darüber, möglicherweise einen besonderen Trumpf in der Hand zu halten, und Aufregung den Unmut ob ihres halblegalen Vorgehens. Medeot wartete geduldig, bis sein Schützling langsam wieder aufhörte zu zappeln wie ein junges Eichhörnchen, ehe er ihm einschärfte, Cherubinis Auftauchen vorerst für sich zu behalten.

»So«, verkündete Medeot, als er die Tür zu seinem Arbeitszimmer schwungvoll aufriss. Cherubini saß unverändert an genau der Stelle, an der Medeot ihn zurückgelassen hatte. »Dann lassen Sie uns mal herausfinden, was diese Typen von Ihnen wollen.«

»Gut, fangen wir an«, erwiderte Cherubini, erhob sich und streifte die Handschellen ab.

»Was zum …«

»Ach kommen Sie, Commissario.« Er grinste breit. »Sie dachten doch wohl nicht im Ernst, dass ich mich von einem Paar Handschellen festhalten lasse.«

Auch diesmal gelang es Medeot, die Provokation einfach zu ignorieren, obwohl fraglich war, wie lange er diese Selbstbeherrschung noch an den Tag legen konnte.

»Fangen wir mit etwas Einfachem an. Ich brauche eine Liste aller Personen, die ein Problem mit Ihnen haben. Die können wir dann überprüfen.«

»Sie denken, dass sich jemand an mir rächen will?«

»Möglich wäre es.« Und naheliegend, fügte er im Stillen hinzu. Selbst er bekam Aggressionen, wenn der Schönling ihn so heimtückisch angrinste, er mochte sich gar nicht ausmalen, wie es erst jemandem gehen musste, der sich von ihm hatte reinlegen lassen. Das wäre Motiv genug.

»Vielleicht sollten Sie mir erst mal erzählen, was Ihres Wissens genau geschehen ist? Dann wären wir zumindest auf dem gleichen Stand.«

Medeot zögerte, begann dann aber, in ein paar kurzen Sätzen zusammenzufassen, was passiert war. »Wenn sich wirklich jemand an Ihnen rächen will, was glauben Sie, was für ein Schicksal Sie erwartet, wenn die Sie in die Finger bekommen? Und deshalb will ich nicht, dass Sie sich allein auf die Suche machen, sich denen vielleicht sogar ausliefern«, schloss er.

»Sie machen sich doch nicht etwa Sorgen um mein Schicksal?«

»Ein Menschenleben ist ein Menschenleben, Cherubini. Alexandra zu retten und Sie dafür zu opfern ist keine Option. Deshalb kann ich Sie nicht gehen lassen, und deshalb müssen Sie mit mir zusammenarbeiten.«

Cherubini schien ernsthaft über Medeots Worte nachzudenken. Ohne Zweifel machte es Sinn, was der Commissario erzählte, selbst er würde das nicht leugnen können.

»So einfach ist das aber nicht«, warf er dennoch ein. »Sie müssen mir vorher garantieren, dass Sie nichts von dem, was ich Ihnen erzähle, gegen mich verwenden.«

»Damit wollen Sie sagen?«

»Ich will Immunität.«

Medeot lachte laut auf. »Nein!«, rief er entschieden.

»Dann werden Sie von mir auch nichts erfahren. Zumindest nichts, was mich in irgendeiner Weise belasten könnte.«

»Das ist Erpressung.«

»Das ist eine Bitte um Ihr Entgegenkommen.«

»Unsinn. Sie wollen wie immer das Maximum für sich herausholen. Aber so läuft das nicht. Ich mache Ihnen einen Gegenvorschlag: Sie erzählen, und ich entscheide dann, was ich mit dieser Information anfange.«

»Wie kommen Sie darauf, dass ich mich auf so etwas einlassen würde?«

»Soll Alexandra sterben?«

»Das kann doch nicht Ihr Ernst sein!«

»*Sie* sagten, Sie würden mir vertrauen. Dann fangen Sie jetzt endlich damit an. Ich will Alexandra wohlbehalten zurückbringen. Alles andere ist mir egal. Es geht hier nicht um Sie.«

Cherubini knirschte hörbar mit den Zähnen. Medeot erwiderte

seinen Blick, so fest er konnte. Möglicherweise war er zu weit gegangen und hatte seine Chance vertan, Cherubinis Unterstützung zu erhalten. Doch so verlockend es auch war, er durfte dessen Machtspielchen keinesfalls erliegen. Gab man Angelo Cherubini nur einmal nach, hatte man schon verloren.

»Wenn wir zusammenarbeiten, dann nach meinen Regeln. Doch nichts von dem, was Sie mir erzählen, verlässt diesen Raum, wenn es nicht unbedingt nötig ist«, versprach er und streckte Cherubini auffordernd die Hand entgegen, um zu zeigen, wie ernst er es meinte.

Der überlegte eine halbe Sekunde, dann schlug er ein. »Ich habe in den letzten Jahren verschiedene Menschen auf ... auf verschiedene Arten um gewisse Dinge erleichtert«, begann er schließlich zaghaft. Immer wieder hielt er kurz inne, so als kostete es ihn Kraft und Überwindung, überhaupt weiterzusprechen.

»Sie meinen, Sie haben sie beklaut.«

»Nicht unbedingt. Einige Dinge wurden mir freiwillig ausgehändigt. Andere wiederum ... na ja. Bei den meisten dieser Menschen handelte es sich um ehrbare Leute, ich kann mir kaum vorstellen, dass einer von ihnen so etwas veranstalten würde, nur um mich in die Finger zu bekommen. Auf der anderen Seite gibt es eine überschaubare Gruppe von Personen, deren Macht – bei manchen würde ich sogar sagen, Skrupellosigkeit – sehr wohl so weit gehen könnte. Doch von denen weiß keiner, wer ich bin, geschweige denn von meiner Verbindung zu Alexandra. Es muss aber jemand sein, der von unserer Vergangenheit weiß. Da sollten wir ansetzen. Wie viele Leute können das schon sein?«

»Das kann jeder sein.« Medeot winkte ab. »Die Geschichte war letztes Jahr in allen Medien, und Sie wissen selbst, wie schnell sich so etwas herumspricht. Die Leute, von denen Sie gerade sprachen, sollten wir hingegen nicht sofort ausschließen. Es könnte jemand dahintergekommen sein, wer Sie sind.«

»Nein, das wüsste ich«, gab Cherubini bestimmt zurück.

Medeot musste sich bemühen, ruhig und höflich zu bleiben. Bislang war ihm der Mann wahrlich keine große Hilfe. Im Gegenteil. Er machte nichts als vage Andeutungen, die sie in zehn Jahren nicht weiterbringen würden. »Ich will, dass Sie mir die Namen von jedem Einzelnen aufschreiben, von dem Sie wissen, dass er Sie kennt und weiß, wie er Sie kontaktieren kann.«

»Warten Sie mal, Medeot. Mir fällt da gerade jemand ein, der vielleicht wirklich einen Grund hätte, sich an mir zu rächen.«

»Wie wäre es, wenn Sie mit ihm beginnen?« Medeot war ungeduldig.

»Jules Durant. Er heißt Jules Durant. Machen Sie sich nicht die Mühe, diesen Namen zu überprüfen, Sie werden nichts finden. Er ist ein Geist. Ich kann Ihnen nicht einmal mit Sicherheit sagen, ob er wirklich so heißt. Man kennt ihn jedenfalls nur unter diesem Namen.«

»Na, großartig. Was hat es mit diesem Jules Durant auf sich?«

»Er ist … sozusagen ein Kollege. Wir haben uns auf einer Gala im De La Minerve in Rom kennengelernt.«

»Einer … einer Gala für Ganoven?«, unterbrach Medeot ihn ungläubig.

»Was? Nein, natürlich nicht. Es war ein Fest zu Ehren des kanadischen Botschafters in Italien. Sie glauben doch nicht wirklich, dass es so etwas wie Gaunerbälle gibt? Wenn Sie so etwas suchen, gehen Sie am besten auf das nächste Sommerfest der Forza Italia oder irgendeiner anderen Partei, im Grunde ist es völlig egal. Aber ich schweife ab.« Er ignorierte Medeots rot angelaufenes Gesicht und ergänzte: »Seinesgleichen sucht und findet sich, Commissario. Das gilt auch für die Welt der Ganoven. Ich erkannte sofort, dass er aus einem ähnlichen Grund dort war wie ich, und er wusste es auch.«

»Also haben Sie sich einfach zusammengetan und gemeinsam ein … *Ding* durchgezogen?«

»Nein, im Gegenteil. Wir fürchteten beide, der eine würde dem anderen zuvorkommen oder unseren jeweiligen Plan vereiteln, sodass wir am Ende beide fast aufgeflogen wären. Später stellte sich heraus, dass wir zwar auf derselben Veranstaltung zuschlagen wollten, aber völlig verschiedene Dinge im Visier hatten. Wir haben uns einige Zeit später auf einem Chateau bei einer Flasche 1961er Bordeaux unterhalten und beschlossen, unsere Kräfte in der Zukunft episodisch zu vereinen. Es gibt Ziele, die sich im Alleingang nun mal nicht erreichen lassen.«

»Wo sind die Zeiten hin, in denen man noch auf ein Bier in die Bar ging?«, warf Medeot grimmig ein. »Was ist dann passiert? Haben Sie ihn abgezogen?«

»Wir heckten den perfekten Plan aus. Ziel, Ablenkung, Durchführung, Flucht – es war alles bis ins kleinste Detail geplant, und wir wussten, das Vorgehen war unfehlbar. Wir quartierten uns unauffällig in der Nähe ein und warteten auf den Tag.«

»Was wollten Sie stehlen?« Medeot war neugierig an die vorderste Kante des Sessels gerückt und lauschte gebannt jedem von Cherubinis Worten. Fast wie Gabriella am Morgen, stellte eine leise Stimme in seinem Kopf fest, doch die brachte er mit einem geistigen Abwinken zum Schweigen.

»Das werde ich Ihnen doch nicht auf die Nase binden«, entgegnete Cherubini. »Außerdem tut es nichts zur Sache. Nur so viel: Es war klein, hatte eine lange, von Blut getränkte Geschichte und war von so unglaublichem Wert, dass Sie es sich nicht einmal in Ihren kühnsten Träumen ausmalen könnten. Abgesehen davon, und das war noch viel wichtiger, würde die Person, die es schaffte, diesen Gegenstand zu stehlen, für immer in die Geschichte eingehen.«

»Lassen Sie mich raten: als der beste Dieb aller Zeiten.«

»Ganz genau, Commissario.«

»Und was soll das bitte für ein Gegenstand sein? Der Heilige Gral? Wie viele Abnehmer gibt es überhaupt für Dinge von solchem Wert? Widerstrebte es Ihnen nicht, ein so hohes Risiko einzugehen, nur um Ihre Konkurrenz auf der Diebesrangliste hinter sich zu lassen, und es dann vielleicht nicht einmal veräußern zu können?«

»Derjenige, dem wir es, sagen wir mal, entwenden wollten, hatte es selbst auf einem ähnlichen Weg bekommen. Er wäre kaum zur Polizei gegangen.«

»Kann also auch er jemand sein, der Rache nehmen will?«

»Nein.« Angelo legte eine Pause ein. »Wir haben es schlussendlich nicht bekommen.«

Sichtlich widerwillig gab er zu, versagt zu haben. Medeot musste sich ein schadenfrohes Schmunzeln verkneifen.

»Durant wurde gierig. Wir waren schon auf dem Weg nach draußen, er hatte die ... er hatte das Zielobjekt bereits in der Hand. Um zu flüchten, mussten wir quer durch die Privatsammlung des bisherigen Besitzers. Unglaubliche Schätze waren dort versammelt. Durant ließ sich verführen, verplemperte Zeit. Zeit, die wir nicht hatten. Für unseren Abgang hatten wir ein Seil zum niedriger gelegenen Nachbarhaus gespannt. Ich wollte schleunigst abhauen, doch er ließ sich nicht antreiben. Ich wollte zumindest unsere Beute, doch auch die wollte er nicht rausrücken. Wir begannen zu streiten, es wäre fast in eine Schlägerei ausgeartet. Als schließlich mehrere bewaffnete Männer den Saal stürmten, ließ ich alles stehen und liegen und flüchtete über unsere Seilrutsche.«

Medeot schluckte einen bissigen Kommentar hinunter. Aus irgendeinem Grund klang jede Geschichte, die aus Angelos Mund kam, als wäre sie einem Hollywoodfilm entsprungen.

»Ich schaffte es gerade noch auf die andere Seite. Dort kappte ich das Seil und suchte das Weite.«

»Sie haben ihm also den einzigen Fluchtweg abgeschnitten? Ich an Durants Stelle würde Sie auch umbringen wollen.«

»Sie verstehen, warum er der Erste ist, der mir einfällt?«

»Was wurde aus ihm?«

»Angeblich hat er begonnen, für denjenigen, den wir bestehlen wollten, zu arbeiten. Sonst hätte der ihm wahrscheinlich erst jedes Fingerglied einzeln abgeschnitten und ihn dann verschwinden lassen. Er dachte sicher, es könnte nicht schaden, jemanden wie Durant auf seiner Seite zu haben, was ja auch absolut der Wahrheit entspricht.«

Medeot war sich nicht sicher, ob Angelo das wirklich ernst meinte, doch er entschied, der Geschichte vorerst Glauben zu schenken. »Das heißt also«, fasste er zusammen, »die Person, die Sie haben auflaufen lassen und für deren Tod Sie beinahe verantwortlich gewesen wären, sowie die Person, die Sie ausrauben wollten und als des Mordes fähig bezeichnen, arbeiten jetzt zusammen?«

»Richtig.«

»Wenn Jules Durant weiß, wer Sie sind, meinen Sie nicht, er hat Sie an seinen Boss verpfiffen?«

»Der hätte aber kein Motiv, sich an mir zu rächen. Er hat doch gewonnen: Nichts wurde gestohlen, und er hat jetzt einen recht fähigen Dieb, der für ihn arbeitet.«

»Was wissen Sie sonst noch über Durant?«

»Nichts. Ich sagte Ihnen doch, er ist ein Geist.«

»Dann sagen Sie mir wenigstens, wie er aussieht.«

»Hellbraunes Haar, etwa ein Meter fünfundachtzig, muskulös. Sonst sehr unauffällig. Genau das macht ihn so gut. Er bleibt den Leuten nicht in Erinnerung.«

»Anders als Sie, wollen Sie sagen?«

»Es ist Segen und Fluch gleichermaßen«, witzelte Cherubini, doch diesmal kam Medeot nicht dazu, sich über seine Arroganz zu ärgern, er war mit seinen Gedanken schon woanders.

Es musste nichts bedeuten, doch Cherubinis Beschreibung entsprach der, die Pipi ihnen über den dritten Unbekannten gegeben hatte, der durch den Lieferanteneingang verschwunden war, ehe es losging, auch wenn diese sehr vage war und auf eine Vielzahl an Personen zutraf.

»Ich will jedes Detail über Durant wissen. Alles, woran Sie sich erinnern.«

DREI

Am frühen Abend saß Medeot wieder in seinem Büro in der Questura und knabberte gedanklich immer noch an seiner Einstellung hinsichtlich Angelo Cherubini herum. Manipulieren würde er sich von ihm mit Sicherheit nicht lassen, dafür war er viel zu schlau, dessen war er sich sicher. Dennoch hatte Cherubini ihn in der kurzen Zeit so weit gebracht, dass er ihm in dieser speziellen Situation vertraute. Ohne groß nachzudenken, hatte er den Mann, nachdem er den Einwand geäußert hatte, er könne wohl kaum an einen Heizkörper gekettet auf dem Boden übernachten, gehen lassen. Medeot war überzeugt, dass Cherubini keinesfalls verschwinden würde, dafür würde ihn sein Gewissen viel zu sehr plagen.

Er rieb sich die brennenden Augen, lehnte sich in seinem Sessel zurück und verschränkte die Hände auf dem Bauch. Bereits seit Stunden ging er dem Hinweis nach, den Angelo ihm gegeben hatte. Die Hoffnung, in diesem mysteriösen Entführungsfall irgendeine Verbindung zu Jules Durant zu finden, schwand mit fortschreitender Uhrzeit und jeder neuen Sackgasse ein bisschen mehr. Er war tatsächlich ein Geist. Bearzot hatte in der Zwischenzeit sämtliche Namen überprüft, die Cherubini noch eingefallen waren, doch er hatte keine Verbindung gefunden. Die IP-Adresse, von der die Erpresser-Mail verschickt worden war, führte nirgendwohin außer in die Irre, und auch das Foto, auf dem Alexandra Hüttenstätter zu sehen war, hatte sie keinen Schritt weitergebracht. Im Hintergrund war nichts zu erkennen, und die Reichweite des »Il Piccolo« bei einer Auflagenhöhe im mittleren fünfstelligen Bereich war viel zu groß, um eine Spur zu liefern. Da kam es ihm gelegen, dass in diesem Moment Bearzot an die Tür klopfte.

»Trinken Sie mit mir einen schnellen Kaffee bei Michele?«, fragte er und erhob sich schon. »Geht auf mich.«

»Was ist mit Signor Cherubini?«, entgegnete Bearzot anstelle einer Antwort. »Sie haben ihn doch nicht einfach gehen lassen, oder? Das Risiko, dass er verschwindet, ist viel zu hoch. Haben Sie ihn versteckt?«

»Es wäre mir lieber, wenn Sie sich darüber keine Gedanken machen, Bearzot.«

»Wieso nehmen Sie mich beim nächsten Mal nicht mit? Ich kann Ihnen sicher eine große Hilfe sein.«

»Danke, aber ich halte es für besser, Sie nicht noch weiter mit hineinzuziehen. Wir sollten vermeiden, dass Sie mit Cherubini in Berührung kommen. Ich würde Ihnen nie zumuten, derart vorschriftswidrige Handlungen durchzuführen, das könnte Sie in ernsthafte Schwierigkeiten bringen.«

»Aber ich wollte doch selbst …«

»Kein Aber! Sie sind mit dem offiziellen Teil der Ermittlungen betraut. Es gibt genug zu tun, Zaghet muss gefunden, die Ergebnisse der Spurensicherung ausgewertet werden und so weiter. Da müssen Sie weiter dranbleiben, während ich mich um diese andere Sache kümmere.«

»Nein«, widersprach der junge Inspektor trotzig.

»Wie bitte?«

»Nein. Sie haben mich verstanden. Geben Sie diese Aufgabe Capello. Sie haben mich eingeweiht, also will ich auch voll und ganz dabei sein.«

»Das ist ein Befehl, Ispettore Bearzot.«

»Bei allem Respekt, Chef. Ich weiß nicht, in welche Löwenhöhle Sie sich begeben wollen, und es steht zu vermuten, dass Sie das auch nicht wissen. Es könnte also gefährlich werden, ich lasse Sie aber bestimmt nicht allein ins Verderben rennen.« Bearzot verschränkte die Arme vor der Brust.

Medeot blieb für einen Moment die Spucke weg. Wie sein junger Mitarbeiter da so überzeugt und wild entschlossen vor ihm stand, musste er an sich selbst denken, an sein viel jüngeres Selbst. Ehe er seine Sprache wiedergefunden hatte, begann sein Handy auf dem Schreibtisch zu vibrieren. Die Nummer war unterdrückt, was auf seinem privaten Mobiltelefon am heutigen Tag nur eines heißen konnte.

Er bedeutete Bearzot zu warten und meldete sich.

Nie hätte er gedacht, jemals von sich sagen zu können, dass er ehrlich froh war, Angelo Cherubinis Stimme zu hören. Sein Instinkt hatte ihn nicht getäuscht.

»Es gibt Neuigkeiten«, verkündete Cherubini ohne Umschweife.

»Schießen Sie los.«

»Ich habe soeben eine E-Mail bekommen.«

Medeot hielt die Luft an.

»Wie Sie es vorhergesagt haben«, ergänzte Cherubini.

»Wir treffen uns bei mir. Sofort.« Medeot war bereits aufgestanden, schob sich, das Telefon von einer in die andere Hand wechselnd, umständlich in sein Sakko und wollte nach draußen, als Bearzot sich ihm mit grimmigem Gesichtsausdruck in den Weg stellte. Er hielt auffordernd die Hand auf.

»Ich fahre.«

Medeot seufzte. »Sind Sie sich absolut sicher, dass Sie das wollen?«

»Das bin ich.«

Es hatte wenig Sinn, seinem Schützling die Idee ausreden zu wollen, wahrscheinlich würde er ihm ohnehin folgen. Widerwillig ließ er den Schlüssel in Bearzots Hand fallen. Der nickte zufrieden.

»Was soll das werden, Medeot?«, rief Cherubini alarmiert, als er Bearzot erblickte. Er hatte es sich in Medeots Gartenlaube, die von außerhalb des Grundstücks nicht einsehbar war, bequem gemacht. Hastig sprang er auf, wohl in der Erwartung, die Kavallerie würde gleich um die Ecke kommen.

»Beruhigen Sie sich«, brummte Medeot, »das ist Ispettore Tommaso Bearzot. Es war nötig, jemanden einzuweihen. Außer ihm weiß niemand davon, darauf haben Sie mein Wort.«

Cherubini sah nicht sonderlich glücklich aus und maß Bearzot mit einem skeptischen Blick. Der hingegen freute sich sichtlich, Angelos Bekanntschaft zu machen. Es war kein Geheimnis, dass er eine Schwäche für Fälle hatte, die klangen, als wären sie von

Danny Ocean persönlich ausgeheckt worden. Und Kunstraub, Cherubinis ureigenes Metier, fiel ganz gewiss in diese Kategorie. Kein Wunder also, dass er so interessiert daran gewesen war, mitzukommen.

Obwohl es Bearzot schwerfiel, sein Lächeln zu unterdrücken, hatte er sich doch ganz gut unter Kontrolle. Medeot ließ ihm den Vortritt, schloss die Tür der Gartenlaube hinter sich und zog die Vorhänge zu. Sicher war sicher. Angelo Cherubinis nach wie vor misstrauischer Blick entging ihm nicht, doch er beschloss, ihn zu ignorieren. Cherubini würde sich mit der Situation abfinden müssen.

»Zeigen Sie mir die E-Mail«, forderte er ihn auf.

Cherubini starrte Bearzot weiterhin an, legte dann aber ein Blatt Papier auf den Tresen.

»Wenn Sie Ihre Freundin wiedersehen wollen, kommen Sie um dreiundzwanzig Uhr in die Via Corona 23, zum Eingang der ehemaligen Abfüllanlage. Allein«, las Medeot laut vor.

»Ein abgelegener Ort ohne Zeugen, aber mit vielen Möglichkeiten, sich zu verstecken. Wer immer das ist, die sind schlau. Wir haben nicht mehr viel Zeit. Sie hatten recht, Commissario, das Lösegeld bin wohl ich. Also, was wollen wir tun?«

Das war Bearzots Stichwort. Er hievte den Metallkoffer, den er bei sich trug, auf den Tisch und öffnete ihn. »Darf ich vorstellen, unsere mobile Überwachungseinheit.«

Neugierig warf Angelo einen Blick über Bearzots Schulter, der ihm sogleich einen winzigen Ohrstöpsel reichte.

»Sie werden zu dem Treffpunkt gehen. Mit diesem Ding werden Sie uns hören, und Sie bekommen ein Mikro, damit wir alles mitbekommen, was bei Ihnen vor sich geht. Sobald Sie Alexandra sehen, geben Sie uns ein Zeichen, und wir greifen ein.«

»Sie?« Angelo starrte ungläubig vom einen zum anderen. »Sie beide?«

»Nein, nicht wir«, erwiderte Medeot, »es gibt da jemanden, der mir noch einen großen Gefallen schuldet.«

»Ein Polizist?«, fragte Angelo. »Wie vielen Leuten haben Sie eigentlich davon erzählt? Und ich sollte Ihnen vertrauen.«

»Weniger ein Polizist als vielmehr eine taktisch ausgebildete Kampfmaschine, hinter der eine ganze Mannschaft von Kampfmaschinen steht.«

Das war etwas übertrieben, dessen war Medeot sich bewusst, Cecchi und seine Leute waren gewiss keine Kampfmaschinen, aber Cherubini ging ihm mittlerweile gehörig auf die Nerven. Er verstand nicht, dass Medeot seine Karriere und gesamte Zukunft aufs Spiel setzte, indem er seine Wünsche erfüllte. War Medeots Entgegenkommen dem Gauner nicht genug, sollte er ruhig ein wenig zittern.

»Das meinen Sie nicht ernst«, entgegnete Angelo Cherubini ungläubig.

»Todernst. Wissen Sie, der Gefallen, den ich bei meinem Kollegen eingefordert habe, ist nicht der, die Kidnapper zu schnappen.«

»Sondern?«

»Sondern Sie nicht von seinen Leuten in der Luft zerfleischen zu lassen.« Medeot machte eine beschwichtigende Geste in Bearzots Richtung, der nun ebenfalls einen verstörten Gesichtsausdruck aufsetzte. »Können wir auf Sie zählen?«, hakte er nach. »Kann Alexandra auf Sie zählen?«

Cerubini zuckte kurz zusammen, als Medeot den Namen erwähnte, doch er hatte sich sofort wieder unter Kontrolle. »Ich mache es. Na los, verkabeln Sie mich.«

Ein mulmiges Gefühl hatte Medeot beschlichen, just in dem Moment, als Angelo sich zum vereinbarten Treffpunkt aufmachte. Die alte Abfüllanlage, zu der Cherubini kommen sollte, lag im Industrieviertel zwischen dem kleinen Ort Corona und Cormòns, westlich von Görz. Das Gelände war seit Jahren verlassen, die Winzergenossenschaft war in ein neues Gebäude an der Hauptstraße übergesiedelt, was sowohl den Lieferanten als auch den Einzelhändlern sehr gelegen kam. Die alte Halle war nur noch ein rostiges Konstrukt mit teilweise verbarrikadierten Toren und zerbrochenen Fensterscheiben. Ein typisch italienisches Phänomen: Wurde ein Gebäude verlassen, überließ man es sich selbst, bis es eines Tages einfach in sich zusammenfiel. Oder auch nicht zusammenfiel. Es interessierte niemanden.

Medeot hörte Angelo Cherubinis Schritte auf dem Kies. Er konnte sich anhand der Anzahl zwar ungefähr ausrechnen, wo auf dem aufgelassenen Areal er sich inzwischen befand, doch es beruhigte ihn keineswegs. Sie waren blind. Gebannt starrte er auf das Armaturenbrett des Wagens. Medeot wurde das unangenehme Gefühl nicht los, Angelo geradewegs in das Verderben laufen zu lassen. Sie waren zu weit von ihm entfernt, um im Notfall eingreifen zu können. Alles andere wäre zu auffällig gewesen. Einzig die Tatsache, dass Cecchi in der Nähe war, sorgte dafür, dass er noch ruhig hier saß und, anstatt ziellos im Kreis zu laufen, nur nervös mit dem linken Bein wippte.

»Sehen Sie schon etwas?«, fragte er ungeduldig ins Mikro.

»Noch nicht«, murmelte Cherubini. »Ich bin jetzt am Tor zur Haupthalle. Es sieht so aus, als wäre keiner da.«

»Das kann doch nicht sein, wollen die uns verarschen?« Medeot nahm erneut den Zettel zur Hand, auf dem die Nachricht abgedruckt war, und überprüfte, was dort stand. »Ort und Zeitpunkt sind so, wie die es wollten. Was soll der Blödsinn?«

»Warten Sie«, flüsterte Cherubini, »ich glaube, ich sehe etwas.«

Wieder hörten sie sekundenlang nur leise Schritte.

»Was ist jetzt? Cherubini, antworten Sie!«

»Hier hängt eine Nachricht für mich, ich soll auf die andere Seite der Halle.« Cherubinis Schritte klangen nun etwas dumpfer.

»Gehen Sie etwa quer durch die Halle? Sind Sie lebensmüde? Da hat doch keiner mehr ein Auge auf Sie.«

Medeot fluchte laut und griff nach seinem Funkgerät.

»Cecchi, haben Sie das mitbekommen? Haben Sie Sichtkontakt?«

»Keine Sorge, Medeot.« Cecchis Stimme erklang knackend aus dem Lautsprecher. »Wir postieren uns bereits neu.«

Medeot lehnte sich im Fahrersitz zurück und atmete laut aus. »Cherubini wird noch dafür sorgen, dass ich zehn Jahre früher das Zeitliche segne, das sag ich Ihnen, Bearzot.«

»Er ist wirklich eine Klasse für sich.«

Medeot sah zum Inspektor, der angespannt an der vorderen Kante des Beifahrersitzes saß. »Bereuen Sie schon, dass Sie unbedingt dabei sein wollten?«

»Keinesfalls, wo denken Sie hin! Wegen Abenden wie diesem bin ich Polizist geworden.«

»Wegen Abenden, an denen wir einen selbstgefälligen Straftäter beschützen müssen?«

»Ach Chef, Sie wissen doch, wie ich das gemeint …«

»Ich sehe Scheinwerfer, Medeot«, hörten sie.

»Wo sind Sie jetzt, Cherubini? Was können Sie erkennen?«

»Ich bin an der Südseite der großen Halle. Hier scheint es auch eine Art Zufahrt zu geben, wohl ein verlassener Schotterweg. Viel kann ich nicht erkennen, es ist ziemlich dunkel. Der Wagen kommt näher. Warten Sie, es ist ein größerer Kombi, ein Seat Alhambra. Das Kennzeichen kann ich nur schlecht erkennen.« Seine Stimme war zu einem leisen Raunen geworden. Wer immer da auf ihn zukam, sollte möglichst nicht sehen, wie er vermeintliche Selbstgespräche führte. »C … B … 3 … und noch was …«

Sofort klappte Bearzot den Laptop auf seinem Schoß auf und begann mit der Suche. Das Geräusch von quietschenden Bremsen und einer Autotür, die schwungvoll aufgeschoben wurde, ertönte.

»Angelo Cherubini«, sagte eine männliche Stimme. Medeot war sich nicht sicher, ob es eine Frage oder eine Feststellung war. »Wie schön, dass Sie es einrichten konnten.« Es war nichts Besonderes herauszuhören, kein Alter, kein bestimmter Tonfall, nicht einmal der Hauch eines Akzents.

»Wir greifen erst ein, wenn wir sicher sind, dass Alexandra Hüttenstätter im Wagen und aus der Schusslinie ist«, sagte Cecchi. »Das Letzte, was wir brauchen können, ist, dass die sie als lebenden Schutzschild verwenden.«

»Bringen wir es hinter uns«, sagte Cherubini emotionslos.

»Immer langsam«, erwiderte die Stimme. »Zuerst will ich sichergehen, dass Sie unbewaffnet sind. – Los, macht schon!«

»Da wäre ich doch ganz schön dumm, oder nicht? Ich bin allein, und ihr seid zu dritt und alle bewaffnet.«

Medeot nickte. Cecchi würde diese Information bestimmt mehr als nützlich sein.

»Hey, was soll das, nimm deine dreckigen Griffel von mir!«

Es folgte ein Geräusch, das wie eine schallende Ohrfeige klang. Medeot fuhr sich hektisch mit der Hand durch das Haar. Hatte Cherubini ausgeteilt oder sich eine eingefangen? Bestimmt Ersteres. Er hatte geahnt, dass so etwas passieren würde, jedoch gehofft, Cherubinis Selbstbeherrschung wäre größer.

»Nimm die Waffe runter. Ich hab ihm doch gesagt, er soll mich nicht anfassen«, befahl Cherubini jetzt in eisigem Ton.

»Ich werde dir eigenhändig die Kehle durchschneiden«, röchelte eine zweite Stimme, »wenn du noch mal …«

»Ruhe jetzt!«, herrschte die erste Person, wohl der Anführer des Trios, den Mann an.

»Alexandra …«, murmelte Angelo so, als wäre ihm gerade erst wieder eingefallen, wieso er überhaupt hier war. »Ich will sie sehen. Sofort!«

»Nicht so schnell, mein Lieber.«

Hektische Schritte waren zu hören, anscheinend lief Cherubini in Richtung des Wagens.

»Was soll das? Was zieht ihr hier ab?« Seine Stimme klang auf einmal ganz und gar nicht mehr ruhig.

Medeot stand kurz davor, zu explodieren. Die Situation schien zu eskalieren, und er konnte nicht mehr tun, als hier zu sitzen und zuzuhören.

»Zur Hölle, was wird das hier? Wo ist sie? Der Wagen ist leer, das sehe ich doch von hier. Wenn ihr ihr etwas angetan habt, dann schwöre ich, ich werde euch … Hey, Leute! Könnt ihr mich hören?«

Es dauerte einen Moment, bis Medeot entsetzt realisierte, dass Angelo offenbar gerade ihn und Cecchi ansprach.

»Sie ist nicht hier, das ist eine Falle!«

Seine letzten Worte gingen in einem dumpfen, raschelnden Gerangel und einem Wortgefecht unter.

»Scheiße, Mann …« – »Da ist noch jemand!« – »Wir hauen ab!«

»Los, Cecchi!«, rief Medeot. »Worauf warten Sie? Zugriff!«

Er konnte es nicht mitanhören. Innerlich wappnete er sich, jeden Moment die Schüsse zu hören, die die in die Enge getriebenen Entführer abgeben würden. Doch alles, was er vernahm, war Getrampel, das Knallen von Autotüren und das Starten eines Motors. Als Cecchi und seine Männer nach nur wenigen Sekunden das Areal stürmten, war es bereits zu spät. Der Motor heulte auf, Reifen quietschten, und Cecchi fluchte. Er befahl den Männern, die sich an der Ausfahrtsstraße des Gewerbegebiets positioniert hatten, weiter nach Süden zu fahren. Keiner wusste genau, wo der Feldweg endete, er war nirgendwo verzeichnet.

»Die wussten genau, was sie taten«, sagte Bearzot.

Medeot wandte sich zu ihm um. Er hatte völlig vergessen, dass er da war, so ruhig hatte der Inspektor das ganze Geschehen verfolgt. »Konnten Sie etwas zu dem Wagen finden?«

»Leider nicht, Chef.«

»Cecchi?«, fragte Medeot in das Funkgerät. »Ist Cherubini noch am Leben?«

»Ich bin am Leben, danke der überaus besorgten Nachfrage«, antwortete Cherubini grimmig. »Sie wissen, ich kann Sie hören?«

»Es geht ihm gut, Commissario. Ein paar Blessuren, aber ansonsten ist er unversehrt.«

»Gut. Konnten Sie das Kennzeichen des Wagens erkennen?«

»CB391WE.«

Wenigstens etwas. »Danke, Checchi«, sagte Medeot matt und rieb sich mit Daumen und Zeigefinger die müden Augen.

VIER

Alexandras Glieder schmerzten. Ihr ganzer Körper war steif, seit Stunden verharrte sie in derselben Position. Mit schräg angewinkelten Beinen und gefesselten Händen kauerte sie in der Ecke des schmalen Raumes. Es roch nach altem Stein, und Moder lag in der Luft. Die Metalltür war alt und verbogen, fast so, als hätte sie jemand bei dem Versuch einzubrechen zur Seite biegen wollen, aber auf halbem Weg aufgegeben. Durch den Spalt konnte sie einen Teil des dahinterliegenden Raumes sehen.

Oder es hat jemand versucht auszubrechen. Bei diesem Gedanken lief ihr ein kalter Schauer über den Rücken.

Von Zeit zu Zeit passierten Männer die Tür. Sie waren immer maskiert. Alexandra konnte nicht mit Sicherheit sagen, wie viele es waren, zumindest zwei von ihnen glaubte sie mittlerweile am Gang und an der Stimme erkennen zu können. Sie waren dunkel gekleidet und bewaffnet. Manchmal hörte sie sie leise miteinander reden, verstand aber nur Bruchstücke, die keinen Sinn ergaben.

Alexandra hatte keine Ahnung, wo sie hier hineingeraten war. Diese Ungewissheit lähmte sie. Das wenige Licht, das an verschiedenen Stellen von draußen durch die marode Tür zu ihr hereinfiel, ließ sie wenigstens erkennen, was sich noch in dem Raum befand. Sie dankte Gott dafür, nicht in vollkommener Dunkelheit ausharren zu müssen. In der Finsternis gaukelte einem das innere Auge vieles vor, das gar nicht da war. Die Kammer war wohl gleichzeitig Abstellraum und Mülllager. Einiges, was kreuz und quer verteilt lag, machte den Eindruck, als würde es schon viele Jahre hier liegen, achtlos hingeworfen. Wann immer sie hörte, wie einer der Unbekannten sich näherte, versuchte sie, gegen ihre aufkeimende Angst anzukämpfen. Wie um sich selbst zu hypnotisieren, starrte sie auf den Unrat, zog in Gedanken die Umrisse der Formen nach.

Anfangs hatte das gut funktioniert, doch mittlerweile wollte es nicht mehr klappen. Ihre Finger waren feucht und klamm, und sie spürte, wie langsam, aber sicher das Gefühl aus ihren Beinen wich.

Sie wollte sich anders hinsetzen, doch die Angst lähmte sie. Mit jeder weiteren Minute, die verging, drängten mehr beunruhigende Gedanken in ihren Kopf, darüber, was diese Unbekannten wohl mit ihr vorhatten.

Gerade schienen sie aber vergessen zu haben, dass sie da war. Stattdessen kam es ihr so vor, als breitete sich mit einem Mal eine seltsame Unruhe in dem unterirdischen Bunker aus. Sie versuchte, so gut der schmale Spalt es zuließ, das Treiben im anderen Raum zu verfolgen. Drei Maskierte standen dort und schienen eine hitzige Diskussion zu führen. Viel konnte sie nicht verstehen, dafür sprachen sie nicht laut genug. Sie nahmen die Masken auch jetzt nicht ab. Das muss ein gutes Zeichen sein, dachte Alexandra. Sie hatte ihre Gesichter nicht gesehen, und auch sonst wusste sie gar nichts, nicht einmal, wo sie war, sie konnten sie also getrost wieder laufen lassen. Das musste es sein: Sie würden sie bald wieder gehen lassen. Es war die einzige logische Erklärung. Doch wieso war sie überhaupt hier? Auf diese Frage hatte sie nach wie vor keine Antwort parat. Sie versuchte wieder, sich auf das Gespräch zu konzentrieren.

»Was soll das heißen, es ist schiefgelaufen?«, fragte der eine, dessen Stimme sie schon kannte. »Wie konnte *überhaupt* etwas schieflaufen? Wie viel simpler hätte der Plan denn noch sein müssen?«

»Wir haben noch genügend Zeit, bis das Ding steigt. Sollten wir nicht einfach …?«

»Nein. Wir halten uns an das Protokoll.«

»Das Protokoll? So ein Schwachsinn, sind wir hier beim Militär, oder was? Protokoll«, wiederholte sein Gegenüber verächtlich.

»Nenn es, wie du willst, aber wir warten auf weitere Anweisungen. Es wird sich bestimmt eine andere Möglichkeit bieten, ihn zu überzeugen. Aber erst mal Lagebesprechung.« Er deutete auffordernd auf eine Tür und folgte den anderen hinein. Die Tür wurde geschlossen, und es war nun völlig still um Alexandra.

Ihr Herz klopfte schneller. Es war ihr ein Rätsel, wieso, doch ihr Verstand arbeitete wieder. Es war, als ob die zufallende Tür eine andere in ihrem Kopf geöffnet hätte. Sie sollte besser nicht darauf warten, dass man sie freiließ. Die trugen ihre Waffen bestimmt nicht zum Spaß.

Was hatte sie bloß an sich, dass sie immer wieder auf solche Leute traf? Ein knappes Jahr war es her, dass zuletzt eine Pistole auf sie gerichtet worden war, und sie hatte es seither tunlichst vermieden, an diese Nacht zurückzudenken. Doch der Anblick der maskierten und bewaffneten Männer trieb die Erinnerung zurück an die Oberfläche ihres Bewusstseins.

Sie robbte näher an die Tür heran. Mit etwas Glück konnte sie es vielleicht schaffen, die Hand durch den Spalt zu bekommen und den vorgeschobenen Riegel zu öffnen.

Das hatte sie sich allerdings leichter vorgestellt, als es war, vor allem mit zwei gefesselten Händen. Die Kabelbinder hatten schmerzhafte Spuren an ihren Handgelenken hinterlassen und schnitten mit jeder Bewegung tiefer in die Haut. Alexandra ignorierte den Schmerz und biss die Zähne zusammen. Stück für Stück schob sie die Arme höher. Ihre Fingerspitzen ertasteten eine Erhebung im rostigen Metall. Doch sosehr sie sich bemühte, sie kam nicht richtig an das Schloss heran. Dann steckte sie auf einmal fest.

Sie stieß laut Luft durch die Nase aus. Das hatte sie befürchtet, jetzt konnte sie die Arme weder vor noch zurück bewegen. Verzweifelt versuchte sie, ihre Finger so lang wie möglich zu machen, hielt den Riegel so fest, wie es in dieser Position möglich war, und drückte ihn mit aller Kraft zur Seite. Zu ihrer Überraschung gab er nach. Die Tür schwang auf, und Alexandra fiel ihr hinterher in den Gang. Erleichtert atmete sie auf. Doch es gab keinen Grund zur Freude, noch war sie nicht frei, und nur eine Tür trennte sie von ihren Entführern.

Ihre Beine waren wie Butter, doch sie hatte keine Zeit zu warten, bis das Blut wieder bis in ihre Füße zurückgekehrt war. Sie richtete sich auf – und blickte direkt in den Lauf einer Pistole. Die Tür am anderen Ende des Gangs hatte sich unbemerkt geöffnet, und die Maskierten standen vor ihr.

Ihr Atem stockte, ihr Herz setzte einen kurzen Moment lang einfach aus.

Einer der Männer zog sie unsanft auf die Beine. Sie drohten unter ihr nachzugeben, doch der Griff des Mannes war eisern.

Derjenige, der die Waffe auf sie gerichtet hatte, drückte sie ihr an die Stirn. »Ich sollte dich auf der Stelle erschießen«, knurrte er.

Der dritte Maskierte schlug ihm mit der flachen Hand auf den Hinterkopf. »Was soll der Scheiß?«, bellte er. »Wir brauchen sie noch, das weißt du doch. Du bekommst deine Gelegenheit. Sperr sie weg. Aber hinter eine Tür, die funktioniert.«

Das Gefühl wich endgültig aus Alexandras Beinen, und sie stolperte. Für den Bruchteil einer Sekunde wünschte sie sich, sie hätte es schon hinter sich. Wie ein nasser Sack hing sie im Griff des Unbekannten, der sich sichtlich bemühen musste, sie nicht fallen zu lassen. Das Alphatier in der Runde schnipste einmal genervt in ihre Richtung, und der mit der Pistole packte ihren Arm. Zu zweit schleiften sie sie zwischen sich her, vorbei an dem großen Tisch in der Mitte des Raumes. Unwillkürlich fiel ihr Blick darauf. Eine Menge Papier, irgendwelche Unterlagen, die wichtig zu sein schienen und teilweise wirklich alt aussahen, mit kunstvollen Abbildungen, Unterschriften und Siegeln, ein halb voller Aschenbecher dazwischen und, als wäre es selbstverständlich, eine Handfeuerwaffe. Sie versuchte, sich so viel wie möglich einzuprägen, ohne dass es auffiel, dann wandte sie den Blick ab und stolperte unter dem festen Griff der Männer den Gang aus nacktem Beton entlang. Sie stießen eine Tür an der Seite auf und bugsierten sie unsanft hindurch. Dann ließen sie sie los, und Alexandra landete unsanft auf dem Boden. Mit einem Knall fiel die schwere Tür ins Schloss. Laut knackend drehte sich ein Schlüssel, dann rüttelte jemand an der Tür, um sich zu vergewissern, dass sie verschlossen war. Sie bewegte sich kaum einen Millimeter.

Warme Tränen liefen über Alexandras Wangen. Trotzig zog sie die Nase hoch und schüttelte den Kopf, um sich aus dem Sumpf ihrer Gedanken zu holen. Das klappte meistens.

Ein an Ameisen erinnerndes kribbelndes Gefühl breitete sich in ihren unteren Extremitäten aus. Während sie darauf wartete, dass das Blut in ihre Beine zurückkehrte, sah sie sich um. Waschbecken, ein WC, mehrere Duschköpfe an der Wand. Alles sah so aus, als wäre es schon lange nicht mehr benutzt worden. Eine dichte Staubschicht lag auf den teilweise rostigen Armaturen. Lediglich die Toilette schien in Gebrauch zu sein. Sie hatte keine Ahnung, was das für ein Ort war. Für einen Kriegsbunker war er zu modern. Wenn sie raten müsste, würde sie auf eine ehemalige Kaserne tippen, jedenfalls sah es genau danach für sie aus.

Ihr Kopf dröhnte. Sie war bewusstlos gewesen, als man sie hergebracht hatte. Zumindest konnte sie sich nach ihrem Weg zum Supermarkt an nichts mehr erinnern. Vorsichtig tastete sie über ihren Kopf. Es war kein Blut zu finden und auch keine Beule, man hatte sie wohl schlichtweg betäubt. Ein gutes Zeichen, versuchte sie sich einzureden, sie zogen ein gewaltloses Vorgehen offensichtlich vor. Den Gedanken an die Pistole in ihrem Gesicht und das Versprechen, sie schon bald benutzen zu dürfen, schob sie beiseite. Sich über solche Dinge aufzuregen, würde es ihr nicht erleichtern, einen klaren Kopf zu bekommen.

Der wirre Haufen beißender Ameisen wich zunehmend einem angenehm warmen Kribbeln. Wenn sie nur eine Ahnung hätte, was diese Typen von ihr wollten, dann könnte sie sich wenigstens auf die Situation einstellen. So blieben ihr nur Ungewissheit und Angst. Sie sah sich weiter um. Über dem Waschbecken entdeckte sie knapp unter der Decke ein niedriges, aber recht breites Fenster. Was dahinter war, konnte sie nicht erkennen, die Scheibe war dreckig, und es schien kein Licht herein. Die einzige Lichtquelle in diesem Raum war eine Neonröhre, welche kaltes Licht verströmte. Alexandra kam, wie so oft, ein Horrorfilm in den Sinn, klassische Zombies diesmal. Wären Zombies besser als bewaffnete, maskierte Gangster, die sie töten wollten? Sie legte den Kopf schräg. Möglicherweise.

Zaghaft probierte sie, ihre Hände zu bewegen. Es klappte, allerdings musste sie vorsichtig sein. Die Kabelbinder, mit denen ihre Gelenke aneinandergefesselt waren, waren sehr eng. An einer Stelle drang schon Blut aus den Striemen. Sie musste sich eingestehen, dass es nur eine Möglichkeit gab, hier herauszukommen: Sie musste abhauen. So etwas Belangloses wie die Tatsache, dass die Unbekannten ihre Masken nicht abgelegt hatten, bedeutete keineswegs, dass sie ihr nichts antun würden. Dafür konnte es viele Gründe geben, vielleicht kannten sie sich untereinander überhaupt nicht und wollten so verhindern, dass die Komplizen sie verrieten. Nein. Sie musste hier raus. Solange sie ihre Besprechung abhielten, war Flucht eine reelle Option oder wenigstens ihre beste Chance – und womöglich die einzige.

Sie stand mühsam auf, stakste zu der massiven Tür und hielt vorsichtig das Ohr dagegen. Dumpf konnte sie auf der anderen Seite Stimmen hören. Sie waren zu weit entfernt, um etwas zu verstehen oder auch nur den Grundtenor der Unterhaltung zu erfassen. Langsam drückte sie die Klinke nach unten. Die Tür bewegte sich nicht.

Ein leiser Fluch entfuhr ihr. Was hatte sie auch erwartet, sie hatte schließlich gehört, wie sie verschlossen wurde.

Ihr Blick fiel auf das Fenster. Es war sehr unwahrscheinlich, dass es unverschlossen war, aber sie wusste nicht, was sie sonst tun sollte. Umständlich kletterte sie auf das Waschbecken und reckte die Arme nach oben. Sie bekam den Hebel gerade so zwischen die Finger und drückte ihn so fest sie konnte zur Seite. Er bewegte sich keinen Millimeter. Keuchend ließ sie los. Vermutlich war wie der Rest des Badezimmers auch das Fenster seit Jahren nicht benutzt worden und klemmte einfach. Erneut streckte sie sich und versuchte, den Griff zu bewegen, diesmal in alle Richtungen. Er war wie einzementiert. Enttäuscht ließ sie davon ab und kletterte zurück auf den staubigen Fliesenboden. Wer baute in einen Luftschutzbunker überhaupt ein Fenster ein? Entweder war das also gar kein Luftschutzbunker, oder das hier war kein Fenster.

Abrupt wurde die Tür aufgerissen, und Alexandra fuhr erschrocken herum. Zwei Augen unter einer Maske musterten sie, dann stellte der Mann eine Flasche und ein in Frischhaltefolie verpacktes Tramezzino auf den Boden.

»Was wollen Sie von mir? Bitte lassen Sie mich doch gehen, ich verspreche auch, dass ich …«

Mit einem lauten Knall fiel die Tür wieder zu und wurde verschlossen. Man gab ihr keine zweite Chance zu entkommen.

Alexandra ignorierte das Grummeln in ihrer Magengegend,

genau wie das Wasser. Vielleicht hatten sie ja nicht den Mumm, sie zu erschießen, vergiften aber wäre ein Leichtes. Es half nichts, sie musste einfach hier raus. Sterben würde sie, wenn man sie erwischte, genauso, wie wenn sie hierblieb.

Unruhig begann sie, zwischen dem Klo und dem Waschbecken hin- und herzulaufen. Wie viel Zeit hatte sie wohl? Wie lange, bis einer der Männer aufs Klo musste? Kurz entschlossen lief sie auf das Waschbecken zu, kletterte erneut hoch, trotz ihrer gefesselten Hände diesmal schon wesentlich routinierter, und drückte den Hebel mit aller Kraft, die sie aufbringen konnte.

Er bewegte sich nicht.

Ein dicker Kloß bildete sich in ihrem Hals, jedoch weniger aus Verzweiflung denn aus Wut. Wut auf jeden einzelnen dieser Verbrecher, die sie einfach so aus ihrem Leben gerissen hatten, ohne dass sie auch nur den Hauch einer Ahnung hatte, was sie von ihr wollten. Wut auf sich selbst, weil sie in dieser vermaledeiten Provinz geblieben war, trotz dem, was ihr widerfahren war. Sie hätte verschwinden sollen. Vor einem Jahr schon hätte sie das Weite suchen und sich absetzen sollen, dann wäre ihr das hier mit Sicherheit nicht passiert.

Trotzig presste sie die Lippen zusammen. Sie streifte das langärmelige Oberteil ab, das sie über einem Trägertop trug, und wickelte es sich umständlich um den rechten Arm. So fest sie konnte, schlug sie damit gegen die Glasscheibe. Ein stechender Schmerz durchzuckte ihren Arm. Hatte sie ernsthaft gedacht, das würde nicht wehtun? Doch es bildete sich auch ein Sprung in der Scheibe, der über die halbe Breite des Fensters verlief. Sie keuchte und stellte sich auf die Zehenspitzen, so hoch wie möglich. Mit dem Shirt als Schutz drückte sie nunmehr vorsichtig, aber fest gegen das gesprungene Glas, bis sich unter leisem Knacken weitere Sprünge bildeten. Ob dahinter die Freiheit war oder nur eine weitere Betonwand, würde sie gleich herausfinden. Jetzt galt es, ein Zerbersten der Scheibe zu verhindern, um keinen Lärm zu verursachen.

Es dauerte eine Weile, bis sie die vielen großen Glasscherben so weit entfernt hatte, dass keine tödlich scharfen Zacken mehr hervorstanden. Immer wieder warf sie hektische Blicke nach unten und zur Tür. Sie rechnete jeden Moment damit, dass diese schwungvoll aufgestoßen und sie wieder in den Lauf einer geladenen Waffe blicken würde. Doch noch regte sich nichts.

Alexandra versuchte, sich bis zum Fenster hochzuziehen, aber sie brachte ihren Körper einfach nicht nach oben. Die Fesseln an den Händen machten ihr einen grausamen Strich durch die Rechnung. Zu eng lagen die Kabelbinder an ihren Handgelenken an. Der Versuch, sie mit einer Glasscherbe durchzuschneiden, hätte sie mit Sicherheit ernsthaft verletzt. Sie lockerte ihren Griff, ließ die Füße zurück auf das Waschbecken sinken und atmete tief durch. Die in der Wand verankerte Keramik knirschte verdächtig. Wenn das Ding runterbricht, war es das endgültig, dachte sie und holte erneut Schwung. Mit dem linken Fuß bekam sie diesmal den Fensterrahmen zu fassen. Jetzt bloß nicht abrutschen. Mit aller Kraft zog und schob sie sich nach oben und durch das offene Fenster. Das Shirt, das sie auf den Rahmen gelegt hatte, verhinderte, dass sie sich nennenswert verletzte. Sie glitt vorsichtig darüber hinweg.

Rund um sie herum war es dunkel, doch die Luft war frisch. Ihr Herz machte einen Sprung. Es war frische, herrlich duftende Nachtluft! Sie schob sich weiter, spürte, wie weiche, klebrige Spinnweben sich über ihre Hände und ihr Gesicht zogen, ignorierte es, streckte die Hände tastend nach vorne und bekam etwas zu fassen, das … Blätter sein mussten!

Sie war tatsächlich draußen, jetzt musste sie nur noch weg, so schnell sie konnte. Das Gestrüpp war dichter, als es auf den ersten Blick den Anschein hatte. Es kostete Alexandra einiges an Kraft, sich hindurchzukämpfen. Sie spürte, wie sie hier und da von etwas gezwickt wurde – vermutlich von den Bauherren der gezwungenermaßen zerstörten Netze –, doch sie biss die Zähne zusammen.

Irgendwann schaffte sie es, sich aufzurichten. Um sie herum waren Bäume und Sträucher. Sie drehte sich um, doch in der Richtung, aus der sie gekommen war, bot sich das gleiche Bild. Das Fenster direkt über dem Boden war im Gestrüpp nur zu erahnen, der Rest des Verstecks musste unterirdisch sein.

Es war gar nicht völlig dunkel, die Nacht war sternenklar, das konnte sie durch die vereinzelten Baumkronen hindurch erkennen. Auch die breite Sichel des Mondes ließ sie nicht völlig im Stich. Dennoch hatte sie keine Ahnung, wo sie sich befand. Wo war Norden? Gab es da nicht diesen einen Stern, der ... Das Dröhnen in ihrem Kopf wurde wieder lauter. War sie überhaupt noch in Friaul? Oder in Italien? Diese Männer hätten sie weiß Gott wo hinbringen können, sie hatte nichts mitbekommen.

Sie zwang sich selbst zur Ruhe. Es war egal, wo sie war, sie musste nur zusehen, dass sie wegkam, ehe jemand bemerkte, dass sie getürmt war. Blind lief sie los, strauchelte immer wieder, dachte aber nicht im Traum daran, stehen zu bleiben. Sie beschloss, dem Mond zu folgen. Zwar wusste sie nicht, in welche Himmelsrichtung sie das lotsen würde, aber zumindest war sie so sicher, nicht im Kreis zu laufen.

Sie rannte, bis sie nur noch nach Luft japste. Sie wollte nicht anhalten, doch sie hatte keine Wahl. So suchte sie sich einen großen Baum und lehnte sich an dessen Stamm. Wieso zum Teufel kam ihr immer nur in solchen Situationen in den Sinn, mit dem Rauchen aufzuhören? Kraftvoll sog sie Luft durch die Nase ein. Als sich ihre Atmung wieder etwas beruhigt hatte, lauschte sie in die Dunkelheit. Sie hörte keine Rufe, keine Stimmen, nicht einmal das Knacken von Schritten im Unterholz. Zumindest noch nicht. Sie lauschte noch angestrengter. Etwas war da, ganz leise und kaum wahrnehmbar. Es war das Rauschen von Wasser. Ein Fluss wäre vermutlich ihre Rettung, sie könnte einfach dem Wasser folgen, bis sie irgendwo auf Zivilisation stieß. Alles war besser, als planlos im Wald umherzuirren.

Sie zögerte nicht länger und rannte los in die Richtung, in der sie den Ursprung des Rauschens vermutete. Es wurde lauter, dann durchdringend, und mit einem Mal stand Alexandra am Ufer eines Flusses. Vielleicht vier, fünf Meter breit und schwarz wie die Nacht. Am Rand des Gewässers war es nicht leicht, voranzukommen. Das Buschwerk war dichter als im Wald und bot Stolperfallen im Zwei-Meter-Takt. Doch Alexandra hatte nicht vor, aufzugeben. Anfangs hielt sie immer wieder inne, um zu lauschen, ob sie verfolgt wurde, aber das Rauschen des Wassers übertönte alles. Also kämpfte sie sich, ohne sich noch einmal umzudrehen, weiter voran. In dieses Dickicht würde ihr bestimmt niemand folgen.

Sie wusste bald nicht mehr, wie lange sie schon durch die Dunkelheit stolperte, doch es kam ihr vor, als wäre ihr kurzer Aufenthalt in dem Badezimmer Stunden her. Andererseits war das kaum möglich, denn die Dunkelheit war nach wie vor dieselbe. Irgendwann gaukelte ihr Gehirn ihr Lichter vor, die wie überdimensionale Glühwürmchen über dem Wasser schwebten. Sie merkte, wie sie schwächer wurde. Anscheinend wollte ihr Kreislauf langsam, aber sicher nicht mehr mitmachen. Je näher sie den Lichtern kam, desto klarer wurde ihr, dass diese ganz und gar nicht ihrer Einbildung entsprangen. Nein, da vorne war eine Brücke. Eine beleuchtete Brücke, die den Fluss überspannte und die Dunkelheit verdrängte.

Sie beschleunigte ihre Schritte, kämpfte sich die bewachsene Anhöhe hinauf und trat aus dem Dschungel hinaus auf die asphaltierte Straße. Sie japste leise. Nicht aus Atemnot diesmal, sondern aus purer Erleichterung. Am Fuß der Brücke entdeckte sie ein braunes Schild. »Isonzo/Soča« stand in weißen Lettern darauf. Sie war noch in Friaul oder zumindest in der Nähe. Sie blickte in beide Richtungen die Straße entlang. Der Wald setzte sich auf allen Seiten fort, die Straße und der Fluss teilten ihn lediglich in vier Teile. Blind entschied sie sich, nach links zu gehen.

Es dauerte nicht lang, da sah sie in der Ferne ein Licht die Dunkelheit durchbrechen. Erleichterung machte sich in ihr breit. Es waren die Scheinwerfer eines Wagens, und sie kamen langsam näher. Alexandra überlegte, wie sie den Fahrer am besten auf sich aufmerksam machen sollte. Sie konnte ja schlecht im Dunkeln mitten auf die Straße springen, man würde sie glatt überfahren. Also lieber vorsichtig vom Straßenrand aus winken, beschloss sie. Sie hatte sich gerade postiert und wollte eben den Arm heben, als ihr ein Gedanke kam: Was, wenn das die Männer waren? Was, wenn sie bereits nach ihr suchten? Ein Trupp im Wald und ein zweiter im Auto?

Mit einem Hechtsprung landete sie im Dickicht und duckte sich so weit nach unten, wie sie konnte. Nur wenige Sekunden später fuhr das Auto ohne zu bremsen an ihrem Versteck vorbei, und das Motorengeräusch verhallte in der Ferne.

Einige Kilometer später waren Alexandras Kräfte kurz davor, sie endgültig zu verlassen, da lichteten sich die Bäume am Straßenrand zunehmend, und sie sah von Weitem die Beleuchtung einer Tankstelle. Hinter dem verheißungsvollen gelben Licht zeichnete sich bereits deutlich die Morgendämmerung ab.

»Bitte lass es keine SB-Tankstelle sein, bitte, bitte«, murmelte sie leise, während sie mit schweren und schmerzenden Füßen darauf zulief. Ihr traten die Tränen in die Augen, als sie sah, dass der Tankwart bereits den Rollladen geöffnet hatte und gerade dabei war, einen kleinen Stehtisch aufzubauen.

»Oh mio dio«, rief er erschrocken, als er sie erblickte. »Ist alles in Ordnung mit Ihnen, Signorina?«

»Sie … Sie müssen bitte die Polizei rufen. Commissario Medeot. Bitte, es ist dringend«, keuchte sie. Dann versagten ihre Beine den Dienst, und sie spürte, wie zwei warme Hände sie auffingen.

FÜNF

Sie hatte die Flasche, die der besorgte Tankwart ihr gegeben hatte, auf einen Zug geleert. Das klirrend kalte Wasser schmerzte in ihrer trockenen Kehle. Der Geruch von frisch gemahlenen Kaffeebohnen stieg in ihre Nase, und ehe sie danach fragen konnte, hielt er ihr einen dampfenden Becher hin.

»Tee ist leider aus, aber trinken Sie das hier, das hilft auch.«

Dankend nahm sie den Becher zwischen ihre zitternden Hände. Erst jetzt merkte sie, dass sie völlig durchgefroren war. Zwar waren die Tage Anfang Mai bereits angenehm warm, doch in den Nächten kühlte es oft noch bis in den einstelligen Bereich ab.

Wie lange war sie wohl im Wald unterwegs gewesen? Einige Stunden vermutlich. Und davor? Sie wusste es nicht. Ihre Bewusstlosigkeit und der Aufenthalt in dem fensterlosen Raum hatten ihr jegliches Zeitgefühl geraubt.

Sie zog die nach Motoröl riechende Fleecejacke, die der Tankwart ihr gegeben hatte, fester um ihre Schultern. Wie lang konnte es dauern, bis die Polizei endlich hier auftauchte? Noch war sie nicht in Sicherheit. Jeden Moment konnte die Glastür aufschwingen, und drei vermummte Männer konnten vor ihr stehen. Bewaffnet und bereit, sie zurückzuholen, um sie zu ... Ja, was eigentlich? Was zur Hölle wollten diese Männer von ihr? Womöglich gab es eine Lösegeldforderung. Aber wer könnte diese bekommen haben oder sie gar bezahlen? Sie war allein, jedenfalls hier in Italien.

Motorengeräusche drangen von draußen zu ihr herein.

»Signorina, die Polizei ist hier«, erklärte der Tankstellenwart. Er reichte ihr die Hand, als sie Anstalten machte aufzustehen. Dankbar ergriff sie sie, um sich von ihm helfen zu lassen, und nickte ihm zu. Sie war nach wie vor wackelig auf den Beinen. Die automatische Klingel ertönte, und die Ladentür ging auf. Ein Mann um die fünfzig mit grau meliertem Haar und einem Wohlstandsbäuchlein trat ein. Es war zwar bereits ein Jahr her, dass

Alexandra ihn zuletzt gesehen hatte, und das nicht eben unter normalen Umständen, doch er hatte sich nicht verändert.

»Commissario«, rief sie erleichtert und machte einen vorsichtigen Schritt auf ihn zu. »Ich bin so froh, dass Sie da sind. Sie wissen ja gar nicht, was …«

»Alexandra, um Himmels willen, geht es Ihnen gut?«, fiel Medeot ihr besorgt ins Wort. Ihr Anblick musste ihn erschreckt haben. »Sind Sie verletzt? Warten Sie, ich rufe sofort einen Krankenwagen.«

»Nein, das ist nicht nötig. Es geht mir gut. Ich bin nur ein wenig …« Sie machte einen weiteren Schritt auf ihn zu und begann prompt zu schwanken.

Er fasste sie an den Schultern und drückte sie sanft, aber bestimmt zurück auf den Plastikhocker. Alexandra spürte, wie ein Schluchzen ihren Hals hinaufstieg. Wie ein Sack fiel das Gewicht von ihrer Brust und ließ sie erleichtert zurück. Allein die Gegenwart des Polizisten, von dem sie wusste, dass er ihr nach den Ereignissen im letzten Jahr ebenso vertraute wie sie ihm, drängte alles, was sie gerade erlebt hatte, hinter eine halb durchsichtige Wand wie hinter einen Wasserfall. Sie fühlte sich für einen Moment einfach nur in Sicherheit.

»Wirklich, es ist nichts«, wiederholte sie. »Ich bin nur erschöpft.«

»Sie haben ja keine Vorstellung, wie froh ich bin, Sie hier zu sehen«, sagte Medeot. »Die ganze Fahrt hierher habe ich gehofft, dass Sie es sind.«

»Sie haben nach mir gesucht?«

»Allerdings. Und nicht nur ich, das können Sie mir glauben.«

»Wer sind diese Männer, die mich entführt haben? Und was wollen sie von mir?«

Medeot hielt inne. Er streifte mit einem Seitenblick den Tankwart, der zwar in seine Arbeit vertieft zu sein schien, ihnen aber immer wieder verstohlene Blicke zuwarf.

»Ich denke, das sollten wir nicht hier besprechen«, erklärte Medeot. Er wechselte ein paar Worte mit dem Tankwart und machte sich Notizen, danach verließen sie den Laden.

Kaum dass sie im Freien waren, blickte Alexandra sich instinktiv um. Mittlerweile war die Sonne aufgegangen. Die kleine Tankstelle lag einsam am Straßenrand, ringsum waren hauptsächlich Wiesen und Äcker. In einiger Entfernung sah sie das Waldstück, aus dem sie gekommen sein musste.

Niemand wartete dort am Waldrand, vermummt und schwer bewaffnet, mit verschränkten Armen lässig an einen Wagen gelehnt, bereit, sie wieder zurück in den Bunker zu holen. Wie kam sie nur auf diese Idee? In Begleitung von Medeot würde ihr nichts geschehen. Und dennoch, jemand wartete auf sie. Er stand an dem zivilen Polizeiwagen, mit dem Medeot gekommen war, und tappte von einem Bein auf das andere.

Alexandra traute ihren Augen nicht. Für einen Moment, der weit länger dauerte, als ihr lieb war, war sie wie gelähmt. Sie wusste nicht, ob es die Dehydrierung war oder der Schlafmangel, auf jeden Fall war sie sicher, sich Angelo Cherubini nur einzubilden. So langsam, wie es ihr an Medeots Seite nur irgendwie möglich war, schritt sie auf das Auto zu. Sollte das keine Wahnvorstellung sein und Angelo wirklich in acht Metern Entfernung vor ihr stehen, war jede Sekunde, die sie bis dahin erspielen konnte, um ihre Gedanken zu ordnen, kostbar. Er sah genauso unverschämt gut aus wie eh und je, aber diesmal stieg beim Anblick seiner azurblauen Augen ein schaler Geschmack in ihr auf. Die Erinnerungen brachen über sie herein wie eine Flutwelle. Bilder, Gedanken, Schreie. Sein nackter Körper, das goldene Medaillon, ein Autowrack und Blut. So viel Blut. Ein roter Schleier legte sich über ihre Sicht und verdrängte das tiefe Blau. Zumindest für den Moment.

»Alessandra, Gott sei Dank«, rief Angelo und eilte nach anfänglichem Zögern auf sie zu. »Ich bin so froh, dass dir nichts passiert ist. Ich habe mir schreckliche Sorgen um dich gemacht.«

Der Druck auf ihre Speiseröhre wurde stärker. Das Grollen in ihrem Inneren breitete sich aus, und sie stand kurz davor, zu explodieren. Ehe sie einen klaren Gedanken fassen konnte, hatte sie ausgeholt und Angelo eine schallende Ohrfeige verpasst, die so heftig war, dass ihr die Hand schmerzte. Angelos Kopf ruckte zur Seite, und er biss sichtlich die Zähne zusammen.

»Medeot, worauf warten Sie?« Sie wandte sich an den Kommissar. »Verhaften Sie ihn endlich! Was stehen Sie seelenruhig daneben und sehen zu?«

Der Commissario hatte – wohl angesichts der Ohrfeige – ein zufriedenes Schmunzeln aufgesetzt, das sich aber sofort verflüchtigte. »Das … nun ja«, stammelte er, »das ist auch etwas, das wir nicht unbedingt hier, sondern ganz in Ruhe besprechen sollten.«

»In Ruhe?« Sie riss entsetzt die Augen auf. »Das kann doch unmöglich Ihr Ernst sein. Sie wissen doch, wer das ist! Sie wissen doch, was …«, ihre Stimme versagte und wurde zu einem heiseren Krächzen, »… was er getan hat.«

»Alessandra«, sagte Angelo, der eine Hand an seine immer roter werdende Wange hielt, »ich weiß, das ist jetzt schwer für dich, aber du musst verstehen –«

Sie wirbelte zu ihm herum. »Ich muss gar nichts«, zischte sie. »Nach allem, was du getan hast, wagst du es, hier zu stehen und mir zu sagen, ich müsse verstehen?« Sie schluckte laut. Keine einzige Träne würde sie Angelo gönnen. »Fahr zur Hölle.«

Diese Aussage verlangte nach einem dramatischen Abgang, vor allem, weil Alexandra merkte, dass sie die Tränen nicht mehr lange würde zurückhalten können. Also machte sie auf dem Absatz kehrt und stolzierte mit demonstrativ erhobenem Haupt zurück in den Tankstellenshop.

Der Tankwart tat auch diesmal, als hätte er nichts mitbekommen, und stellte ihr kommentarlos einen Cappuccino vor die Nase. Das Kakaopulver auf dem Milchschaum hatte die Form eines Herzens. Durch die geschlossene Tür hörte sie dumpf die Stimmen von Medeot und Angelo, die heftig diskutierten. Jetzt verstand sie noch weniger, was hier abging. Vielleicht war es ein Fehler gewesen, Medeot blind zu vertrauen. Immerhin kannte sie ihn ja im Grunde kaum. Das war schon immer eine ihrer größten Schwächen gewesen, sie vertraute anderen viel zu schnell. Meist endete das in herben Enttäuschungen, und dennoch lernte sie nie daraus. Doch sie wollte auch keine verbitterte alte Frau werden, die einsam und allein endete, nur weil ihr Misstrauen jeden Menschen, dem sie etwas bedeutete, vergrault hatte.

Jedenfalls sagte sie sich das gern. Es war eine einfache Art, sich die eigene Unfähigkeit, Fehler zu vermeiden, zu verzeihen und sie zu rechtfertigen.

Die Klingel ertönte erneut. Sie hoffte um Angelos willen, dass er nicht die Dreistigkeit besaß, ihr nachzukommen, sondern den Wink mit dem überdimensionalen Zaunpfahl verstanden hatte und wieder abgehauen war. Zurück nach Kap Verde oder wo immer er sonst sein falsches, trauriges Leben führte.

Commissario Medeot räusperte sich und ließ sich auf den Plastikbarhocker neben ihr sinken. »Er ist weg, keine Sorge«, begann er mit sanfter Stimme.

»Gut«, erwiderte sie eisig. »Erklären Sie mir mal, was er überhaupt hier wollte? Wahrscheinlich steckt er wieder hinter der ganzen Sache, nicht wahr? Würde ja passen. Wieso sonst sollte er ausgerechnet jetzt hier auftauchen?«

Medeot gab dem Tankwart ein Zeichen, woraufhin dieser ihm unter lautem Getöse der Kaffeemaschine ebenfalls einen Cappuccino zubereitete. Das Kakaopulver hatte die Form eines Kleeblattes. Medeot nickte ihm dankend zu und stocherte schweigend durch den Milchschaum. Irgendwann warf der Tankwart sich seine ölverschmierte Jacke über und verließ mit einem Putzeimer bewaffnet den Laden. Medeot verfolgte unschlüssig seinen Abgang.

»Es ist kompliziert, das alles zu erklären«, begann er schließlich. »Und ich weiß nicht, ob ich überhaupt schon alle Zusammenhänge und das, was dahintersteckt, begreife.«

»Versuchen Sie es doch bitte.«

»Die Kurzfassung ist die, dass Cherubini zu mir gekommen ist, um Sie zu retten. Er wollte sich opfern.«

Alexandra schnaubte verächtlich. »Wie nobel von ihm.«

»Das wollte ich damit nicht sagen.«

»Seien Sie vorsichtig, Commissario. Ehe er Sie auch noch rumkriegt.«

»Das wird nicht passieren, seien Sie unbesorgt. Ich weiß, was für eine Art Mensch er ist. Und er ist ein Verbrecher, keine Frage.«

»Das klingt, als gäbe es ein Aber.«

»Aber«, Medeot lächelte schmal, »er ist womöglich der Schlüssel zu dem Ganzen. Glauben Sie mir, ich habe ihn im Auge. Dennoch denke ich, er könnte uns helfen, den Fall zu lösen und die, die Ihnen das angetan haben, zu überführen.«

»Dazu müsste er allerdings mit Ihnen zusammenarbeiten.«

»Und mit Ihnen auch, Alexandra.«

Sie verzog die Lippen, als müsste sie sich übergeben. »Das verlangen Sie von mir? Ernsthaft? Nicht zu fassen. Was sagt denn eigentlich Ihr Boss dazu? Ist wohl normal bei der Polizei, mit Verbrechern zusammenzuarbeiten, damit sie Ihnen irgendetwas liefern, was? Genauso ist er damals doch auch zu seinem Deal mit Interpol gekommen, nicht wahr? So etwas gehört verboten, das meine ich ganz ernst.«

Alexandra vermied es, Medeot anzusehen, und starrte stur in ihren Cappuccinobecher. Es widerstrebte ihr, so respektlos mit dem Kommissar zu sprechen, doch sie hatte eine derartige Wut im Bauch, die musste einfach raus. Er schien auch gar nicht gekränkt zu sein, vielmehr hatte sie den Eindruck, dass er sich irgendwie schuldig fühlte.

»Moment mal«, rief sie. »Die auf dem Präsidium wissen gar nicht, dass er wieder da ist, nicht wahr? Sie haben das heimlich, still und leise eingefädelt.«

»Um Sie zu retten.«

»Um mich zu retten?« Sie lachte auf. »Lassen Sie mich raten: Das war auch seine Idee. Was bekommt er am Ende dafür? Sagen Sie nicht, Sie haben ihm Straffreiheit garantiert.«

»Natürlich nicht, wo denken Sie hin?«

»Ich denke, Angelo hat Sie ganz schön um den Finger gewickelt. Aber machen Sie sich nichts draus, das passiert uns allen mal.«

»Alexandra, ich verstehe Ihre Wut und Ihre Enttäuschung. Ich weiß, was Sie letztes Jahr durchgemacht haben. Aber ich denke wirklich, dass er diesmal nur aus einem Grund hier ist, und zwar, um Ihnen zu helfen. Ihm liegt etwas an Ihnen, trotz allem.«

»Na gut. Wenn Sie das wirklich glauben, dann sagen Sie mir: Hat er Ihnen weisgemacht, er hilft Ihnen dabei, mich zu finden?«

»Das hat er.«

»Und hier sitze ich. Nur dass Angelo rein gar nichts damit zu tun hatte. Also frage ich Sie: Wieso schützen Sie ihn?«

Medeot seufzte und ließ sich Zeit mit seiner Antwort. »In gewisser Weise ist er daran schuld, dass Sie entführt wurden.« Er hob abwehrend die Hände, als Alexandra tief Luft holte. »Nicht weil er es eingefädelt hätte, sondern weil jemand seine Schwachstelle ausnutzen wollte: Sie. Deshalb ist es so wichtig, dass er mich bei den Ermittlungen unterstützt. Dass Sie beide das tun. Kommen Sie mit. Hören Sie ihm zu. Nur dieses eine Mal. Cherubini wird mit Ihnen nur über Dinge reden, die den Fall betreffen, das verspreche ich. Andernfalls bin ich derjenige, der ihm die nächste Ohrfeige verpasst.«

Er zwinkerte ihr zu – eine halb verschwörerische, halb aufmunternde Bitte um Einwilligung, die sie mit einem zaghaften Lächeln erwiderte. Es war keine gute Idee, sich darauf einzulassen, das wusste sie. Angelos bloße Anwesenheit zog sie zurück in den Sumpf, aus dem sie noch immer herauszukriechen versuchte. Dennoch willigte sie ein.

Was sie sogar noch mehr hasste als Angelo, war der Gedanke daran, dass diese maskierten und bewaffneten Männer nach wie vor irgendwo da draußen waren und ihr vielleicht bald ein zweites Mal auflauerten.

Medeot hatte einen Streifenwagen kommen lassen, um sie abzuholen. Der Fahrer hatte sie direkt zum Präsidium gebracht. Es war eine schweigsame Fahrt gewesen, Medeot hatte kurz telefoniert und den Befehl gegeben, die Gegend nach dem Bunker zu durchkämmen, doch Alexandra hatte das dumpfe Gefühl, dass das nicht viel bringen würde. Sie wusste nicht, wie lange sie durch den Wald geirrt war, und war der Polizei keine große Hilfe. Zwar hatte ihr der Commissario erklärt, dass in Friaul noch zahlreiche alte Bunker aus der Zeit der Isonzoschlachten 1916/17 existierten. Dort, wo Alexandra aus dem Wald aufgetaucht war, gab es allerdings keine registrierten Bunker. Diese Leute waren nicht dumm, und bestimmt hatten sie ihr Versteck aus einem guten Grund ausgewählt – eben weil niemand davon wusste.

In der Dienststelle hatte sie das wenige, an das sie sich erinnerte, zu Protokoll gegeben, und war anschließend von einem Sanitäter durchgecheckt worden. Es war ein merkwürdiges Gefühl, wieder in diesem Gebäude zu sein. Dieses Mal erschien es ihr freundlicher, und es war nicht so hektisch. Die einzige Person, die nervös wirkte, war Medeot. Es fiel ihm sichtlich schwer, seine Anspannung zu verbergen. Alexandra fragte sich, ob Angelo der Grund dafür war oder ob den Kommissar möglicherweise noch etwas völlig anderes plagte. Wo hatte er Angelo wohl hingeschickt?

Eine Antwort auf diese Frage erhielt sie, nachdem Medeot sie in sein Privatauto gesetzt und Görz über die große Isonzobrücke in Richtung Westen verlassen hatte. Kurz darauf bog er in eine Seitenstraße ein, in der in großzügigen Abständen Einfamilienhäuser standen.

Sie stellten den Wagen in der Auffahrt ab, betraten durch ein Seitentor einen abgeschiedenen Garten und gingen auf eine idyllische kleine Laube zu, an deren Rand bunte Blumen wuchsen. Daneben stand ein aus Stein gebauter mannshoher Grill. Alexandra musste schmunzeln. Sie wusste nicht, warum, aber sie hätte nicht gedacht, dass Medeot der Typ für gesellige Runden am Steinofen war.

»Ihre Frau hat wohl einen grünen Daumen?«, fragte sie mit Blick auf die liebevoll dekorierte Kräuterschnecke.

»Ja, das ist ihr Metier. Ist mir ein Rätsel, wie sie das alles so hinbekommt. Ich habe es versucht, das können Sie mir glauben. Ist nicht so leicht, wie es aussieht.«

»Sie? Als Hobbygärtner?« Alexandra grinste.

»Ich dachte, es würde mir vielleicht helfen, Stress abzubauen.«

»Hat es nicht, nehme ich an?«

»Oh nein, ganz und gar nicht. Im Gegenteil sogar.« Er machte eine einladende Geste in Richtung der bewachsenen Terrasse.

Und da war er wieder: Angelo. Stand einfach da und lächelte ihnen freundlich zu. Eine Sekunde lang drohte Alexandras Magen wieder sich umzudrehen, aber diesmal hatte sie sich schnell im Griff. Sie würdigte ihn keines Blickes, zog mit zitternden Fingern einen der Stühle zurück und ließ sich übertrieben langsam auf die Sitzfläche sinken. Medeot und Angelo setzten sich ebenfalls.

»Alessandra, hör zu. Ich –«

»Ich will deine Erklärungen nicht hören«, unterbrach sie ihn sofort. »Bilde dir bloß nicht ein, dass ich deinetwegen hier bin. Mich interessiert einzig und allein, dass die Männer geschnappt werden, die mich entführt haben.«

»Ich will doch nur, dass du weißt, wie leid mir alles tut.«

»Dein Bedauern kannst du dir sonst wohin stecken. Als hättest du mir nicht schon genug angetan, habe ich dir nun auch noch das zu verdanken. Echt großartig, vielen Dank.«

»Es tut mir wirklich leid.«

»Spar dir deine dämliche Entschuldigung, die interessiert mich nicht. Du interessierst mich nicht. Wie konntest du mich nur schon wieder in eine so beschissene Lage bringen?« Sie verstummte, ehe ihre Stimme wieder den Dienst versagte, zog finster die Augenbrauen zusammen und schüttelte nur noch den Kopf.

»Aber ich wollte dich retten! Ich habe versucht, mein Leben für deines zu geben, so, wie die es verlangt haben. Ich wollte mich wirklich für dich opfern.«

Alexandra stutzte. »Wie die verlangt haben? Wie meinst du das?«

»Na ja, die Entführer wollten, dass ich meine Freiheit für deine eintausche, so stand es in der Nachricht.«

Medeot nahm ein gefaltetes Blatt Papier und reichte es ihr. »Wir verdächtigen bereits jemanden, einen Feind aus Angelos Vergangenheit, der möglicherweise Rache nehmen will. Es gibt aber bisher noch keine Hinweise auf ihn.«

Alexandra warf einen flüchtigen Blick auf das Papier. Sie konnte sich gar nicht erinnern, dass man ein Foto von ihr gemacht hatte. Wie weggetreten war sie bloß gewesen?

»Wie lange, glauben Sie, können Sie Angelo noch aus den offiziellen Ermittlungen raushalten? Ich meine, wie stellen Sie sich das vor? Ohne die Info, dass man mich gegen ihn austauschen wollte, kann die Polizei doch gar nicht richtig ermitteln.«

Medeot hatte seinen Blick auf Angelo gerichtet. »Da gebe ich Ihnen recht«, sagte er, ohne ihn abzuwenden. »Das wird nicht mehr lange möglich sein.«

»Was soll das, Medeot? Wir hatten einen Deal.«

»Und den habe ich eingehalten. Es ging darum, Alexandras Leben zu retten. Das ist nun nicht mehr in Gefahr. Wie es weitergeht, darum kümmern wir uns später. Es gibt im Moment Wichtigeres zu klären.«

Angelo starrte den Commissario an. Alexandra gelang es nicht, seinen Blick zu deuten. Sie rechnete jeden Moment damit, dass er aufspringen und das Weite suchen würde, doch aus irgendeinem Grund blieb er sitzen.

»Also gut«, sagte Medeot, »lassen Sie uns beginnen. Alexandra, was können Sie uns über die Entführung und Ihre Gefangenschaft erzählen? Ist Ihnen an dem Ort, an dem Sie waren, irgendetwas Besonderes aufgefallen? Oder an den Männern selbst?«

»Nein, nicht wirklich. Alles, was ich weiß, habe ich vorhin zu Protokoll gegeben.«

Das entsprach der Wahrheit, und doch war da jetzt eine Sache, von der die beiden nicht wussten. Die Entführer wollten keine Rache an Angelo nehmen. Nun ja, zumindest nicht ausschließlich. Sie ging davon aus, dass auf die eine oder andere Art jeder Mensch, der Angelo je begegnet war, ein Hühnchen mit ihm zu rupfen hatte. Insofern ließ sich die Theorie nicht gänzlich ausschließen.

Sie spielte ernsthaft mit dem Gedanken, diese Information für sich zu behalten. Medeot würde ihn ins Gefängnis stecken, und die Sache wäre erledigt. Ein Schönling wie Angelo wäre dort bestimmt nicht lang allein, und es täte ihr nicht leid, denn verdient hätte er es allemal.

Das Problem an der Sache war nur, sie selbst würde sich von da an hüten, die Balkontür offen zu lassen, und sich im Dunklen auf der Straße alle paar Meter ängstlich umsehen. Nein, so wollte sie ganz bestimmt nicht weiterleben. Diese Typen mussten geschnappt und hinter Gitter gebracht werden. Sie durfte also nicht darüber schweigen. Und sie war bereit, sich einzugestehen, dass Angelo dabei eine große Hilfe sein konnte.

»Sind Sie sich sicher?«, hakte Medeot nach. »Oft sind scheinbare Belanglosigkeiten von zentraler Bedeutung.«

Sie hob den Blick von der hölzernen Tischplatte und sah Angelo direkt an. Er wirkte besorgt. Verständlich, immerhin hatte Medeot ihm gerade seinen schönen Freifahrtschein versaut. »Es geht nicht um Rache«, erklärte sie. »Die wollen deine Fähigkeiten für einen großen Coup nutzen.«

Angelo zog verblüfft die Augenbrauen hoch, und auch Medeot reagierte überrascht.

»Wie kommen Sie darauf?«, fragte er.

»Ich konnte ein Gespräch mitverfolgen, in dem es darum ging, dass sie irgendwen Wichtiges schon noch zum Mitmachen kriegen würden und dass noch Zeit wäre, bis das Ding steigt.«

Medeot rutschte auf seinem Sessel nach vorne. »Wieso erzählen Sie das erst jetzt?«

»Ich hab doch bis eben gar nicht wissen können, was ich da gehört habe. Was hätte ich denn zu Protokoll geben sollen, wenn Sie Angelo in der ganzen Sache bisher nicht einmal erwähnt haben?«

Betreten starrte Medeot auf seine Hände.

»Und außerdem«, fuhr Alexandra fort, »beweist das ganz klar eines: Du«, sie zeigte mit dem ausgestreckten Finger auf Angelo, »steckst da irgendwie mit drin. Wahrscheinlich warst du an dem Coup von Anfang an beteiligt. Deshalb haben die ausgerechnet mich entführt. Wer sonst, außer dir selbst, hätte gewusst, dass wir uns … uns kannten? Niemand. Also musst du es ihnen verraten haben.«

»Du weißt, dass das nicht wahr ist, Alessandra. Die Zeitungen waren voll von der Geschichte.« Angelo stand auf, kam zu ihr und ging neben ihr in die Hocke. »Ich schwöre dir, ich habe damit nichts zu tun«, erklärte er mit sanfter Stimme. Er wollte nach ihrer Hand greifen, doch sie zog sie weg und verschränkte die Arme vor der Brust.

»Das glaube ich dir nicht. Du musst zumindest wissen, wer dahinterstecken könnte. Man versucht doch nicht, jemanden zur Mitarbeit zu zwingen, wenn man ihn nicht vorher gefragt hat, ob er dabei sein will. Jetzt sag es schon! Es geht hier um mein Leben!«

Er nahm seine Hand wieder weg und seufzte. »Ich weiß es wirklich nicht.«

»Oh bitte, als ob du es nicht wüsstest, wenn irgendwo in der Kunstszene etwas Großes abläuft. Und dann noch diese komischen Dokumente, die dort rumlagen, das passt auf einmal alles perfekt zusammen. Es ist sogar für deine Verhältnisse richtig überheblich, zu glauben, du würdest damit so einfach durchkommen.«

»Moment mal, warte. Von welchen Dokumenten sprichst du? Was genau hast du da gesehen?«

Alexandra sah hilfesuchend zu Medeot, der ihr aufmunternd zunickte. »Das weiß ich nicht so genau. Einen Stapel mit irgendwelchen Papierbögen, die sahen ziemlich alt aus … antik, meine ich. Den Text konnte ich nicht lesen, aber es waren Unterschriften und Siegel darauf, deshalb muss es wohl etwas Offizielles gewesen sein. Und da waren Abbildungen, soweit ich es erkennen konnte, waren auf allen Blättern die gleichen, und eine davon war mit Sicherheit der Markuslöwe.«

»Sagt Ihnen das etwas?«, wollte Medeot von Angelo wissen.

Der legte die Stirn in Falten. »Mit so wenigen Informationen ist es reine Spekulation. Es dürfte etwas Venezianisches sein, aber der geflügelte Löwe zierte zur Zeit der Republik so ziemlich alles. Dass es verschiedene Abbildungen waren, könnte auf Kriegsanleihen oder ähnliche Schuldverschreibungen hindeuten. Venedig und seine Bankiers waren schließlich berühmt für Schuldscheine und alle möglichen Kredittechniken, und das schon seit dem 12. Jahrhundert.«

»Lässt sich das nicht eingrenzen?«, fragte Medeot.

»Kannst du dich an konkrete Bilder oder Muster erinnern? Vielleicht Bauwerke oder Gestalten?«

»Ich weiß nicht, da waren viele Schnörkel und so, und an der Seite … Moment mal, richtig, da war eine Frau. Sie hatte so ein langes Gewand an.«

»Trug sie eine Mauerkrone?«

Alexandra sah Angelo verständnislos an. Er zog ein Stück Papier und einen Bleistiftstummel aus der Gesäßtasche und kritzelte etwas auf das Blatt. »Sah sie so aus?«, fragte er und hielt es hoch.

Es war die Frau, die Alexandra gesehen hatte, die Ähnlichkeit war frappierend. Sie nickte.

»Italia turrita, die Allegorie Italiens. Das hilft uns schon eher weiter. Zusammen mit dem Markuslöwen sah man sie nämlich nicht oft. Ich bin mir zwar nicht sicher, aber das könnten alte venezianische Anleihen sein. Möglicherweise aus dem 17. Jahrhundert.«

»Aus dem 17. Jahrhundert?«, wiederholte Medeot ungläubig. »Meine Geschichtskenntnisse mögen etwas eingerostet sein, aber war es mit den Anleihen nicht vorbei, nachdem Venedig die direkten Steuern eingeführt hatte? Das Geld, das die Stadt zuvor durch Anleihen erhalten hatte, bekam sie über die Steuern doch problemlos herein.«

»Medeot, Sie überraschen mich immer wieder.« Angelo grinste. »Sie haben recht, die ursprüngliche Anleiheform verlor mit der Zeit an Bedeutung. Schon gegen Ende des 14. Jahrhunderts musste man angeblich zwanzig Jahre auf die Rückzahlung von Anleihen warten. Der Zinssatz sank stetig weiter, und irgendwann wurden die direkten Steuern eingeführt. Allerdings bot man zeitgleich dazu eine neue Anlageform an, *a fondo perduto*, die ewige Anleihe. Hierbei sah der Zeichner zwar sein Vermögen nie wieder, bezog aber für alle Zeit Zinsen.«

»Was könnte man mit so einem Wertpapier heute anfangen? Es einem Sammler verkaufen?«

»Wenn es sich wirklich um die Anleihe handelt, an die ich jetzt denke, könnte der Besitzer einfach die Zinsen abholen, die ihm zustehen. In der Vergangenheit wurden in Europa immer wieder ewige Anleihen ausgegeben, bei denen keine Tilgung der Schuldsumme vorgesehen war. Glauben Sie es oder glauben Sie es nicht, aber das Fälligkeitsdatum ist ein relativ modernes Konstrukt. Eine der ältesten bekannten ewigen Anleihen stammt ebenfalls aus dem 17. Jahrhundert, sie wurde 1648 in den Niederlanden gezeichnet, erst letztes Jahr wurden wieder Zinsen abgeholt. Die bekanntesten Anleihen wurden von den Briten Mitte des 19. Jahrhunderts aufgenommen, um damit noch ältere Schulden auszugleichen. Bei den Venezianern dürfte der Grund ein ähnlicher gewesen sein. Im 17. Jahrhundert hatte Venedig seine Glanzzeit nämlich schon hinter sich, es ging ziemlich bergab, die Wirtschaft stagnierte, die Pest brach aus und kostete fünfzigtausend Bewohner das Leben. Dass venezianische ewige Anleihen damals tatsächlich in großer Menge ausgegeben wurden, ist nicht eindeutig belegt. Die Gerüchte halten sich aber hartnäckig.«

»Heißt das, wenn unsere Täter mit einem Stapel dieser Dinger ankämen, würde man ihnen die Zinsen seit Sechzehnhundertirgendwas ausbezahlen?«

»So in etwa, ja.«

Alexandra schüttelte ungläubig den Kopf. »Da lagen sicher fünfzig Stück oder noch mehr. Ich konnte zwar nur einen Blick auf ein paar davon werfen, aber wenn auf allen dasselbe abgebildet war und es sich wirklich um ewige Anleihen handelt, dürfte da ein schöner Betrag zusammenkommen.«

»Das ist also ihr großer Coup«, murmelte Medeot.

Alexandra hob unschlüssig die Schultern. »Aber wozu brauchen sie da Angelo?«, gab sie zu bedenken.

»Vielleicht, um täuschend echte Fälschungen herzustellen?« Medeot sprang nervös auf. »Ich muss schnell ein paar Leute anrufen, entschuldigen Sie mich.«

SECHS

Die sonst so harmlose Maisonne brannte unbarmherzig vom Himmel und sorgte dafür, dass dem ohnehin schon abgehetzten Commissario sofort der Schweiß ausbrach, als er aus dem klimatisierten Wagen stieg. Er lockerte die Krawatte, nur um sie sogleich wieder festzuziehen und das Präsidium in der Via Cavour zu betreten. Zeit war momentan kostbar, umso mehr wurmte es ihn, dass er die letzten Stunden damit verschwendet hatte, von einer Sackgasse in die nächste zu laufen. Sein erster Gedanke hatte ihn in die alteingesessene Filiale der Banca d'Italia in Triest geführt, doch dort konnte man ihm nicht weiterhelfen. Auch sein alter Bekannter vom Centro Collezionismo, dem Auktionshaus im Zentrum der Hauptstadt, hatte ihm keine hilfreichen Informationen zu der vermeintlichen Anleihe liefern können. Und als wäre das nicht genug, musste er auch noch als Cherubinis Taxi herhalten, weil dieser sich offenbar zu fein war, die öffentlichen Verkehrsmittel zu benutzen.

Bearzot erwartete ihn bereits ungeduldig.

»Schneller ging es wirklich nicht.« Mit dem Handrücken fuhr Medeot sich über die Stirn. »Was konnten Sie in Erfahrung bringen?«

»Es ist kein Wunder, dass Sie niemanden gefunden haben, der etwas darüber weiß, Chef. Es deutet alles darauf hin, dass die Anleihen – sofern sie existieren – privat verkauft wurden. Einer der Sammler, bei denen ich mich umgehört habe, konnte mir einen brauchbaren Hinweis bezüglich eines potenziellen Käufers geben. Ich habe ihn kontaktiert und erfahren, dass er Dokumente, deren Beschreibung mit der von Cherubini übereinstimmt, kürzlich für satte dreihunderttausend Euro erworben hat. Ist erst ein paar Tage her, und die Menge ist beachtlich.«

»Was wissen wir über den Verkauf?«

»Bisher nicht viel. Es scheint alles legal vonstattengegangen zu sein. Der Käufer, Signor Di Gratton, ist ein recht wohlhabender Mann, der ständig irgendwelches Zeug ersteht.«

»Zeug?«

»Na ja, ich meine, er scheint keine besonderen Vorlieben zu haben.« Er sah in seine Notizen. »In den letzten Monaten kaufte er einen Chagall für eine halbe Million, einen Chanel-Flakon aus dem Jahr 1921 für fast zwanzigtausend und eine Mokkakanne aus Kupfer und Mahagoni, angeblich aus dem Vatikan. Er scheint einer der Menschen zu sein, denen einfach langweilig ist und die nicht wissen, worin sie noch investieren sollen.«

»Ist er aus der Gegend? Ich will mit ihm sprechen, so schnell wie möglich. Wir haben schon genug Zeit verloren.«

»Das wird kein Problem sein, Chef.« Bearzot warf sich stolz in die Brust. »Er müsste jeden Moment hier eintreffen. War ganz aus dem Häuschen. Was meine Theorie von Langeweile übrigens noch untermauert.«

»Gute Arbeit. Konnten Sie auch die andere Sache klären, über die wir gesprochen hatten?«

»Die Dokumente liegen in meinem Büro zur Unterzeichnung bereit. Wo ist er denn?«

Medeot drehte sich verwundert um die eigene Achse. Angelo Cherubini war doch eben noch hinter ihm gewesen. Jetzt hatte er sich anscheinend in Luft aufgelöst. Medeot war zehn Extrakilometer gefahren, um seine Wenigkeit im Nirgendwo abzuholen und zurück nach Görz zu kutschieren. Cherubini hatte an einem dieser überdimensionalen, völlig sinnlosen Kreisverkehre gestanden, die nur zwei nutzbare Ausfahrten hatten. Die dritte endete nach ein paar frisch asphaltierten Metern in einem Rapsfeld. Vor diesem leuchtend gelben Meer aus Blüten hatte Cherubini auf ihn gewartet. Im Umkreis von gut zwei Kilometern gab es dort weder ein Haus noch sonst ein Zeichen von Zivilisation, und Medeot hatte ihm die Frage nach seinem Aufenthaltsort gar nicht erst gestellt. Er konnte ohnehin keine brauchbare Antwort erwarten.

Es hatte ihn einiges an Überzeugungskraft gekostet, Cherubini so weit zu bringen, dass er einen Fuß über die Schwelle des Präsidiums setzte. Und nun war er einfach abgehauen? Medeot war enttäuscht, diese Feigheit hätte er Cherubini nicht zugetraut.

Doch was war das? Ein paar Meter weiter den Gang entlang

entdeckte Medeot etwas, das aussah wie ein Ellbogen und hinter einem Mauervorsprung hervorragte. Erst bei genauerer Betrachtung erkannte man, dass dort ein Mann stand, der sich unauffällig in die Ecke gelehnt hatte.

»Los jetzt, Cherubini, kommen Sie schon her.« Er konnte sich ein Schmunzeln nicht verkneifen und winkte ihm ungeduldig zu.

Der Widerwille stand Angelo Cherubini in Großbuchstaben quer über das Gesicht geschrieben. Übertrieben langsam schlenderte er auf Medeot zu. »Das war keine gute Idee«, stellte er trocken fest.

»Ach, jetzt haben Sie sich nicht so. Damit Sie offiziell als Berater tätig werden können, brauchen wir Ihre Unterschrift. Bearzot wird mit Ihnen die nötigen Informationen durchgehen, ich muss zu einer Vernehmung. Sie können es sich in der Zwischenzeit in der Teeküche bequem machen.«

Medeot bat den elegant gekleideten Herrn in sein Büro. Di Gratton war deutlich älter, als Medeot sich den betuchten Sammler vorgestellt hatte, und er schaffte es nur unter lautem Ächzen, sich auf den bereitgestellten Sessel sinken zu lassen.

»Signor Di Gratton, vielen Dank, dass Sie so kurzfristig gekommen sind.«

»Natürlich. Es ist mir stets eine Freude, wenn ich der Polizei behilflich sein kann.«

»Kam das denn schon öfter vor?«

»Dann und wann, durchaus.«

»Das macht uns die Sache etwas leichter. Somit streiten Sie gar nicht ab, mit Gegenständen zu handeln, die einen kriminellen Erwerbshintergrund haben?«

»Wie bitte?« Ruckartig erhob Di Gratton sich wieder. »Was erlauben Sie sich? Ich spreche von meiner Expertise und nicht von irgendwelchen illegalen Geschäften.«

»Wollen Sie mir damit sagen, dass Sie keine Ahnung hatten?«

»Wovon denn bitte?« Ein Schatten der Empörung hatte sich auf Di Grattons Gesicht gelegt und blieb in seinen Augen haften.

Medeot erwiderte seinen Blick und versuchte, sich seine Gedanken nicht anmerken zu lassen. Er konnte nicht genau benennen, was diese Skepsis in ihm auslöste, doch Di Grattons Rolle des vornehmen, korrekt gekleideten Kunstsammlers kam ihm auf sonderbare Weise aufgesetzt vor. Seine Kränkung allerdings wirkte echt.

»Bitte setzen Sie sich.«

Nach kurzem Zögern folgte Di Gratton der Aufforderung und beäugte Medeot erwartungsvoll. Der traf mit sich selbst die Abmachung, zu einem späteren Zeitpunkt zu entscheiden, ob er Di Grattons Worten Glauben schenken wollte oder nicht.

»Der Verkauf der Anleihen, die Sie erworben haben, könnte unter Umständen mit einem Entführungsfall zusammenhängen. Um diesen Verdacht zu verifizieren oder auszuschließen, haben wir Sie hergebeten. Ich kann Ihnen zu der laufenden Ermittlung keine Einzelheiten nennen, dafür haben Sie bestimmt Verständnis. Sie haben ja bereits Erfahrung mit der Polizeiarbeit und wissen, wie die Vorgehensweisen sind.«

Di Gratton deutete mit erhobenem Haupt seine Zustimmung an.

»Also, wie kommen Sie zu den Anleihen?«

»Ich hörte von einem sagenhaften Fund. Eine ganze Kiste voll mit Anleihen aus dem 17. Jahrhundert. Zu jener Zeit wurde in Venedig eine beachtliche Menge dieser Papiere ausgegeben, doch sie galten als verschollen. Dass sie nun wiederaufgetaucht sind, ist wahrlich eine Sensation.«

»Wer hat Ihnen das erzählt?«

»Das kann ich nicht genau sagen, es war ein Gerücht, das umging. Ich erfuhr es aus mehreren voneinander unabhängigen Quellen.«

»Bitte korrigieren Sie mich, wenn ich mich irre. Dabei handelt es sich doch um ewige Anleihen im wörtlichen Sinne, oder? Also Anleihen, die nie ihre Gültigkeit verlieren und deren Zinsen nach wie vor eingefordert werden können?«

»Das ist korrekt.«

»Das muss doch ein Vermögen sein.«

»Ich habe nicht vor, die Zinsen abzuholen, wenn es das ist,

worauf Sie hinauswollen. Mir geht es einzig und allein um die Wertpapiere selbst. Sie repräsentieren ein bedeutendes Stück der venezianischen Geschichte – einer Republik, die eines der ersten kosmopolitischen Zentren des Welthandels war und maßgeblich zur Entwicklung der Weltwirtschaft beigetragen hat.«

»Was ich nicht verstehe, ist, wieso die Finder die Papiere nicht eingelöst, sondern sie stattdessen an Sie verkauft haben.«

»Das kann ich Ihnen beantworten. Der Herr, mit dem ich in Kontakt stand, erklärte mir, die Besitzer hätten kein Interesse daran, die Anleihen zu behalten. Er meinte, es gebe irgendwelche Familienstreitigkeiten, die bis weit in die Vergangenheit dieser Familie zurückreichen. Das wollte ich gar nicht genauer wissen, ist schließlich deren Privatangelegenheit. Sie wollten die Anleihen jedenfalls auf dem schnellsten Weg loswerden. Es kam ihm wohl ziemlich gelegen, dass ich spontan mein Interesse daran bekundete.«

»Was hat Sie zu dem Entschluss gebracht, sie einfach so zu kaufen?«

»Es sprach nichts dagegen. Ich habe schon häufiger erlebt, dass wertvolle Gegenstände auf diese Weise auf den Markt kommen. Die Leute sind zerstritten und wollen ihr Erbe zu Geld machen, oder es interessiert sie einfach nicht. Der Trick ist, im richtigen Moment zuzuschlagen. Und dann war da noch das hier.« Er zog einen zusammengefalteten Zettel aus der Innentasche seines Sakkos und reichte ihn Medeot. Es war ein Zeitungsartikel aus dem »Gazzettino«, darin ging es um den Fund einer antiken Kiste, den ein junges Pärchen bei der Renovierung einer gerade geerbten venezianischen Wohnung gemacht hatte.

»Sie hatten überhaupt keinen Grund, daran zu zweifeln, dass alles mit rechten Dingen zuging, natürlich.«

»So ist es. Und ich habe nach wie vor keinen Grund, Dottore.«

Medeot verzog die Mundwinkel. Mit anderen Worten, es war Di Gratton herzlich egal, von wem er kaufte, solange er bekam, was er gerade wollte. Eigentlich war es ein Wunder, dass der Mann nicht öfter Polizeibesuch hatte. Medeot würde seinen rechten Arm darauf verwetten, dass mehr als nur ein paar Stücke seiner

Sammlung irgendwo abgängig waren. »Vielmehr ist es doch wohl so, dass es Sie einfach nicht interessiert, woher ein von Ihnen erworbener Kunstgegenstand stammt. Wer ist das, der die Kiste gefunden hat?«

»Das weiß ich nicht. Die Besitzer wollten einem möglichen Käufer gegenüber anonym bleiben, das ist nicht unüblich. Zu diesem Zweck gab es den Mittelsmann. Ich hatte nur Kontakt zu ihm.«

»Anonym, hm? Woher hat die Zeitung dann die Informationen über den Fund?«

»Da gibt es immer Mittel und Wege, Dottore. Vielleicht hat der Mittelsmann etwas durchsickern lassen, um die Angebote in die Höhe zu treiben.«

»Wer ist der Mittelsmann? Ich will einen Namen und alles, was Sie über ihn wissen.«

»Ich fürchte, das ist nicht besonders viel. Sein Name ist Marco Bregant. Soweit ich weiß, war er einmal Direktor eines kleinen Museums in Venzone. Sie wissen schon, die kleine Stadt im Norden Friauls, die vom Erdbeben in den Siebzigern am schlimmsten getroffen und fast komplett zerstört wurde. Jetzt ist er freiberuflich tätig, unterstützt Künstler, organisiert Ausstellungen oder Ähnliches. Genau weiß ich das nicht.«

Medeot notierte sich Bregants Namen und Kontaktdaten und gab beides Bearzot, damit dieser ihn herbestellen konnte.

»Ach ja«, sagte Di Gratton, »ich habe hier, worum Ihr Kollege mich am Telefon gebeten hatte.« Er reichte Medeot eine Schutzhülle aus Hartplastik, die er bisher sorgsam auf seinen Schoß gebettet hatte. »Sie sind alle identisch. Einer meiner Angestellten wird die übrigen Exemplare später noch vorbeibringen. Aber bitte seien Sie vorsichtig.«

Medeot schlug die Mappe auf. Da war sie, die ominöse, mehr als dreihundert Jahre alte Anleihe, von der Di Gratton eine ganze Kiste voll erworben hatte. Sie war wahrlich schön. Die verschnörkelte Schrift, der unverkennbare geflügelte Markuslöwe, das Bildnis von Italia. Ein richtiges Kunstwerk.

»Bitte entschuldigen Sie mich einen Moment, Signore. Ich

möchte das schnell unserem Spezialisten zeigen. Er ist sehr vorsichtig, haben Sie keine Sorge.«

Cherubini hockte angespannt auf einem Stuhl in der hintersten Ecke der Teeküche und verfolgte unruhig jede Bewegung in seinem Sichtfeld. Medeot musste an die Naturdokumentation denken, die er vor einigen Tagen spätnachts halb schlafend im Fernsehen gesehen hatte. Cherubini erinnerte ihn an die Gazelle am Wasserloch, die sich der Gefahr, die von den im hohen Gras lauernden Löwen ausging, durchaus bewusst war. Nichtsdestotrotz war der Durst größer.

Als Cherubini Medeot auf sich zukommen sah, verfinsterte sich sein Blick. »Sie haben mich ziemlich lang warten lassen.«

»Na, so schlimm ist das nicht. Nehmen Sie sich einen Kaffee oder was immer Sie möchten.«

Der Motor des Kühlschranks sprang an, und Cherubini zuckte zusammen.

»Oder vielleicht einen Kamillentee«, fügte Medeot hinzu.

»Hören Sie auf, sich über mich lustig zu machen. Sie haben ja keine Vorstellung davon, wie es ist, in meiner Haut zu stecken. Jeder, der diesen Raum betritt, weiß, wer ich bin. Sie starren mich alle an, und ich bin mir sicher, mindestens zwei waren kurz davor, mir Handschellen anzulegen.«

»Ich bitte Sie, die meisten der Kollegen kennen nicht einmal Ihren Namen. Wahrscheinlich werden Sie nur deshalb so angestarrt, weil Sie sich verhalten wie ein paranoider Irrer. Also reißen Sie sich zusammen. Ich möchte Ihnen etwas zeigen, aber dafür brauche ich Sie bei klarem Verstand.«

Er hielt Cherubini den Schutzumschlag unter die Nase, und wie er gehofft hatte, siegte dessen Neugier.

Er griff danach, allerdings nicht, ohne Medeot mit einem bitterbösen Blick zu strafen. Doch von dem Moment an, als er die Anleihe in Händen hatte, schien er alles andere rund um sich zu vergessen.

»Unglaublich … Genau so habe ich mir eine venezianische Anleihe immer vorgestellt. Dass ich tatsächlich mal eine in den

Händen halte …« Er strich mit den Fingern sanft über das Siegel. »Was für ein Fund.«

»Ja, nicht wahr? Und davon gibt es eine ganze Kiste voll.«

Cherubini betrachtete das Papier konzentriert, drehte es vorsichtig zwischen den Fingern, betastete es, roch sogar daran.

»Hätten Sie eine Lupe für mich?«

Medeot brachte ihm das uralte Vergrößerungsglas, das er in seinem Büro in der Schreibtischschublade aufbewahrte. Es kam nicht oft vor, dass so etwas noch benötigt wurde, für alles gab es mittlerweile entweder technischen Schnickschnack oder einen Spezialisten. Geduldig sah er dabei zu, wie Angelo Cherubini das Papier begutachtete.

»Tja«, sagte Cherubini schließlich und sah auf, »leider müssen Sie dem Sammler ausrichten, dass das eine Fälschung ist.«

»Sind Sie absolut sicher?«

»Ja, und ich vermute, das gilt auch für den restlichen Inhalt der Kiste.«

»Eine Fälschung? Das ist unmöglich!« Di Gratton war aufgesprungen. »Sie irren sich, Dottore. Das kann nicht sein.«

»Sie werden es glauben müssen«, erklärte Cherubini, der Medeot in dessen Büro gefolgt war, trocken. »Jemand hat Sie übers Ohr gehauen.«

»Und wer sind Sie bitte?«

»Das ist der Fachmann, von dem ich sprach. Signor Cherubini. Er hat die Anleihe als Fälschung entlarvt.«

Di Gratton funkelte Cherubini an und verschränkte die Arme vor der Brust. »Und was genau macht Sie zu einem solchen Experten? Sie sehen nicht gerade so aus, als würden Sie etwas davon verstehen.«

Angelo sah demonstrativ an sich hinab. »Aha«, machte er. »Wie sollte so jemand denn Ihrer Meinung nach aussehen?«

»Ich habe Ihren Namen schon einmal gehört.«

»Signor Cherubini ist ein Spezialist für Fälschungen so ziemlich jeder Art«, erklärte Medeot geduldig.

»Nein, nein, das ist es nicht. Ich kenne Sie von irgendwo anders …« Seine Augen weiteten sich. »Natürlich, Sie sind Angelo Cherubini, der Kunstfälscher! Dottore, das kann doch unmöglich Ihr Ernst sein, dass ein Verbrecher wie er in die Ermittlungen involviert ist.«

»Seien Sie versichert, dass von ihm keine Gefahr ausgeht. Er berät mich in diesem Fall, und seine Expertise ist von unschätzbarem Wert für die Ermittlungen.«

»Aber er ist ein Kunstfälscher!«

»Genau genommen wurde ich dafür nie verurteilt, Signore. Alles, was Sie hier behaupten, ist also reine Spekulation.«

»Das besprechen wir nicht jetzt.« Medeot strafte Cherubini mit einem mahnenden Blick.

»Aber es ist die Wahrheit. Die bloße Herstellung eines falschen Bildes ist nicht strafbar, das ist nur ein Hobby von mir. Ich glaube nicht, dass Sie irgendeinen Hinweis darauf haben, dass ich etwas verkaufen wollte. Denn das wäre Betrug.«

Di Gratton verzog verächtlich die Mundwinkel und schwieg sich aus.

»Erklären Sie es ihm«, befahl Medeot und legte den Bogen Papier vor sie auf den Tisch.

Cherubini konnte die Genugtuung, den überheblichen Sammler in die Schranken zu weisen, ganz offensichtlich kaum erwarten. Er räusperte sich und trat an den Tisch heran. »Für einen Laien sieht die Anleihe auf den ersten Blick täuschend echt aus«, begann er.

»Mit der Person, die Sie gerade als Laien bezeichnen, meinen Sie aber nicht mich, wie ich hoffe«, unterbrach ihn Di Gratton. »Das Trockensiegel ist einwandfrei – und sehen Sie sich doch das Wasserzeichen an, da stehen die Buchstaben SRV.«

»SRV? So wie der Musiker Stevie Ray Vaughan?«

»Für Sie ist das alles ein großer Witz, nicht wahr? SRV steht für ›Serenissima Repubblica di Venezia‹, also Republik Venedig.«

Angelo lachte auf. »Ein Wasserzeichen ist nicht so schwer zu fälschen, wie Sie vielleicht glauben. Und was Monogramme angeht, so wären Sie nicht der Erste, den eine falsche Interpretation in die Bredouille gebracht hat. Anno Domini und Albrecht Dürer? Selbst abseits der Kunst kommt das vor. Ich werde Ihnen eine Geschichte erzählen von dem französischen Altertumswissenschaftler, der glaubte, ein antikes Gefäß gefunden zu haben. Er dachte, er hätte den Fund des Jahrhunderts gemacht, fast so wie Sie. Das Monogramm MJDD deutete er als ›Magno Jovi Deorum Deo‹, also ›Dem großen Jupiter, Gott der Götter‹. Ohne lang zu zögern, verbreitete er die Neuigkeit in den Fachkreisen. Er wollte zeigen, was für eine tolle Entdeckung er gemacht hatte, und den Neid in den Augen seiner Kollegen sehen. Doch wissen Sie was? Tatsächlich standen die Buchstaben für ›Moutarde Jaune de Dijon‹, was einfach nur ›gelber Dijon-Senf‹ bedeutet. Das Gefäß war nichts anderes als ein Senftopf. Ich bitte Sie, Signore, lassen Sie die Anleihe nicht Ihren Senftopf sein. Machen Sie sich nicht lächerlich.«

»Ich habe einige Tests durchgeführt, die allesamt positiv ausgefallen sind. Das Papier besteht aus Hanf und Flachs und stammt mit Sicherheit aus dem 17. Jahrhundert, genauso wie die Farbe. Es gibt keinen Hinweis darauf, dass es eine Fälschung ist.«

»Abgesehen von den Unterschriften hier am unteren Rand, die mit Eisengallustinte gesetzt wurden. Das darin enthaltene Eisensulfat hätte sich schon längst zu Schwefelsäure umsetzen müssen. Bei einem Dokument, das über dreihundert Jahre alt ist, müsste das Papier um die Unterschriften herum also bereits sichtbar zerstört sein. Das ist aber nicht der Fall. Sehen Sie selbst, wenn Sie mir nicht glauben.«

Er hielt ihm das Vergrößerungsglas hin.

Di Gratton war während Cherubinis Ausführungen scheinbar um gut zehn Zentimeter geschrumpft, von geschwellter Brust war nichts mehr zu sehen. Er nahm die Lupe und prüfte die Details der Anleihe erneut. Je länger er sie betrachtete, desto schneller murmelte er etwas vor sich hin, so leise, dass es Medeot nicht gelang, auch nur ein einziges Wort zu verstehen. Dann sah er auf, legte das Vergrößerungsglas mit leicht zitternden Händen leise auf den Tisch und setzte sich.

Beinahe regte sich in Medeot etwas, das Mitleid gleichkam, doch dieses Gefühl hielt nicht lange an. Die Erkenntnis, einem

Betrüger aufgesessen zu sein, kränkte Di Gratton zutiefst. Dabei war es nur eine Frage der Zeit gewesen, bis Di Grattons ausgeprägte Selbstüberschätzung zu diesem Ergebnis führen musste. Vielfältige Interessen zu haben war keineswegs gleichzusetzen damit, ein Experte in sämtlichen Bereichen zu sein.

Medeot war zwar nach wie vor weit davon entfernt, Angelo Cherubini über den Weg zu trauen, aber was seine Expertise die Echtheit von Kunstwerken betreffend anging, vertraute er voll und ganz auf sein Urteilsvermögen.

Marco Bregant war von gedrungener Statur und hatte eine etwas gebückte Haltung, was ihn noch kleiner wirken ließ und ihm eine Art von Unterwürfigkeit verlieh. Er lispelte ein wenig. Es war kaum hörbar, es sei denn, er nahm ein heikles Wort wie »Commissario« in den Mund. Das allerdings tat er öfter, als Medeot zählen konnte.

»Hören Sie, Commissario«, sagte er, »ich weiß wirklich nicht, für wen ich das Geschäft abgewickelt habe.«

»Wollen Sie mich veräppeln? Wie können Sie das nicht wissen?«

»Ich … na ja, also …«, druckste er herum. »Es ist mir etwas peinlich, das zuzugeben, Commissario, aber ich habe momentan so etwas wie eine Flaute. Was Aufträge angeht und so. Sie wissen schon.«

»Was genau machen Sie beruflich?«

»Och, dieses und jenes.«

»Geht das auch etwas genauer?«, knurrte Medeot ungeduldig. Diesem Wicht musste man auch wirklich alles aus der Nase ziehen.

»Meine Aufgabe, Commissario, ist es, Künstler mit Kunstliebhabern zusammenzubringen.«

»Soll heißen?«

»Ich vertrete junge aufstrebende Künstler, und ich verkaufe verschiedene Kunstobjekte im Auftrag.«

»Also sind Sie Kunstmakler, ja? Sagen Sie das doch einfach.«

»Na ja, das … das darf ich eigentlich nicht, Commissario. Ich mache das nämlich nur inoffiziell, wissen Sie?«

Medeot hob eine Augenbraue. »Na gut. Also inoffiziell. Darum geht es mir im Moment nicht. Jemand muss Sie aber doch beauftragt und Ihnen die Anleihen gegeben haben, oder wie soll ich mir das sonst vorstellen?«

»Ich hatte keinen direkten Kontakt, Commissario.« Sein Lispeln wurde stärker.

Die Erinnerung an Arialdo, einen Freund aus Kindertagen, drängte sich Medeot auf. Arialdo hatte von klein auf gestottert. Über die Jahre hatte er es ganz gut in den Griff bekommen, aber sobald er nervös wurde, brachte er kein ganzes Wort mehr heraus. Am schlimmsten war sein Stottern immer dann geworden, wenn er seiner Mutter gegenüberstand. Medeot hatte nie verstanden, was diese Frau an sich hatte, dass sie Arialdo so aus der Fassung brachte.

»Das war nicht meine Frage, Signor Bregant. Von wem haben Sie den Auftrag bekommen, die Papiere zu verkaufen?«

»Man sagte mir, dass es ein Pärchen war, das eine Erbschaft gemacht hat.«

»*Wer* sagte Ihnen das?«

»Sein Name war, warten Sie mal, irgendwo hab ich …« Er klopfte seine Taschen ab und zog schließlich ein zusammengefaltetes Stück Papier aus der Innentasche seiner Jacke. »Hier, sein Name ist Mariolino Brusco.« Er reichte Medeot den Zettel.

Der warf ungläubig einen Blick darauf. Zusätzlich zu dem Namen war noch eine Telefonnummer daruntergekritzelt. »Ist das ein Scherz?«

»Nein, Commissario, wie kommen Sie darauf? Ich habe mir seinen Namen und seine Nummer notiert, nachdem ich den Anruf erhalten hatte.«

»Mariolino Brusco, ja? Das ist ein Charakter aus ›Don Camillo und Peppone‹.«

»Na und? Deswegen kann er doch trotzdem so heißen.«

Medeot verkniff sich ein genervtes Augenrollen. Er nahm ein Blatt Papier und einen Kugelschreiber und legte Bregant beides vor die Nase. »Notieren Sie, wann Sie mit Signor Brusco gesprochen haben, sämtliche Telefonate. Das werden wir überprüfen.«

»Commissario, ich habe das alles nie hinterfragt«, erklärte Bregant, während er unter Zuhilfenahme seines Handys drei Daten niederschrieb.

»Das glaube ich Ihnen nicht.«

»Es stimmt aber. Von Brusco wurden mir zehn Prozent versprochen, wenn ich einen Käufer für die Anleihen finde. Haben Sie überhaupt eine Vorstellung davon, wieviel Geld das ist? Üblicherweise bekomme ich zwei Prozent, maximal. Da kam es mir gar nicht mehr in den Sinn, irgendetwas zu hinterfragen.«

»Ist das Ihr Ernst? Gerade dann beginne ich doch, mir Gedanken zu machen!«

»Hm? Nein, Commissario, wie gesagt, das sehe ich nicht so.«

Medeot fixierte Bregant. Er konnte sich nicht helfen, irgendetwas hatte dieser Mann an sich, das ihn über alle Maßen unsympathisch machte. Medeot gelang es nicht, in Worte zu fassen, was es war. An Marco Bregants Verhalten lag es nicht, das war, abgesehen davon, dass er nicht der Hellste war, ganz in Ordnung. Irgendwie erinnerte er Medeot an jemanden, und diese Person war es wohl, die das seltsame Unbehagen in ihm auslöste. Wenn er doch nur darauf käme, um wen es sich dabei handelte.

»Sie müssen wissen, Commissario, ich habe in einer Zeit, in der ich mich noch nicht so gut mit der Materie auskannte, ein paar schlechte Entscheidungen getroffen. Geschäftliche, meine ich. Da war diese eine Geschichte, als ich einem Käufer ein wenig mehr Honorar berechnen wollte als üblich. Er kam dahinter, fand das nicht lustig, kehrte mit ein paar Schlägern zurück, und, na ja, ehe ich mich versah, hatte ich zwei Schneidezähne weniger und einen Haufen Schulden mehr, Commissario. Ist nur eine Prothese, sehen Sie.« Er schob die Oberlippe zurück und präsentierte Medeot seine Zahnreihe.

Der musste sich bemühen, sachlich und ernst zu bleiben. Woran lag es bloß, dass ausgerechnet er immer an die Sonderlinge geriet? »Ach, daher haben Sie das Lispeln.«

»Wie bitte?« Bregant sprang entrüstet auf. »Das ist eine Lautbildungsstörung, Commissario, das ist angeboren. Es ist wirklich sehr unhöflich von Ihnen, so etwas zu sagen, ich komme ja auch nicht her und kommentiere Ihren Wohlstandsbauch. Wenn sonst nichts ist, Commissario, werde ich jetzt gehen. Eine Unverschämtheit!«

Ohne auf eine Antwort zu warten, machte er auf dem Absatz kehrt und rauschte zur Tür hinaus.

Medeot faltete ergeben die Hände im Schoß. Das war es wohl, was Claudia meinte, wenn sie davon sprach, dass er manchmal ein kleines Trampeltier sei.

Cherubinis erleichterter Blick, als Medeot an der Teeküche vorbeikam und ihm ein Zeichen gab, ihm in sein Büro zu folgen, war unbezahlbar.

»Das wurde aber auch langsam Zeit«, knurrte er und machte es sich auf einem der Besucherstühle bequem.

»Ach, jetzt reißen Sie sich zusammen. Keiner hat Ihnen ein Haar gekrümmt.«

»Wie man's nimmt. Konnten Sie wenigstens etwas Nützliches in Erfahrung bringen?«

»Ich bin mir nicht sicher.«

In kurzen Sätzen schilderte er, was er erfahren hatte. Die Geschichte mit dem Lispeln ließ er vorsichtshalber weg. Es war ihm peinlich genug, er konnte nur hoffen, dass Bregant sich nicht über ihn beschwerte.

»Was meinen Sie, kann seine Geschichte stimmen?«, fragte Cherubini.

»Schon möglich. Aber wenn jemand satte zehn Prozent Provision zahlt, hat er mit Sicherheit kein reines Gewissen. Das wären in dem Fall dreißigtausend Euro.«

»Nettes Sümmchen.«

»Ja, und zweihundertsiebzig sind noch neun Mal netter«, ergänzte Medeot und tippte die Nummer, die Bregant ihm gegeben hatte, in sein Telefon. »Irgendjemand läuft jetzt mit sehr viel Geld durch die Gegend.« Er hielt den Hörer an sein Ohr, doch anstatt des Freizeichens ertönte eine Frauenstimme, die ihm erklärte, dass die Nummer nicht existiere. »Ich hatte nichts anderes erwartet«, brummte er.

Es klopfte. Die Tür wurde aufgeschoben, und Alexandra steckte den Kopf ins Zimmer.

»Darf ich?«

***

Alexandra hatte die Tür aufgestoßen und stand schon mitten im Raum, als sie Angelo auf einem der Stühle entdeckte. Was zur Hölle machte er hier? Ein Polizeirevier war der einzige Ort, von dem sie dachte, dass sie ihm dort nie begegnen würde.

»Setzen Sie sich«, sagte Medeot.

Am liebsten wäre sie rückwärts wieder hinausgegangen. Angelos Anblick versetzte sie jedes Mal zurück in ihre dunkelsten Momente. Dabei hatte er es nicht verdient, dass man auch nur einen einzigen Gedanken an ihn verschwendete, doch sie konnte es nicht abstellen.

»Es ist schön, dass du hier bist«, sagte Angelo.

Er besaß die Frechheit, sie schon wieder anzureden, obwohl sie doch eindeutig klargestellt hatte, dass er sie in Ruhe lassen sollte.

»Wie fühlst du dich?«, wollte er wissen. Wieder hatte er diesen sanften, beruhigenden Ton angeschlagen, der bei Alexandra aber glücklicherweise nicht mehr funktionierte. »Kann ich dir etwas bringen? Kaffee vielleicht?«

Sie würdigte ihn keines Blickes.

»Was gibt es Neues?«, fragte sie Medeot. »Konnten Sie etwas über die Entführer in Erfahrung bringen?«

Der Commissario tat, als würde er die angespannte Stimmung in seinem Büro nicht bemerken, und schenkte ihr ein aufmunterndes Lächeln. »Was das angeht, sind wir leider noch keinen Schritt weitergekommen. Über die Anleihen wissen wir inzwischen mehr, aber es ergibt überhaupt keinen Sinn.«

»Das ist ja unglaublich«, murmelte Alexandra mit Blick auf die Mappe, die offen auf Medeots Schreibtisch lag, »Sie haben tatsächlich welche aufgetrieben? Sind sie das?«

Sie nahm den Bogen Papier und tat so, als würde sie ihn konzentriert betrachten. Die ganze Zeit über spürte sie Angelos Blick in ihrem Nacken, es war, als wollte er in ihren Kopf ein- und zu ihren innersten Gedanken vordringen. Sie versuchte, das nervöse Zucken in ihren Mundwinkeln zu unterdrücken, und starrte das Papier an, als hätte sie es noch nie zuvor gesehen.

Irritiert runzelte sie die Stirn.

Sie hatte es tatsächlich noch nie zuvor gesehen. Es war nicht dasselbe wie das dort unten im Bunker. Es war zwar ähnlich, aber dennoch unterschied es sich wesentlich.

»Das sind nicht die, die ich gesehen habe.«

»Wie meinst du das?«, fragte Angelo.

»Commissario Medeot, das ist nicht dieselbe Anleihe. Die maskierten Typen hatten eine andere.«

»Sind Sie sicher? Aber Sie haben sie doch so beschrieben.«

»Das schon.« Sie wusste selbst nicht, was es war, aber das Ding sah einfach völlig anders aus. Nein, es *wirkte* völlig anders. Und doch war es gleich. Wie sollte sie das bloß erklären? »Es ist dieselbe Anleihe, aber es ist nicht *dieselbe* Anleihe.«

Medeot sah sie verwirrt an.

»Als wären es zwei verschiedene Zeichnungen von ein und derselben Sache.«

Angelo kam sichtlich neugierig zu ihr herüber. »Wie kannst du das so genau sagen?«

»Ich kann es einfach, okay?«

»Das ist interessant«, stellte er fest und beugte sich vor. »Zeig mir ganz genau, was die Unterschiede sind.«

»Wozu soll das gut sein?«

»Vielleicht kommen wir so dahinter, womit wir es hier zu tun haben.«

»Da ist als Erstes die Art, wie der Löwe gezeichnet ist. Er sieht einfach anders aus, und ich bin mir sicher, der, den ich gesehen habe, hielt ein Schwert. Der hier hat seine Pranke auf einem Buch. Dann ist da die Schrift, die ist auch … anders. Die Schnörkel, sie passen nicht. Aber die Unterschriften und Siegel und auch das Bildnis der Frau sind, glaube ich, gleich.«

»Kannst du das Papier oder den Inhalt des Textes beschreiben?«

»Wie stellst du dir das vor, ich hatte ja keine Gelegenheit, sie mir genauer anzusehen. Aber auf den ersten Blick sieht dieses Dokument schon aus wie das, das ich gesehen habe.«

»Das ist eigenartig. Könnte das etwa bedeuten, dass die Entführer doch im Besitz der echten Anleihe sind?«, überlegte Medeot laut.

»Vielleicht wurden verschiedene Vorlagen verwendet? Oder möglicherweise hat der Fälscher unterschiedliche Versionen probiert, weil er sich nicht sicher war, wie das Original aussieht.«

»Wenn wir nur an eines der Originale herankämen«, sagte Alexandra, »dann hätten wir Gewissheit. Zu schade, dass keine Exemplare mehr im Umlauf sind.«

»Gerade das macht diesen Fund zu so einer Sensation.«

»Aber wenn sie doch offensichtlich gefälscht sind?«

»Na ja, offensichtlich ist die Fälschung keineswegs. Es ist schon eine ganz solide Arbeit.«

»Schon klar, und nur du bist gut genug, um so was zu erkennen, bla, bla«, ätzte Alexandra und verdrehte die Augen.

Medeot ignorierte auch das.

»Ich stelle jetzt einfach mal die Behauptung auf, dass die Anleihen, die ich gesehen habe, ebenfalls nicht echt sind. Das ergibt für mich viel mehr Sinn. Allerdings verstehe ich nicht, wieso sie in dem Bunker lagen, wenn der Verkauf doch schon davor stattgefunden hat.«

»Oder es war genau das der Plan: zuerst die Fälschungen in Umlauf zu bringen, um dann mit den echten aufzuwarten.«

»Das würde aber nur funktionieren, wenn bekannt würde, dass es sich um Fälschungen handelt. Di Gratton wäre darauf aber nie gekommen, wenn nicht –« Sie stockte.

»Wenn nicht was?«

»Wenn nicht zufällig du aufgetaucht wärst.«

»Das meinst du nicht ernst.«

»Du warst also einfach bloß zur richtigen Zeit am richtigen Ort, oder was? Der *Held*, der sich selbst opfern will und dann ganz nebenbei auch noch die Fälschungen entlarvt? Das erklärt, warum diese Typen Masken getragen haben, obwohl ein paar von ihnen mich bestimmt ohne zu zögern erschossen hätten: weil du einer von ihnen bist.«

»Das traust du mir ernsthaft zu?« Angelo gab sich entrüstet.

»Dir traue ich alles zu, du …«

»Alexandra, bitte«, warf Medeot ein, während sie noch nach einem für Angelo angemessenen Schimpfwort suchte. »Es liegt mir zwar fern, Cherubini zu verteidigen, aber ich finde, Sie sollten keine voreiligen Schlüsse ziehen. Welchen Nutzen hätte er davon, seine eigenen Fälschungen zu entlarven?«

»Bei einem wie ihm gibt es immer irgendeinen Grund«, presste sie hervor. »Wir sehen das größere Ganze nur noch nicht. Oder vielleicht hat er auch einfach nur Spaß daran, mich zu quälen. Alles wäre möglich.«

»Das würde ich nie tun. Ich habe immerhin versucht, dich zu retten! Einen kleinen Vertrauensvorschuss habe ich da doch wohl verdient, oder?«

»Vertrauen? Dass ich dir vertraue, willst du? Nach allem, was du dir erlaubt hast?«

Sie spürte, wie Tränen in ihre Augen schossen, Tränen der Wut. Das war alles, was sie noch empfand, wenn es um Angelo ging. Sie stand auf, drückte Medeot das Papier in die Hand, wirbelte herum und stürmte aus dem Büro.

***

»Lassen Sie sie bloß gehen. Sie sehen doch, dass sie nichts mehr von Ihnen will«, brummte Medeot, als er bemerkte, dass Cherubini Anstalten machte, Alexandra zu folgen.

»Ich weiß«, sagte Cherubini leise. Er wollte wohl etwas hinzufügen, klappte den Mund aber wieder zu und schüttelte hilflos den Kopf. »Ich weiß«, wiederholte er.

»Zurück zu den Anleihen«, sagte Medeot und legte das Dokument auf den Schreibtisch. Cherubini warf ihm einen Blick zu, den er nicht so recht zu deuten wusste.

»Ich habe damit nichts zu tun. Wenigstens Sie müssen das doch erkennen.«

Medeot hob abwehrend die Hände. »Das habe ich auch nicht behauptet.« Keinesfalls wollte er denselben Fehler begehen wie vor einem Jahr und voreilige Schlüsse ziehen. Es war klüger, sämtliche Möglichkeiten offenzuhalten. »Ich finde allerdings, dass wir uns auf die Ermittlungen konzentrieren sollten. Sie sind nicht zum Spaß hier, sondern als mein Berater.«

»Bitte schön.«

»In einem Punkt muss ich Alexandra recht geben. Aus welchem Grund haben unsere Unbekannten Di Gratton die Anleihen verkauft?«

»Sagt Ihnen der Name Eric Hebborn etwas?«, fragte Cherubini.

»Nein, wer soll das sein?«

»Er war ein britischer Kunstfälscher. Einer der wenigen, die sich zu ihren Fälschungen bekannt und sich gegen die Kunstwelt gewandt haben. Hebborn hatte ein Motto, das es ziemlich gut auf den Punkt bringt: Sei nicht habgierig. Es ist ein recht großer Aufwand, so viele halbwegs gute Fälschungen herzustellen. Der Ertrag dafür war verhältnismäßig gering.«

»Ich verstehe. Aber warum sich das dann überhaupt antun? Da gäbe es doch bestimmt bessere Methoden, an Geld zu kommen.«

»Vielleicht war der Verkauf der Anleihen aus irgendeinem Grund unbedingt notwendig.«

»Nur warum?«

»Um etwas anderes anzuleiern, von dem wir leider nicht wissen, was es ist.«

»Sofern es da überhaupt einen größeren Hintergrund gibt.«

»Wieso sollte es keinen geben? Deswegen wollte man keine Aufmerksamkeit auf sich ziehen und begnügte sich mit dem, was Di Gratton bereit war zu zahlen. Das wäre zumindest eine Theorie. Was ist der nächste Schritt?«

Medeot zögerte. Es war ihm etwas unangenehm zuzugeben, dass er das selbst nicht so genau wusste. Nach Nicolo Zaghet, dem verschwundenen Supermarktmitarbeiter, wurde immer noch gefahndet, genauso wie nach Jules Durant, Cherubinis mysteriösem Feind. Bislang gab es keine Spur zu den beiden. Dass ein Zusammenhang bestand, war nicht nur wegen der Beschreibung des dritten Mannes im Supermarkt naheliegend. Cherubini war das Bindeglied, er war Ziel dieser Aktion gewesen, hatte die Forderung der Entführer erhalten. Doch was wollten sie von ihm? Auch der Tathergang blieb ein Rätsel. Bestimmt wäre es ein Leichtes gewesen, Alexandra ohne Aufsehen zu Hause oder auf dem Weg dorthin zu entführen, wieso also riskieren, Aufmerksamkeit durch einen vorgetäuschten Supermarktüberfall zu erregen? Was hatte es mit den gefälschten Anleihen auf sich? Und wieso gab es zwei verschiedene Versionen davon?

Sie hatten so gut wie keine Spur.

»Marco Bregant«, sagte Medeot.

»Der Typ, der die falschen Anleihen vermittelt hat? Was ist mit ihm?«

»Irgendetwas stimmt mit ihm nicht. Ich kann noch nicht sagen, was. Es ist nur so ein Gefühl. Capello soll ihn noch mal überprüfen, aber diesmal bis ins letzte Detail.«

Die Dämmerung brach gerade über dem Isonzo herein, Commissario Medeot und Santino Capello fuhren dem orangerot gefärbten Himmel entgegen. Beide schwiegen.

Es war nicht besonders schwer gewesen herauszufinden, dass Marco Bregant vor einigen Jahren unter falschem Namen versucht hatte, ein gefälschtes Gemälde von Giuliano Zasso zu verkaufen. Man musste nur wissen, wonach man suchen musste. Bei genauerer Betrachtung war es ein Wunder, dass jemand wie Bregant, der über keine besondere Intelligenz verfügte, es überhaupt schaffte, in dieser Branche wahrgenommen zu werden.

Sie hatten das Haus am Rand des Örtchens Gradisca d'Isonzo erreicht, Capello lenkte den Wagen in die Hauseinfahrt. »Wir sagen also erst mal nicht, was wir wissen?«, versicherte er sich.

»Genau. Wir hören uns an, was er uns erzählt. Ein besonders guter Schauspieler scheint er nicht zu sein.«

»Oder aber er ist so gut, dass er uns das vormachen kann.«

»Das will ich nicht hoffen«, murmelte Medeot und klingelte.

Eine blond gelockte, durchaus attraktive Frau öffnete die Tür. Viel zu hübsch für einen wie Bregant. Verwirrt blickte sie die beiden an. »Ja bitte?«

»Verzeihung, wir sind auf der Suche nach Marco Bregant. Er soll hier wohnen?«

»Wer sind Sie?«

»Wir sind von der Polizei«, erklärte Medeot und zog seinen Dienstausweis hervor.

»Ach so.« Sie drehte sich um und ging.

Medeot sah Capello fragend an, dieser zuckte nur ratlos mit den Schultern.

»Commissario?«, tönte Bregants Stimme nach draußen. »Kommen Sie doch herein. Was verschafft mir die Ehre Ihres Besuches?«

Medeot und Capello folgten Bregants Stimme durch den Flur und in das Wohnzimmer. Der Raum glich einer Seite aus einem Möbelkatalog. Es war unaufgeregt und sauber. Nichts Unnötiges stand herum, nichts Persönliches. An der Wand ein Kunstdruck eines Miró, auf einem Ablagetisch eine gläserne Schale. Die Frau, die ihnen die Tür geöffnet hatte, stand am anderen Ende des Raumes und starrte aus dem großen dreiteiligen Fenster in den Garten, offenbar völlig desinteressiert an den zwei Polizisten und Bregant. Der erhob sich vom kitschig weißen Sofa und reichte seinen Besuchern höflich die Hand.

»Meine Lebensgefährtin, Camilla Galimberti«, sagte er und machte eine einladende Geste in ihre Richtung.

Sie wandte sich nun doch den Männern zu, nahm einen Schluck aus dem Cognacglas, das sie in der Hand hielt, stellte es auf dem Fensterbrett ab und schwebte elegant zu ihnen herüber.

»Camilla Galimberti«, wiederholte sie überflüssigerweise und reichte Medeot die Hand, ohne ihn anzusehen.

Bregant legte liebevoll den Arm um sie und strahlte sie an wie ein kleines Kind seinen Lolli. Ihr war es sichtlich unangenehm, sie ließ sich nur widerwillig dazu bewegen, der Runde, die sich auf Sesseln und dem Sofa verteilte, beizuwohnen. So wie sie dreinschaute, hätte sie lieber weiter mit ihrem Glas am Fenster gestanden und ins Leere geblickt. Eine wirklich eigenartige Frau.

»Ich bin erstaunt, Sie hier zu sehen, Commissario. Ich bezweifle, dass ich Ihnen noch helfen kann.«

»Sie sind so überstürzt verschwunden, wir haben noch einige Fragen an Sie.«

Bregant verzog missmutig die Lippen. Medeot war sich nicht sicher, ob wegen der Fragen, die noch kommen würden, oder wegen der Anspielung auf seinen beleidigten Abgang. Er entschied, von Letzterem auszugehen.

»Diese Geschichte mit den Anleihen, die Sie uns erzählt haben – wie war das genau?«

»Das habe ich Ihnen doch schon erklärt. Es ist erst ein paar Stunden her, was soll der Blödsinn?«

»Es gibt noch ein paar Lücken, die wir füllen müssen. Und für Ihre Kooperation wären wir wirklich sehr dankbar.«

Es stand Bregant ins Gesicht geschrieben, dass er so ziemlich alles lieber tun würde, als hier zu sitzen und zu kooperieren. Was Medeot allerdings viel mehr interessierte als Marco Bregants Widerwille, war Camilla Galimberti, die mit der scheinbar gleichen gelangweilten Miene wie bisher neben ihm saß. Und doch hatte sich in ihren Ausdruck noch etwas anderes geschlichen. Etwas, das Medeot nur als Angst deuten konnte.

»Wie gesagt, ich habe die Anleihen im Auftrag verkauft. Die Geschichte dieses Pärchens habe ich nicht großartig hinterfragt, weil ich eine hohe Provision dafür bekam.«

»Sie glauben aber selbst nicht wirklich daran, dass diese ominöse Erbschaft tatsächlich so stattgefunden hat, nicht wahr?«

»Das … das ist richtig. Ich meine, bis zu dem Zeitpunkt, als Sie, Commissario, andeuteten, dass es dabei nicht mit rechten Dingen zugegangen sein könnte, hatte ich keinen Gedanken daran verschwendet.«

»Ich habe Ihnen ja noch gar nicht die ganze Geschichte erzählt, dazu bin ich nicht mehr gekommen. Die Anleihen, deren Kauf Sie vermittelt haben, sind gefälscht.«

»Sie sind was?«, rief Bregant, und sein Lispeln war deutlicher als je zuvor. »Das kann doch nicht sein, Commissario, wollen Sie mich auf den Arm nehmen?«

Wieder suchte Medeot Camilla Galimbertis Blick, in dem keine Spur von Überraschung lag. Sie mochte wie eine zufällig anwesende, unbeteiligte Beobachterin wirken – doch sie wusste etwas, dessen war Medeot sich nun sicher. Vermutlich hatte Bregant sie in die ganze Sache eingeweiht. Nur dass er im Gegensatz zu ihr in der Lage war, Überraschung zu heucheln. Gut möglich, dass sie der Schlüssel zu der ganzen Geschichte war.

»Nein, Signor Bregant, das ist mein Ernst. Es sind Fälschungen. Was uns zu dem Grund bringt, wieso wir hier sind.«

Bregant wurde blass.

Konnte man so etwas auch vortäuschen?

Medeot machte eine Kunstpause, ehe er aussprach, was es diesbezüglich zu sagen gab: »Sie haben schon einmal versucht, gefälschte Ware zu verkaufen.«

»Ja, das … aber, ich meine, das ist schon ewig her, und damals war ich noch …« Er stockte. »Diesmal wusste ich wirklich nichts davon, das müssen Sie mir glauben.«

»Gehen wir das Ganze doch noch einmal durch. Sie haben den Verkauf von gefälschten antiken Schuldverschreibungen vermittelt, ein Auftrag, den Sie von jemandem bekommen haben, den Sie nie persönlich getroffen haben.«

»Genauso war es!«

»Wie sind diese Leute mit Ihnen in Kontakt getreten?«

»Sie hatten wohl von mir gehört und entschieden, mich zu engagieren.«

»Nein, ich meine, wie sind sie buchstäblich mit Ihnen in Verbindung getreten?«

»Ich weiß nicht mehr genau.«

»Wie kann man das bitte vergessen, noch dazu nach so kurzer Zeit?«

Bregant warf Camilla Galimberti einen hilfesuchenden Blick zu. »Ich weiß nicht, wer die sind«, wiederholte er leise.

Medeot lehnte sich zurück und verschränkte die Arme vor der Brust. »Was ist hier los?«

Bregant starrte dieselbe scheinbar interessante Stelle auf dem Designercouchtisch an wie seine Freundin.

»Was verheimlichen Sie, Bregant?«, bohrte Medeot nach. »Ich nehme Sie gleich mit aufs Präsidium, das sag ich Ihnen. Sie behindern hier meine Ermittlungen. Dann lernen Sie mich von einer anderen Seite kennen.«

»Und das wollen Sie ganz bestimmt nicht, glauben Sie mir«, ergänzte Santino Capello, der bisher still die Situation im Auge behalten hatte.

Bregant seufzte. Wieder sah er zu Galimberti, doch sie wich seinem Blick aus.

»Signora Galimberti, was haben Sie zu der ganzen Sache zu sagen? Anscheinend haben Sie ja auch etwas damit zu tun. Oder wieso starrt Signor Bregant Sie unentwegt an, als würde er auf eine Reaktion von Ihnen warten?«

Camilla Galimberti hob den Blick und sah Medeot aus traurigen Augen an. Mit einem Mal wirkte die attraktive Frau so zerbrechlich, dass es ihm beinahe wehtat.

»Ich weiß nur das, was Marco mir erzählt hat.« Ihre Stimme war leise und sanft, genauso wie ihre Erscheinung.

Bregant legte seine Hand auf ihren Oberschenkel. »Jetzt rede mit ihnen, tesoro«, flüsterte er. »Sie können dir helfen.«

»Ihr Lebensgefährte hat recht, Signora Galimberti. Egal, in was Sie da hineingeraten sind, wir können Sie beschützen.«

Camilla Galimberti wiegte den Kopf. »Das geht nicht, ich … Sie verstehen das nicht. Ich kann nicht.«

Bregant strich ihr sanft über die Haut, so als hätte er Angst, sie könnte unter seiner Berührung zerbrechen.

»Der Grund, wieso ich das Geschäft nicht weiter hinterfragt habe, Commissario«, erklärte er, »ist, dass ich der Person, die es mir vermittelt hat, voll und ganz vertraue.«

Medeot hob überrascht die Augenbrauen. Er wandte sich an Camilla Galimberti. »Sie sind diejenige?«

Sie schluckte und vermied es weiterhin, ihn anzusehen. Bregant lächelte ihr aufmunternd zu.

»Ich hatte keine Wahl«, begann sie schließlich zögernd, allerdings mehr an Bregant gerichtet als an die beiden Polizisten. »Ich wollte dich nie in irgendetwas mit hineinziehen, das musst du mir glauben.« Nun war sie es, die ihm liebevoll die Hand auf die Schulter legte.

»Warte mal. Soll das etwa heißen, du wusstest, dass die Anleihen Fälschungen sind? Und hast mich ins offene Messer laufen lassen? Verdammt noch mal, du kennst doch meine Vorgeschichte!«

»Nein, tesoro, natürlich nicht. Ich hatte keine Ahnung.«

Medeot ergriff wieder das Wort. »Signora Galimberti, ich denke, es ist an der Zeit, dass Sie uns endlich die Wahrheit sagen.«

Sie räusperte sich und begann zitternd zu sprechen. »Ich wurde dafür bezahlt, den Verkauf der Anleihen zu arrangieren. Aber nicht von diesem venezianischen Pärchen, das sie angeblich gefunden hat.«

»Camilla, bitte sag mir jetzt nicht, dass diese Erben gar nicht existieren. Und der Zeitungsartikel? Über den spektakulären Fund? War das etwa auch nur ein Fake?«

»Nein, das ... das ist alles wirklich so passiert. Zumindest glaube ich das. Ich hätte dich sonst nie in so eine Lage gebracht, das weißt du doch, tesoro.«

»Signora Galimberti«, sagte Medeot nun bestimmter. Er wurde langsam ungeduldig. »Wer hat Sie dafür bezahlt?«

»Das weiß ich nicht«, erwiderte sie kleinlaut.

»Was soll denn das bitte heißen? Wer war es?«

»Ich weiß nicht, wer er ist. Wirklich nicht. Er nennt sich Duca. Das ist alles, was ich über ihn weiß.«

»Duca? Also der Herzog? Nie gehört. Woher kennen Sie ihn?«

»Das ist es ja, ich kenne ihn gar nicht.«

»Signora Galimberti«, wiederholte Medeot, und er versuchte, den ruhigen Ton seiner Stimme beizubehalten, was ihm immer schwererfiel. Wenn er für jedes »Weiß ich nicht« oder »Kenne ich nicht«, das er in den letzten paar Tagen gehört hatte, einen Euro bekommen hätte, würden er und seine Frau Claudia jetzt im venezianischen Fischrestaurant »Al Giardinetto« im Zentrum von Cormòns sitzen und eine perfekt zubereitete Seespinne genießen. »Halten Sie das für einen Witz? Sie erzählen uns jetzt die ganze Geschichte, von Anfang an, oder wir sprechen in der Questura weiter. Wollen Sie das?«

Marco Bregant nahm kommentarlos ihre Hand und drückte sie fest.

»Ich habe ihn nie getroffen. Alles fing vor einigen Jahren an. Ich war damals in einer schwierigen Lage, ich –« Sie brach ab und strich sich mit einer graziösen Handbewegung die blonden Locken aus dem Gesicht. »Sie müssen wissen, dass ich aus sehr ärmlichen Verhältnissen stamme. Es fällt mir nicht leicht, darüber zu sprechen.«

»Was hat Ihre Herkunft mit diesem Duca zu tun?«

»Vielleicht können Sie mich dann etwas besser verstehen. Damals habe ich dringend Geld gebraucht. Von einer Freundin habe ich einen Tipp bekommen, wie man sich spielend ein paar hundert Euro dazuverdienen konnte.«

»Kannte Ihre Freundin Duca persönlich?«

»Ich denke nicht, nein. Sie sprach gelegentlich von einem Mann, der so etwas wie ihre Ansprechperson war.«

»Hat sie seinen Namen genannt?«

Camilla Galimberti schüttelte den Kopf. »Mir war nicht wirklich klar, dass es mich in Schwierigkeiten bringen konnte. Und um ehrlich zu sein, wäre es mir auch egal gewesen.«

»Was hat Duca von Ihnen verlangt?«

»Das tut nichts zur Sache. Jedenfalls, von da an hatte er mich in der Hand. Ducas Kontaktmann war ein angsteinflößender Typ, er hat mir unmissverständlich klargemacht, dass Duca nicht duldete, dass jemand ausstieg. Ich konnte nicht mehr zurück, also habe ich weiter mitgemacht. Von Zeit zu Zeit hatte ich diese kleinen Papierdinger im Briefkasten. Sie wissen schon, dieses Faltspiel für Kinder.« Sie machte eine typische Bewegung mit ihren Zeigefingern und Daumen.

»Himmel und Hölle meinen Sie?«

»Genau. Das hieß, es gab einen neuen Auftrag für mich.«

»Sie haben immer getan, was er von Ihnen verlangt hat?«

»Ja. Einmal dachte ich, ich wäre in der Lage, dem Ganzen ein Ende zu setzen. Doch das war ein Irrtum. Er ließ mich lange Zeit glauben, es hätte funktioniert, bis vor ein paar Tagen dieser neue Auftrag kam. Es wird einfach niemals aufhören.« Ihre Stimme versagte. Sie kämpfte mit den Tränen.

»Signora Galimberti, was hat dieser Mann gegen Sie in der Hand?«

Sie wiegte den Kopf. »Das ist nicht von Bedeutung«, erklärte sie mit tränenerstickter Stimme.

»Doch, natürlich ist es das. Wir wollen Ihnen helfen«, entgegnete Medeot. Bregant nickte heftig und drückte ihre Hand wie zur Bestätigung noch fester.

»Das können Sie nicht.«

»Ich werde mich persönlich dafür einsetzen, dass die Strafe für Ihre Vergehen niedrig ausfällt, wenn Sie mit uns kooperieren und uns im Gegenzug dabei helfen, Duca zu überführen.«

»Das würde ich gern, Commissario, aber ich kann es nicht. Ich weiß rein gar nichts, das Ihnen helfen könnte. Wer immer er ist, er legt sehr viel Wert darauf, keine Spuren zu hinterlassen. Ich kann Ihnen also nichts bieten außer seinem Alias und dem hier.« Sie legte ein zu einem Himmel-und-Hölle-Spiel gefaltetes Papier auf den Kaffeetisch. »Bitte verstehen Sie, Commissario, dass ich über die Dinge, die ich für Duca getan habe, nicht sprechen werde. Aber ich flehe Sie an, finden und bestrafen Sie ihn.«

»Wie haben Sie die Nachricht erhalten?«

»Ich kam vom Einkaufen nach Hause, und da war sie plötzlich in meiner Einkaufstüte. Jemand muss sie mir da reingetan haben.«

»Ich will eine Liste von allen Läden, in denen Sie waren, sowie den genauen Weg, den Sie zurückgelegt haben.«

»Natürlich, Commissario. Das kann ich tun.«

»Was meinen Sie, Commissario?«, fragte Capello und schlug die Wagentür zu.

»Was die beiden angeht, bin ich mir nicht sicher, ob sie uns alles sagen. Aber ich glaube, das, *was* sie uns gesagt haben, ist die Wahrheit. Wir überprüfen ihre Geschichte. Ich will die Überwachungsaufnahmen von jedem einzelnen Laden, in dem sie an dem Tag war, an dem sie diese Nachricht bekommen hat. Vielleicht haben wir ja Glück.«

»Natürlich. Schade nur, dass die Aktion uns trotzdem nicht wirklich weitergebracht hat.«

»Das würde ich nicht sagen«, erwiderte Medeot gut gelaunt, »immerhin haben wir etwas Neues erfahren.«

»Sie meinen diesen Duca? Ja, aber wir wissen doch gar nichts über ihn.«

»Wir vielleicht nicht, aber ich denke, wir kennen jemanden, der das unter Umständen tut.«

Über das Display in der Mittelkonsole suchte Medeot die Nummer des Wertkartenhandys heraus, die Cherubini ihm gegeben hatte. Bereits nach dem ersten Klingeln nahm er ab.

»Was konnten Sie in Erfahrung bringen?«, erkundigte er sich sofort und ohne jede Art von Begrüßung.

»Was wissen Sie über einen gewissen Duca?«

Kurz herrschte Stille am anderen Ende der Leitung.

»Duca?«, wiederholte Cherubini dann ungläubig.

»Genau. Duca. Schon mal gehört? Sie kennen sich doch alle in der Szene, dachte ich, oder haben zumindest schon voneinander gehört.«

»Der *Szene*«, wiederholte Cherubini verächtlich und schnaubte. »Ihr Polizisten glaubt auch, jeder, der irgendwie mal das Gesetz gebrochen hat, wird in einen Club aufgenommen, in dem wir die Zeit damit vertreiben, regelmäßig Kaffeekränzchen zu veranstalten, oder wie?«

Aus den Augenwinkeln bemerkte Medeot das belustigte Gesicht, das Capello aufgesetzt hatte, und es trieb ihn beinahe zur Weißglut. Er konnte Cherubinis Kommentar nichts abgewinnen, im Gegenteil. Für einen kurzen Moment hatte er in ihm jemanden gesehen, der möglicherweise gar nicht so übel war und den er in gewisser Weise sogar verstand – wozu hauptsächlich Cherubinis Sorge um Alexandra beigetragen hatte –, doch dieses Gefühl war nun verflogen, und er betrachtete ihn wieder als das, was er war. Ein schmieriger und über alle Maßen arroganter und selbstverliebter Krimineller, dem man keine Sekunde über den Weg trauen durfte.

»Was ist nun? Kennen Sie ihn oder nicht?«

»Einen Duca gibt es nicht.«

»Was soll das bitte heißen?«

»Es gibt ihn nicht. Duca existiert nicht. Er ist nur eine Straßenlegende, die vor Jahren in Triest ihren Ursprung fand. Duca werden einige Coups zugeschrieben, und jeder scheint eine Wahnsinnsangst vor ihm zu haben, doch es gibt nicht den geringsten Beweis dafür, dass er überhaupt existiert. Auch nicht in meiner *Szene*, Commissario.«

»Aber unsere Zeugin behauptet steif und fest, seit Jahren in unregelmäßigen Zeitabständen Aufträge von ihm zu bekommen.«

»Dann irrt Ihre Zeugin sich. Oder sie bildet sich das ein.«

»Ihre Angst ist aber sehr real.«

SIEBEN

Mit einem Ruck zog Alexandra die Vorhänge zur Seite. Endlich war die Sonne untergegangen, nur noch der Schein der Laternen tauchte die Straße zwei Stockwerke unter ihr in ein warmes Licht. Sie öffnete die Tür, die auf den winzigen Balkon mit den verschnörkelten Gitterstäben hinausführte, und ließ die laue Abendluft herein. Jenseits der Dächer sah sie den beleuchteten Kirchturm, der Cormòns überragte, und wie jeden Abend zündete sie sich eine Zigarette an und verbrachte ein paar fast andächtige Minuten damit, ihn einfach nur anzusehen. Wie er da so stand, unerschütterlich und mächtig, als wolle er allen Widrigkeiten trotzen. Sie wünschte, auch sie hätte nur ein winziges bisschen dieser Eigenschaften. Momentan sah es allerdings nicht danach aus.

Sie nahm die volle Gießkanne, die in der Ecke am Boden stand, und goss den kümmerlichen Oleanderstrauch, der mittlerweile mehr gelbe als grüne Blätter sein Eigen nannte. Er und der alte Metallsessel, den sie nur benutzte, wenn sie zum Rauchen hier herauskam, füllten den Balkon fast komplett aus. Als sie aufgeraucht hatte, drückte sie den Stummel in den Aschenbecher und ging wieder hinein. Sie verzichtete darauf, Licht anzumachen, und bewegte sich im Schein der Straßenlaternen durch das Wohnzimmer. In der Küche öffnete sie den Kühlschrank – zum dritten Mal am heutigen Abend.

Selbst wenn sie es noch ein viertes Mal machen würde, das Resultat wäre dasselbe: Es war kein Wein mehr da. Das war der Grund gewesen, wieso sie vorgestern überhaupt in den Supermarkt gegangen war. Sie knallte die Kühlschranktür wieder zu.

Na großartig. Sosehr sie Cormòns auch liebte, es war und blieb ein Dorf. Ein Ort, an dem man nicht einfach so an der Tankstelle eine Wurstsemmel kaufen konnte. Hier gab es keine Vierundzwanzig-Stunden-Läden, und man konnte froh sein, wenn man einen Supermarkt fand, der über Mittag geöffnet hatte. Auch das war in dem idyllischen Örtchen nämlich bei Gott keine Selbstverständlichkeit. Es waren Momente wie dieser, in denen Alexandra sich ernsthaft zurück in ihre Heimat sehnte.

Sie öffnete einen der Küchenschränke, schob Dosen und Aufbewahrungsboxen hin und her und zog schließlich eine fast volle Flasche Grappa hervor. Den hatte sie vor einiger Zeit gekauft, als sie Strucchi backen wollte. Köstliche, süß gefüllte Mürbeteigeckchen, in denen sie baden würde, wenn sie könnte. Der Versuch war ein Reinfall sondergleichen gewesen. Seitdem stand der Grappa im Küchenschrank und rutschte mit jedem Tag ein Stück weiter nach hinten. Heute aber blieb ihr keine Wahl, und sie schenkte sich großzügig ein.

Ein Klopfen riss sie aus ihren Gedanken. Sie hielt kurz inne, nahm dann aber unbeirrt einen Schluck. Es klopfte wieder. Wer kam denn bitte um diese Zeit noch vorbei? Ihr fiel spontan nur eine Person ein, die es sein könnte, und sie hoffte inständig, dass sie sich irrte.

Vorsichtig zog sie die Tür auf und blickte in Angelos azurblaue Augen.

»Tja, die Hoffnung stirbt zuletzt«, stellte sie an sich selbst gewandt fest und musterte ihn betont gelangweilt. Zumindest hoffte sie, in diesem Moment gelangweilt auszusehen, obwohl es tief in ihr augenblicklich zu brodeln begann. Sie wollte die Tür wieder zufallen lassen, doch Angelo streckte die Hand aus und stoppte sie auf halbem Weg.

»Bitte, Alessandra, ich will nur fünf Minuten mit dir reden. Es gibt so vieles, was ich dir sagen will.«

Sie schüttelte stumm den Kopf und erhöhte den Druck auf die Tür. Sie wollte nicht mit ihm reden, wieso kapierte er das nicht?

»Danach lasse ich dich in Ruhe. Für immer, wenn du willst. Ich verspreche es.« Er hob die andere Hand und schwenkte eine Flasche. »Ich hab auch Wein mitgebracht. Dantes Wein.«

Er glaubte doch nicht im Ernst, dass eine blöde Flasche Fusel sie dazu bewegen würde, ihn einzulassen? Sie war empört, dass er sich die Frechheit herausnahm, das anzunehmen. Viel empörter war sie aber, als sie realisierte, dass sie es tatsächlich in Betracht zog.

Nun gut, vielleicht schadet ein Gespräch nicht, dachte sie und bedeutete ihm unwirsch, einzutreten. So hatte sie wenigstens die Möglichkeit, alles, was noch in ihr brodelte, loszuwerden.

»Sag, was du sagen willst«, befahl sie und nahm ihm den Wein ab. Sie trug ihn in die Küche, machte aber keine Anstalten, die Flasche zu öffnen. Wenn er glaubte, sie würde diesen Wein mit ihm gemeinsam trinken, hatte er sich geschnitten. Sie lehnte sich gegen den Küchentresen und verschränkte die Arme vor der Brust. »Na los.«

Angelo stand in der Küchentür und sah ausgesprochen hilflos aus. Dieser Anblick war für Alexandra schon beinahe Genugtuung genug. Es war ein befriedigendes Gefühl, ihn so zu sehen.

»Ich will eigentlich nur sagen, dass es mir leidtut.«

Sie lachte höhnisch. »Natürlich. Was tut dir denn leid? Dass du mich belogen und hintergangen hast, dass ich deinetwegen beinahe draufgegangen wäre oder dass du mich ins Gefängnis geschickt hast? Na? Was von alldem ist es?«

Sie griff nach dem bereits eingeschenkten Glas Grappa und leerte es in einem einzigen Zug. Der Alkohol brannte wie Feuer in ihrem Hals, und doch schaffte er es nicht, all das abzufackeln, was gerade in ihr hochkam.

Angelo kam zögernd einen Schritt näher. Er knetete seine Hände. »Alles. Mir tut alles so wahnsinnig leid, du hast ja keine Vorstellung. Wenn ich die Zeit nur irgendwie zurückdrehen könnte, dann …« Er stockte. »Krieg ich auch was?«, fragte er und zeigte auf den Grappa.

Wortlos schenkte sie zwei Gläser ein und reichte ihm eines.

»Du hättest niemals zurückkommen sollen«, flüsterte sie und spürte, wie die Tränen in ihr aufstiegen. Verärgert schluckte sie sie hinunter. Es gab noch so vieles, was sie ihm an den Kopf werfen wollte, doch das tat sie bestimmt nicht unter Tränen.

»Ich habe auf dich gewartet«, sagte Angelo und leerte sein Glas. »Auf Kap Verde, weißt du? Ich bin jeden Tag mit dem Boot zur Hauptinsel gefahren und habe dort auf dem Flugplatz auf dich gewartet. Bei jedem Flugzeug, das landete, hoffte ich, ich würde dich aussteigen sehen.« Er trat zu ihr an den Tresen und schenkte nach. »Aber du bist nicht gekommen. Ich wusste nicht, ob du meinen Brief überhaupt erhalten hast oder … ob du …«

»Du konntest doch nicht allen Ernstes glauben, dass ich dir verzeihen würde!« Die Tränen liefen ihr nun hemmungslos über das Gesicht, doch es war ihr egal. Sie hätte sie ohnehin nicht mehr aufhalten können.

»Nein, ich … natürlich nicht.« Er sah sie aus traurigen Augen an. »Ich habe alles kaputt gemacht, das weiß ich jetzt. Es tut mir wirklich so wahnsinnig leid.«

Sie schluchzte.

»Bitte weine nicht. Nicht meinetwegen. Ich ertrage das nicht.« Er strich mit seinem Hemdärmel über ihre Wangen, um ihre Tränen zu trocknen.

Sie räusperte sich laut. »Ich weiß nicht, wie ich dir all das jemals verzeihen soll.«

Sie hob ihr Glas und trank es leer. Er tat es ihr gleich. So standen sie nun schweigend nebeneinander am Küchentresen und starrten in die nur durch die Lichter von Cormòns erhellte Dunkelheit. Alexandras Gedanken rasten. So ruhig sie nach außen hin wirkte, so laut war es in ihrem Inneren. Eigentlich wollte sie nur, dass er ging. Sie wollte seine Nähe nicht, seinen Geruch, der so viele Erinnerungen in ihr auslöste. Sie wollte nicht nur ihn nicht, sie wollte niemanden. Sie wollte einfach nur allein sein. Allein hier im Dunkeln stehen.

»Wieso bist du hier geblieben?«, fragte Angelo, ohne sich zu ihr zu drehen.

»Keine Ahnung«, antwortete sie wahrheitsgemäß. »Ich denke, ich hatte einfach nicht genug Kraft, um wegzugehen. Und vielleicht wollte ich diese Stadt nicht in einer so schlechten Erinnerung behalten. Ich dachte wohl, je länger ich bleibe, desto mehr würden positive Erinnerungen all das überdecken, was passiert ist.«

»Es tut mir so leid.«

»Das sagtest du schon. Mehrmals.«

»Aber du verstehst nicht, wie ernst ich es meine.«

Er wandte sich ihr zu und zog sie an den Händen zu sich, sodass sie keine andere Wahl hatte, als ihm in die Augen zu sehen. »Ich würde alles tun, damit du mir verzeihst. Damit du mir glaubst. Verstehst du, wirklich alles.«

Er zog sie näher, und ehe Alexandra sich wehren konnte, war sie gefangen in dem tiefen Blau seiner Augen und seinen sanften Händen, die die ihren festhielten. Sie merkte, wie sie die Augen schloss, und kurz darauf spürte sie seine Lippen auf ihren. Die Berührung durchfuhr sie wie ein gewaltiger Stromschlag und riss sie zurück in die Realität. Was glaubte dieser Bastard eigentlich, was er da tat? Abrupt stieß sie ihn von sich und wischte sich den Mund ab.

»Raus hier«, zischte sie.

»Was? Aber ich dachte, wir –«

»Nein!«, schrie sie. »Du hattest deine fünf Minuten. Jetzt verschwinde! Und zwar für immer.«

Ohne Widerworte ging Angelo zur Tür. Als er schon im Türrahmen stand, drehte er sich noch einmal um und sah sie beinahe verzweifelt an. Er öffnete den Mund, um etwas zu sagen, aber Alexandra schlug ihm die Tür vor der Nase zu. Hätte er nur einen Fußbreit näher gestanden, so hätte sie ihm wahrscheinlich die Nase gebrochen, und sein ach so schönes Gesicht wäre mit einem Mal gar nicht mehr schön gewesen.

Schade, dachte Alexandra, ließ sich mit dem Rücken gegen die Tür fallen und schloss die Augen. Das Herz pochte ihr bis zum Hals. Sie lauschte. Nichts regte sich auf der anderen Seite der Tür. War er weg? Oder stand er mucksmäuschenstill im Flur und wartete darauf, dass sie ihre Meinung änderte?

Es war an der Zeit, dass sie ein ernstes Gespräch mit dem Hausverwalter führte, es konnte doch nicht sein, dass das Eingangstor, das in den kleinen versteckten Innenhof und das Treppenhaus führte, immer geöffnet war, sodass jeder einfach kommen und an ihre Tür klopfen konnte. Sie war schließlich aus gutem Grund in eine Wohnung im zweiten Stock gezogen.

Endlich hörte sie etwas, jemand setzte sich in Bewegung. Schritte entfernten sich, zuerst den Gang entlang, dann treppab. Sie atmete auf.

Wie sehr schämte sie sich für das, was gerade beinahe passiert wäre. Es war wirklich das Letzte, was sie wollte, wieso also benahm sie sich so, als hätte sie nur darauf gewartet, dass Angelo zurückkam und sie verführen wollte?

Auf wackligen Beinen ging sie zurück in die Küche. Als sich gerade eine gewisse Zufriedenheit bei ihr eingestellt hatte, weil nun anzunehmen war, dass sie Angelo so schnell nicht wiedersehen würde, klopfte es. Energischer diesmal.

Das konnte doch wohl wirklich nicht wahr sein. Die Wut kochte langsam, aber sicher in ihr über. »Für wen hältst du dich eigentlich!«, rief sie, während sie auf die Tür zustürmte. »Du bist so ein Arschloch!«

Wütend riss sie die Tür auf, doch der nächste Satz blieb ihr im Hals stecken. Vor ihr stand nicht Angelo, sondern zwei vermummte Gestalten, deren Aufmachung Alexandra bereits zu gut kannte. Es dauerte eine halbe Schrecksekunde, bis sie die Situation vollends begriff und sich aus ihrer Starre löste. So hart sie konnte, schlug sie die Tür wieder zu, doch sie war nicht schnell genug. Eine der Gestalten klemmte blitzschnell den Fuß dazwischen, die andere schob die Tür Zentimeter für Zentimeter wieder auf. Scheinbar mühelos drückte sie das Türblatt samt Alexandra nach innen, sie konnte nichts dagegen tun.

Panik stieg in ihr hoch, dieses ekelhafte Gefühl, als wenn jemand einem die Luft abschnürt. Ein Gefühl, von dem sie wünschte, sie würde es nicht kennen, doch tatsächlich war es ihr überaus vertraut. Und sie hatte es satt.

»Hilfe!«, schrie sie aus vollem Hals. »Aiuto! Bitte, ich brauche Hilfe!«

Die Männer hatten die Tür komplett aufgeschoben und drängten herein. Der eine griff nach Alexandras Handgelenken und packte sie. So fest, dass der Schmerz durch ihren ganzen Körper zuckte. Sie keuchte.

»Hilfe! Polizei!«

Zum Teufel noch mal, in diesem Haus wohnten doch noch andere Leute, wie konnte es sein, dass niemand ihr Geschrei hörte? Oder wollte es gar niemand hören?

Sie wollte um sich schlagen, doch der Griff des Unbekannten war wie ein Schraubstock. Mit den Füßen trat sie nach ihm, so lange, bis sie irgendwann einen Widerstand spürte. Er fluchte gepresst, ließ sich davon ansonsten aber nicht besonders beeindrucken.

»He, was tun Sie da?«, rief eine tiefe Stimme am anderen Ende des Flurs.

Eine Wohnungstür war aufgegangen, und ein Mann mittleren Alters stand davor und schwenkte drohend eine Fernbedienung. »Lassen Sie sofort die Finger von der Frau. Ich rufe die Polizei!«

Er verschwand wieder in der Wohnung.

Nein, bitte gehen Sie nicht weg, schrie Alexandra innerlich. Lassen Sie mich nicht allein mit denen, bitte! Sie sprach es nicht aus, sondern warf nur einen flehenden Blick auf den leeren Türrahmen.

»Was tun wir?«, zischte einer der beiden Vermummten unter seiner Kapuze.

»Wir ziehen es durch wie befohlen. Wir haben genug Zeit, bis die Bullen hier sind.«

Was hatten die mit ihr vor? Um nichts auf der Welt wollte sie zurück in den Bunker.

»Ich sagte, nehmen Sie Ihre Finger von ihr«, tönte es wieder von der anderen Seite des Ganges, gefolgt von einem sonderbaren Ratschen, das klang, als würde jemand ein Gewehr durchladen. Die beiden Männer fuhren bei dem Geräusch ruckartig herum. Tatsächlich. Der Nachbar hatte die Fernbedienung weggelegt und zielte stattdessen mit einer Schrotflinte in ihre Richtung. Alexandra wusste nicht, ob sie sich nun sicherer fühlen oder erst recht Angst haben sollte. Wenn der losballerte, würde er sie zwangsläufig ebenfalls erwischen.

»Die Polizei ist auf dem Weg«, knurrte er und machte einen Schritt auf sie zu. »In der Zwischenzeit lassen Sie die Signorina los, aber ein bisschen plötzlich.«

Die beiden dachten aber gar nicht daran, seinen Worten Folge zu leisten. Langsam schob der, der sie festhielt, Alexandra auf den Gang, geradewegs auf den Nachbarn zu. Na toll, jetzt befand sie sich komplett in der Schusslinie. Als sie nicht mehr weit von ihrem bewaffneten Gegenüber entfernt waren, spürte Alexandra, wie der Griff um die Hände auf ihrem Rücken gelockert wurde, und ehe sie reagieren konnte, wurde sie mit voller Wucht nach vorne gestoßen. Der Nachbar fing sie gerade noch auf und verhinderte, dass sie wie ein nasser Sack auf ihr Gesicht knallte, während die beiden Angreifer die Treppe hinab und nach draußen stürmten.

ACHT

Der Tag war lang gewesen. Medeot saß auf der Couch und starrte in die Luft. Normalerweise hatten die weichen Polster die Angewohnheit, ihn binnen Minuten in einen komatösen Schlaf zu befördern, jedoch nicht so an diesem Abend. Es war still im Haus. Claudia und die Kinder schliefen bereits, und auch in den übrigen Häusern entlang der Straße hatte sich wohltuende Ruhe ausgebreitet. Medeot war gerade nicht mehr in der Lage, klare Gedanken zu fassen, schlafen konnte er aber ebenso wenig. Es war eine seltsame Trance, in der er sich befand. Nicht einmal das leise Klopfen an der Terrassentür vermochte ihn zu erschrecken.

Er hatte schon damit gerechnet, dass Angelo Cherubini nach dem Zwischenfall bei Alexandra, wegen dem Medeot direkt nach Feierabend erneut zum Einsatz gerufen worden war, noch auf irgendeine Weise von sich hören lassen würde. Bestimmt hatte er mittlerweile die Nachricht, die Medeot auf seiner Mailbox hinterlassen hatte, abgehört.

»Schon mal was von Telefonen oder E-Mails gehört?«, witzelte Medeot, als er die Terrassentür öffnete, und trat zu ihm nach draußen.

»Nach allem, was in den vergangenen Tagen passiert ist? Ganz bestimmt nicht. Viel zu riskant.«

»Das, was heute Abend geschehen ist«, erklärte Medeot, »oder besser gesagt, was beinahe passiert wäre, ist einzig und allein meine Schuld. Ich ging davon aus, dass Alexandra jetzt, da der Austausch fehlgeschlagen ist und die Beteiligung der Polizei offenbar wurde, nicht mehr in Gefahr ist. Es hätte zumindest eine Streife vor ihrem Haus postiert werden müssen, aber ich nahm leichtfertig an, dass dazu kein Anlass mehr besteht. Offenbar habe ich mich geirrt. Womöglich wäre es für alle Beteiligten besser, ich würde diesen Fall einem anderen Team überlassen, einem, das die Sache etwas objektiver angeht als ich.«

»Das halte ich für keine besonders gute Idee.«

»Natürlich nicht«, gab Medeot bitter zurück. »Ihnen würde es einen ganzen Haufen Nachteile bringen.«

»Das auch, vor allem aber würde es Alexandra schaden. Die Einzigen, die davon am Ende profitierten, wären die Verbrecher. Das wissen Sie.«

Medeot zog mit gesenktem Kopf einen der Terrassenstühle vom Tisch weg, ohne sich zu setzen. »Wollen Sie wissen, was das Schlimmste an der Sache ist? Vor ein paar Tagen habe ich mir noch inständig gewünscht, dass endlich etwas Spannendes passiert.«

»Tja, herzlichen Glückwunsch.«

»Mhm.« Er verschränkte die Arme vor der Brust.

Den Fall abgeben, das war leicht gesagt, doch der Rattenschwanz, den eine solche Entscheidung nach sich ziehen würde, wäre lang genug, um ihm hinterrücks ein Bein zu stellen. Es würde geredet werden. In der Questura würde man sich fragen, was für ein Polizist er war, dass er sich die Fälle so herauspickte, wie er gerade Lust hatte. Haarsträubende Spekulationen würden die Runde machen, darüber, was wohl dahintersteckte, dass er ausgerechnet diesen Fall ablehnte. So etwas hatte er schon einmal erlebt, zum Glück aber nur aus naher Entfernung vom Zuschauerrang aus. Man würde seine Fähigkeiten als Kommissar in Frage stellen. Und das vielleicht gar nicht mal zu Unrecht, wie Medeot sich eingestehen musste.

Er erschauderte angesichts seiner eigenen Überlegungen. Wann hatte er angefangen, so zu denken? Ein Mensch, dem sein Ruf wichtiger war als der Fall, um den es ging, war er doch nie gewesen. Und dennoch ließen diese Überlegungen ihn nicht los. Der Polizeidirektor schaute Medeot schon seit geraumer Zeit mit einem kritischen Auge über die Schulter und hätte endlich einen Anlass, ihn abzusägen. Das war aber alles gar nichts, verglichen mit der Schmach, die er erfahren würde, wenn seine Zusammenarbeit mit Cherubini öffentlich würde. Gab er den Fall ab, könnte er nicht mehr geheim halten, dass er, noch ehe Angelo zum polizeilichen Berater wurde, mit ihm in Verbindung gestanden hatte. Man würde glauben, er wäre irgendwie auf seiner Seite oder gar käuflich, was alles andere als die Wahrheit war.

Medeot schüttelte energisch den Kopf in der Hoffnung, die Bewegung könnte seine Gedanken durchrütteln und zurück in die richtige Ordnung werfen. Er war keiner, der sofort daran dachte aufzugeben, wenn sich ihm Hindernisse in den Weg stellten, und er hatte auch nicht vor, zu so einem Menschen zu werden. Die Zeit war gekommen, dass er diese sinnlosen Grübeleien beiseiteließ und seine Konzentration auf den Fall richtete, den er zu lösen hatte.

»Es passt einfach nicht«, erklärte er.

»Was meinen Sie?«

»Na, diese ganze Geschichte. Ich habe das Gefühl, etwas Grundlegendes zu übersehen, aber ich komme nicht darauf, was das ist. Vielleicht bin ich das Ganze von vornherein falsch angegangen.«

»Sie wollen einen völlig neuen Ansatz versuchen?«

»Wäre womöglich das Beste.«

»Dann habe ich einen Vorschlag für Sie oder besser gesagt eine Information. Denn ich bin weder hier, um Sie um Erlaubnis zu fragen, noch will ich Ihren Rat hören. Ich ziehe es durch, egal was Sie davon halten.«

»Schießen Sie los.«

»Bevor diese Typen an Alexandras Tür geklopft haben, war ich bei ihr.«

»Das erklärt, wieso sie so verstört war«, stellte Medeot trocken fest.

»Ihr Ernst?« Cherubini funkelte ihn an. »Sie denken, ich setze ihr mehr zu als ihre beiden Angreifer? Nein, wissen Sie was, das ist mir jetzt egal. Es geht um etwas völlig anderes. Ich war dort, daher ist es nur logisch, dass sie es möglicherweise gar nicht auf sie abgesehen hatten, sondern auf mich.«

»Die sollen geglaubt haben, Sie wären noch da? Ich weiß nicht, das erscheint mir doch ein wenig unwahrscheinlich. Ich halte die Täter für recht professionell und organisiert, da ist doch wohl anzunehmen, dass sie das Haus beobachtet haben.«

»Sie wollten aber von Anfang an über sie an mich rankommen, oder nicht? Welches Interesse sollten sie also auf einmal an Alexandra haben?«

»Da gibt es viele Möglichkeiten. Sie könnte in dem Bunker etwas gesehen haben, das sie nicht sehen sollte, wie zum Beispiel die Anleihen. Möglichkeit zwei, sie hatten nie vor, sie laufen zu lassen, und wollten es zu Ende bringen. Möglichkeit drei ...«

»Ist ja schon gut.«

»Sie haben gefragt. Und das sind nur die Dinge, die mir spontan einfallen.«

»Könnten wir trotzdem mal einen Moment lang in Betracht ziehen, dass ich recht habe? Dann würde ich Ihnen nämlich vorschlagen, dass ich mich diesen Typen ausliefere. Ich gebe ihnen, was sie wollen. Selbst wenn ihre Beweggründe letztlich andere sein sollten, setze ich Alexandras Leben nicht sinnlos aufs Spiel, und ich finde, Sie sollten das auch nicht tun.«

Medeot widersprach Cherubini nicht. Er wusste, dass dessen Entscheidung bereits feststand.

***

Es hatte nicht lang gedauert, bis Cherubini eine Antwort auf sein Angebot im elektronischen Postfach gehabt hatte.

»Sie wissen, was Sie zu tun haben?«, fragte Medeot und knetete unruhig seine Unterlippe zwischen Zeigefinger und Daumen. Der Umstand, dass er gestern nicht versucht hatte, Cherubini die Idee auszureden, bedeutete keineswegs, dass er hundertprozentig von dem Vorhaben überzeugt war. Es gab bei solchen Übergaben zu viele unbekannte Variablen, vor allem, wenn das Lösegeld ein Mensch war. Unsicherheiten, die Medeot von dem Konferenzraum, in dem gerade alles für die Überwachung vorbereitet wurde, nicht kontrollieren oder beeinflussen konnte. Seine Skepsis war ihm deutlich anzusehen. Er ließ die Hand sinken und räusperte sich verlegen.

»Wir sind es jetzt schon zwei Mal durchgegangen, Medeot«, erwiderte Cherubini. Bearzot war gerade dabei, das winzige Mikro sicher und unsichtbar an seinem Oberkörper zu platzieren.

»So, sollte passen.« Er klopfte mit der flachen Hand auf Cherubinis Brust herum, woraufhin dieser ihn wie eine Fliege mit einem energischen Handwedeln zu verscheuchen versuchte, doch der eifrige Inspektor ließ sich nicht beirren. »Nur noch ein kurzer Soundcheck, und es kann losgehen. Capello«, er wandte sich an den jungen Kollegen, der geduldig darauf wartete, eine Aufgabe zu bekommen, »könntest du bitte dem Techniker Bescheid sagen, dass alles passt und wir so weit sind?«

Santino Capello brauste eilig davon und kam mit Giovanni Grassi, dem verantwortlichen Techniker, zurück. Im Schlepptau hatten sie Cecchi, den Leiter des Sondereinsatzkommandos, der schon bei Cherubinis erstem Auslieferungsversuch dabei gewesen war und auch diesmal die Überwachung übernehmen wollte. Zwar gehörte der geplante Einsatz nicht primär in das Aufgabengebiet der Spezialeinheit, doch Cecchi wollte es sich nicht nehmen lassen, die Verbrecher schlussendlich doch noch zu überführen. Hätte Medeot selbst mit einer solchen Bitte an die Tür des Polizeidirektors geklopft, hätte er zweifelsohne auf Granit gebissen.

Durch die geöffnete Tür in Cherubinis Rücken sah er Alexandra, die unruhig vor den unbequemen Wartebänken in der Eingangshalle auf und ab lief. Sie war schon früh am Morgen in die Dienststelle gekommen und hatte sie seither nicht mehr verlassen. Medeot war darüber nicht unglücklich, denn nachdem sie jede Art von Schutz, die er ihr nach dem Überfall anbot, verweigert hatte, konnten sie so wenigstens ein Auge auf sie werfen. Zweifellos war das auch der Grund, weshalb sie blieb. Offiziell behauptete sie, sie wolle helfen, doch Medeot und Bearzot wussten, dass sie in Wahrheit hier war, weil sie sich nirgendwo anders sicher fühlte. Sie mussten nur dafür sorgen, dass Cherubini nichts von ihrer Anwesenheit mitbekam, denn das würde kein gutes Ende nehmen, so viel war sicher. Ihre Blicke trafen sich. Sie hob die Hand zum Gruß, und Medeot nickte ihr aufmunternd zu. Dann fiel die Tür zwischen ihnen ins Schloss.

»Wir kennen uns ja bereits.« Cecchi schüttelte Cherubini fest die Hand.

»Nicht dass ich wüsste.«

»Cecchi. Ich war vorgestern schon ihr Schatten. Das haben

Sie ja gründlich verbockt. Ich erwarte, dass Ihr Verhalten diesmal einwandfrei ist.«

»Natürlich, Dottore«, antwortete Cherubini hastig und erwiderte Cecchis Händedruck.

Medeot war beeindruckt. Cecchi flößte sogar Angelo Cherubini Respekt ein. Damit war er seinem Wissen nach der Erste. Cherubinis Gesichtsausdruck zufolge war ihm gerade die maßlos übertriebene Geschichte über die skrupellose Kampfmaschine eingefallen, die Medeot ihm aufgetischt hatte.

»Sie wissen, was Sie zu tun haben?«, erkundigte sich Cecchi und benutzte dabei dieselben Worte wie Medeot vor ungefähr zwei Minuten, doch diesmal blieb eine patzige Antwort Cherubinis aus.

»Ich gehe zu dem vereinbarten Treffpunkt. Sollte ich neue Instruktionen bekommen oder die Verdächtigen ihr Vorgehen ändern, warte ich Ihr Okay ab. Keine Alleingänge.«

»Genau.« Cecchi wandte sich an Medeot. »Ist doch ein folgsames und gelehriges Bürschchen, ich weiß gar nicht, was Sie haben.« Er zwinkerte ihm zu.

Medeot hatte einige Mühe, sich das Grinsen zu verkneifen, Angelo Cherubinis gequälter Gesichtsausdruck war einfach zu schön. Er erweckte den Eindruck, als würde er gleich vor Wut platzen, würde sich aber hüten, in Cecchis Gegenwart ein falsches Wort von sich zu geben.

»Technisch passt alles«, meldete Giovanni Grassi. Er war ein sympathischer Kerl, das wusste Medeot spätestens seit der letzten Weihnachtsfeier, dennoch hätten sie seine Hilfe hierzu vermutlich nicht gebraucht. So hochtechnisch war das Equipment nicht, vielmehr gehörte es eher zur veralteten Sorte. Aber gut. Jetzt, wo Angelo offiziell an den Ermittlungen beteiligt war, sollte alles seine Richtigkeit haben.

»Bis wir Sie da wieder rausholen, wird es dann aber vermutlich etwas dauern«, erklärte Cecchi weiter.

»Ich weiß. Sie wollen nicht nur die Fahrer, sondern die ganze Bande und deren Unterschlupf«, ergänzte Angelo.

Cecchi nickte.

»Und wenn die mich vorher erschießen?«

»Das werden sie nicht tun. Tot nützen Sie ihnen nichts.«

»Na, wenn das so ist«, murmelte Angelo, »dann bin ich voll und ganz beruhigt.«

***

Als sich auf der anderen Seite der Halle bei dem Raum, den sie seit geraumer Zeit nicht aus den Augen ließ, etwas tat, war Alexandras Aufmerksamkeit sofort voll da. Fluchend schüttelte sie die linke Hand und verbarg den blutenden Daumen in ihrer Faust. Es war Jahre her, dass sie zum letzten Mal an ihren Fingernägeln gekaut hatte. Der vergangene Abend hatte ihre Nerven jedoch um das letzte bisschen Strapazierfähigkeit gebracht. Hektisch wischte sie das Blut an ihrer Jeans ab.

Seit Stunden schon streunte sie hier auf und ab. Was hätte sie denn auch zu Hause tun sollen? Anfangs hatte man sie vereinzelt fragend angesehen und ihr Hilfe angeboten, mittlerweile hatte man sich an ihre Anwesenheit gewöhnt und nahm sie kommentarlos hin. Die einzigen Blicke, die sie nach wie vor hin und wieder trafen, waren die der zwei Polizisten, die zu Medeot gehörten. Bestimmt hatte er sie angewiesen, ein Auge auf sie zu haben. Was dachte er, was sie vorhätte: abhauen? Genau das Gegenteil war der Fall, sonst wäre sie nicht hier.

Es schien loszugehen. Die Tür war aufgegangen, und Angelo trat heraus. Sein Anblick allein war schon zu viel für sie. Schnell verbarg sie sich in einer Nische. Gemeinsam mit einem Polizisten verließ er das Präsidium, ohne sie zu bemerken.

Die Tür zu dem Konferenzraum, in dem Medeot und seine Kollegen den Einsatz überwachten, blieb einen Spalt offen. Ob Medeot sie wohl wegschickte, wenn sie fragte, ob sie zuhören dürfte? Bestimmt würde er sie wieder in sein Büro verfrachten, wo sie eine gefühlte Ewigkeit warten müsste, verhöhnt von der großen Pinnwand, auf der er alles vermerkt hatte, was für den Fall relevant war, und deren Anblick sie einfach nicht ertragen konnte. Da standen Dinge wie »Cherubini 2. Fälscher?« Offenbar war

Medeot ebenso wenig von Angelos Unschuld überzeugt wie sie. Er tat ihr gegenüber nur so, als wäre er es.

Endlos lange Minuten später, während denen sie wieder unruhig auf und ab gelaufen war, hörte sie Angelos Stimme aus dem Lautsprecher. Neugierig trat sie näher an die Tür heran, darauf bedacht, dass niemand dort drin sie sehen konnte.

»Wenigstens jetzt könntet ihr mir sagen, was ihr von mir wollt«, hörte sie ihn sagen.

Niemand antwortete.

Im Hintergrund war ein leises Brummen zu hören, Motorengeräusche, vielleicht waren sie in einem Auto. Alexandras Puls beschleunigte sich. Wieso saß Angelo bei diesen Unbekannten im Auto? Die Polizei hätte doch schon in dem Moment eingreifen müssen, als er und die Verdächtigen einander gegenüberstanden! Beim letzten Versuch war das schließlich auch so geplant gewesen. Sie lehnte sich weiter nach vorn und lauschte angestrengt.

»Wollen Sie nicht einfach hereinkommen, Alexandra?« Medeots Stimme klang vorwurfsvoll.

Sie erschrak so heftig, dass sie nach vorne stolperte und quasi mit der Tür in den Raum fiel. Vier teils fragende, teils amüsierte Gesichter blickten sie an.

»Ich, also … ich …«, stammelte sie und spürte, wie sie vom Hals aufwärts rot anlief.

»Jetzt kommen Sie schon herein«, wiederholte Medeot. Den tadelnden Blick des Mannes, der an den Geräten saß, ignorierte er und wandte sich wieder dem Tisch zu.

Auch Alexandra horchte gespannt. Es blieb still. Zu still.

»Wir empfangen keinen Ton mehr«, stellte Grassi fest.

»Alles in Ordnung bei euch?«, erkundigte sich Medeot über Funk bei Cecchi. »Wir hören nichts mehr.«

Es knackte im Lautsprecher. »Das Mikro ist wohl ausgefallen, auch wir hören nichts.«

»Wurde er enttarnt?«

»Möglich, oder es handelt sich um ein technisches Problem.«

Medeot sah fragend zu Grassi, doch dieser reagierte nur mit einem Achselzucken.

»Verdammt noch mal! Wo sind sie jetzt? Wo ist Cherubini?«

»Cherubini ist immer noch bei ihnen im Wagen. Haben Sichtkontakt. Fahren in südöstlicher Richtung auf der SS 14.«

»Wo wollen die wohl hin? Nach Triest?«

»Ich glaube eher, sie wollen über die Grenze. So weit wird es aber nicht kommen, da holen wir sie vorher runter. Die Kollegen in Triest sind bereits informiert.«

»Verstanden. Danke.« Medeot wandte sich an Alexandra. »Wie geht es Ihnen?«

»Toll, ganz toll«, gab sie völlig unglaubwürdig zurück und begann, weiter an ihrem blutigen Daumennagel zu kauen.

Medeot tat ihr den Gefallen und hakte nicht nach.

»Sieht aus, als tut sich etwas«, tönte Cecchis Stimme aus dem Funkgerät.

Medeot trat an den Konferenztisch, stützte sich mit den Händen ab und starrte auf das Kästchen auf dem Tisch, so als würde sich der Blickkontakt irgendwie auf das auswirken, was aus dem Lautsprecher kam.

»Sie haben Triest erreicht und biegen soeben ab auf die Strada del Friuli.«

Alexandra schloss die Augen und versuchte sich vorzustellen, was dort gerade vorging. Gebäude begannen sich auf der linken Seite der Straße aufzubauen, rechts sah sie zwischen Magnolien auf den tiefblauen Ozean hinunter. Ein Lieferwagen oder eine Art Minivan, schwarz, völlig unauffällig, am Steuer einer der Männer, die sie entführt hatten. Auf den anderen Sitzen seine Komplizen. Und Angelo. Sie fühlten sich sicher, aber sie waren nicht allein. Ein paar Autos hinter ihnen fuhr scheinbar zufällig ein silberner Alfa Romeo 156 den Hügel hinab. Nicht mehr ganz neu und so häufig auf Italiens Straßen unterwegs wie ein Golf in Deutschland. Vielleicht war das auch noch gar nicht alles, vielleicht fuhr auf der Spur daneben eine Wagenlänge davor ein weiterer Wagen, dessen einziges Ziel es ebenfalls war, den schwarzen Minivan im Auge zu behalten.

Sie bogen ab in die Via Pauliana. Es herrschte reger Verkehr, wie es an einem Wochentag normal war.

»Sie biegen erneut ab, und zwar ... zum Bahnhof?« Einen Moment lang klang Cecchi verwundert, doch er hatte sich sofort wieder gefasst und wies seine Leute an: »Zweites Team in den Bahnhof und aufteilen. Wir folgen dem Wagen.«

Alexandra runzelte die Stirn. Ein Zug? Sie war keine Expertin, aber aus ihrer Sicht klang das nach einer der dümmsten Ideen überhaupt. Aus einem Zug gab es kein Entkommen.

»Sie halten auf die Parkgarage zu«, meldete Cecchi. »Damit landen sie in einer Sackgasse.«

Vor Alexandras innerem Auge tat sich die Einfahrt zur Hochgarage neben dem Bahnhof von Triest auf, einem Ort, der ihr immer schon suspekt gewesen war. Sie sah den Fahrer des Minivans ein Ticket ziehen und einfahren. Zwischen dem Wagen der Entführer und dem von Cecchis Team waren zwei fremde Autos. Vielleicht zwei Autos zu viel.

»Hören Sie, Commissario«, sagte Alexandra, »bis Ihre Kollegen in der Garage sind, sind die längst über alle Berge. Die müssen was tun, jetzt! Sagen Sie ihnen das doch.«

Medeot musterte sie eine unendlich lange Sekunde, dann beugte er sich zum Mikrofon vor. »Wie viele Wagen trennen Sie von denen?«, fragte er vorsichtig.

»Zwei. Aber wir sind bereits durch. Das Zielobjekt befindet sich am anderen Ende des Parkdecks an einer geringer frequentierten Stelle der Garage.«

Alexandra atmete erleichtert auf, Medeot nickte bestätigend.

»Was sollen wir tun? Weiter observieren oder eingreifen?«

»Nein, noch nicht. Warten wir erst einmal ab, was die vorhaben.«

»Verstanden.«

Medeot wandte sich ab und verschränkte die Arme vor der Brust. Die Stimmung im Konferenzraum war merklich angespannt, und es war mucksmäuschenstill. Keiner traute sich, etwas zu sagen, alle starrten wie gebannt auf das vor Giovanni Grassi aufgebaute Equipment und warteten. Alexandra wagte kaum zu atmen. Es kam für sie einer Folter gleich, praktisch blind in diesem Zimmer festzusitzen und nicht zu wissen, was da draußen vor sich ging. Offenbar empfand Medeot ähnlich, er wippte unruhig mit dem Fuß, während er mit seinem Blick den Lautsprecher fixierte, als wollte er ihn hypnotisieren.

Eine gute Viertelstunde verging, und nichts war geschehen.

»Mich beschleicht ein ungutes Gefühl.« Cecchis Stimme erfüllte den Raum.

»Was meinen Sie? Was ist passiert?«

»Gar nichts ist passiert, das ist es ja. Der Wagen steht nach wie vor hier, der Motor läuft. Doch es regt sich nichts.«

»Können Sie denn nichts sehen?«

»Die Scheiben sind getönt. Das Ganze kommt mir spanisch vor. Länger können wir nicht warten, wir müssen stürmen.«

»Verdammt noch mal«, rief Medeot. »Zugriff.«

Alexandra tänzelte unruhig von einem Bein auf das andere. Es gefiel ihr ganz und gar nicht, in welche Richtung diese Aktion sich entwickelte. Sie konnte nicht sagen, wieso sie das so störte, aber es war auch nicht die Zeit, die Gründe zu hinterfragen. Dass der sonst so korrekte Kommissar vor sich hin fluchte, beunruhigte sie für den Moment genug.

Cecchi gab seinen Männern den Befehl weiter, dann hörten sie Türenschlagen und von da an nur noch eine wilde Mischung aus verschiedenen Geräuschen, die Alexandra allesamt nicht zuordnen konnte, begleitet von Stimmen. Die Stimmen waren so weit im Hintergrund, dass sie kein Wort verstehen konnte. Alle im Raum lauschten gespannt, Inspektor Bearzot knabberte nervös an der Nagelhaut seines Zeigefingers, während sein Kollege Capello nur ruhig dasaß. Er lächelte ihr aufmunternd zu, als er ihren Blick auffing.

»Che cazzo, das kann doch unmoglich sein«, fluchte Cecchi kurz darauf lauthals ins Funkgerät.

Medeot war sofort wieder am Mikro. »Was ist los bei Ihnen? Was ist passiert?«

»Sie sind weg. Ich habe keine Ahnung, wie sie das angestellt haben. Ich schwöre Ihnen, es waren nur wenige Sekunden, in denen wir sie nicht im Auge hatten.«

»Was soll das heißen, sie sind weg? Antworten Sie!«

»Der Wagen ist verlassen. Der Motor läuft, das Fahrzeug ist unverschlossen. Es gibt keine Spur von den Verdächtigen.«

»Und Angelo?«, rief Alexandra panisch dazwischen. »Was ist mit Angelo?« Ihre Kehle schnürte sich immer weiter zu.

Medeot gab die Frage weiter. Kurz herrschte Stille, doch dann antwortete Cecchi: »Negativ. Der Wagen ist leer. Keine Spur von irgendeinem von ihnen.«

Ihr wurde schwindelig. Ehe ihre Kräfte sie vollends verließen, ließ sie sich auf einen der Stühle fallen. Mit glasigem Blick starrte sie zu Boden.

»Es ist mir ein Rätsel, wie die so schnell abhauen konnten«, gab Cecchi durch, nachdem er ein paar Befehle gegeben hatte. Seine Männer sollten das Parkhaus abriegeln, wozu es in Anbetracht der langen Wartezeit, die sie bis zum Zugriff hatten verstreichen lassen, mit Sicherheit viel zu spät war, und sich mit der Triestiner und der slowenischen Polizei kurzschließen. »Wir waren nach der Einfahrt nur ein paar Sekunden ohne Blickkontakt. Sie mussten das genau geplant und einen zweiten Wagen bereitgestellt haben. Wie sie so schnell umsteigen konnten, ist mir dennoch ein Rätsel.«

»Ist Ihnen kein Wagen aufgefallen, der das Parkhaus verlassen hat?« Der Vorwurf in Medeots Stimme war nicht zu überhören.

»Doch, natürlich, das Parkhaus ist gut besucht. Da waren einige Autos unterwegs. Allerdings nicht dort, wo sie den Wagen gewechselt haben, sie müssen in Windeseile in einer der Ausfahrtstraßen gewesen sein. Es tut mir sehr leid, Medeot.«

»Ist nicht Ihre Schuld. Ich werde gleich die Überwachungsbänder anfordern.«

Es knackte, und die Verbindung wurde unterbrochen.

»Dieser Cecchi …«, begann Bearzot zögernd.

»… ist einer der Besten, die ich kenne. Wenn die es fertiggebracht haben, ihn auszutricksen, müssen sie wirklich gut sein.«

Alexandra spürte das laute Pochen ihres Herzens bis tief in der Magengrube. Wie konnte es sein, dass diese Situation sie so mitnahm? *Was, wenn sie Angelo etwas antun oder schlimmer noch, es bereits getan haben*, flüsterte bangend eine leise Stimme in ihr. Sie schlucke laut. Und wieso kümmerte sie das?

Giovanni Grassi wollte anfangen, das Equipment wieder abzubauen, doch Medeot winkte ab. »Noch nicht. Ich will, dass die Überwachung aufrecht bleibt. Wenn Sie auch nur den kleinsten Furz von Cherubinis Mikro empfangen, will ich es wissen.«

Inspektor Capello verließ kommentarlos den Raum und kehrte kurz darauf mit einer Tasse Tee zurück, die er Alexandra mit einem aufmunternden Lächeln reichte. Dankend nahm sie den Becher entgegen. Es war, als würde ihr der Geruch nach Ingwer und Orangen ein wenig neue Kraft geben. Im Gegensatz zu Commissario Medeots mitleidigem Blick. Schlimm genug, dass Angelo ihr offenbar noch immer nicht völlig egal war – sie würde sich im Moment wahrscheinlich selbst mitleidige Blicke zuwerfen. Doch dass Medeot es tat, war ihr schlicht und ergreifend peinlich.

Sie räusperte sich laut und hoffte, einigermaßen gefasst zu klingen, als sie fragte: »Was ist unser nächster Schritt?«

Medeot sah sie irritiert an. »*Ihr* nächster Schritt wird es sein, sich von Inspektor Capello nach Hause fahren zu lassen.«

»Was? Aber das können Sie nicht tun! Sie können nicht erwarten, dass ich einfach untätig rumsitze, während –« Sie brach mitten im Satz ab. So viel zum Thema »gefasst«.

»Während was?« Medeot verschränkte die Arme vor der Brust. In seinen Augen lag nach wie vor eine Spur von Mitleid.

Tja, während was eigentlich? Der Mann, von dem sie sich nichts sehnlicher wünschte, als dass er aus ihrem Leben verschwand, war tatsächlich verschwunden. Sie sollte also erleichtert sein, sie hatte, was sie wollte. Wäre da nicht der Umstand, dass ihre Entführer noch auf freiem Fuß waren und sie wahrscheinlich erst wieder ruhig würde schlafen können, wenn sie ein für alle Mal weggesperrt waren.

»Was, wenn die wiederkommen und mir etwas antun? Sie können mich nicht einfach nach Hause schicken. Ich habe Angst.«

»Natürlich wird eine Streife zur Überwachung Ihrer Wohnung abgestellt werden. Ihnen wird nichts passieren.«

»Ich will aber helfen«, protestierte Alexandra. Sie konnte unmöglich zu Hause herumsitzen und warten, daran würde sie früher oder später zugrunde gehen. »Bitte lassen Sie mich helfen.«

»Im Moment helfen Sie uns am meisten, wenn Sie sich ausruhen und versuchen, einen klaren Kopf zu bekommen.«

NEUN

Medeot sah die Verzweiflung, die in Alexandras Blick lag. Er kannte diesen Ausdruck gut und wusste, wie gefährlich er war: eine unheimliche Art von Entschlossenheit, die früher oder später dazu führen würde, dass sie sich allein aufmachte, um Cherubini zu suchen. Es wäre nicht das erste Mal. Der Unterschied war, dass Medeot sich diesmal für sie verantwortlich fühlte und nach dem Zwischenfall in ihrer Wohnung alles daransetzen würde, sie keiner weiteren unnötigen Gefahr auszusetzen.

Sie völlig aus den Ermittlungen auszuschließen könnte am Ende also nach hinten losgehen. Er musste eine andere Lösung finden. Auf jeden Fall würde er dafür Sorge tragen, dass sie nicht unbemerkt verschwinden und etwas Dummes tun konnte. Die Überwachung sollte sie nicht nur vor den Entführern schützen, sondern ohne ihr Wissen auch vor ihr selbst.

»Sie könnten uns helfen, indem Sie uns sagen, was Cherubini momentan am Laufen hatte.«

»Darüber weiß ich doch nichts.«

»Vielleicht hat er Ihnen gegenüber etwas erwähnt oder anklingen lassen, als er gestern bei Ihnen war?«

Alexandra funkelte ihn böse an. Er erwartete, dass sie sich jeden Moment umdrehen und wutentbrannt nach draußen stürmen würde. Doch diese Wette hätte er verloren. Sie stützte den Kopf in die Hände und murmelte konzentriert vor sich hin. Dann schüttelte sie den Kopf. »Er hat nichts dergleichen gesagt.«

»Sind Sie sicher?«

»Ja, absolut.«

»Wer könnte von Ihrer Verbindung wissen? Jemand muss erfahren haben, dass man Sie als Druckmittel benutzen kann, um Cherubini zurück ins Land zu locken.«

»Weil ich ihm ja so wichtig bin.« Alexandra lachte gekünstelt.

»Sie können darüber denken, wie Sie wollen, ganz offensichtlich ist das der Grund.«

»Na gut, gehen wir mal davon aus, dass das der Fall ist«, sie schnitt eine Grimasse, »selbst dann kann ich Ihnen leider keine Antwort geben. Ich habe ... ich habe mit niemandem über das gesprochen, was damals passiert ist.« Sie senkte den Blick.

»Sind Sie deshalb noch hier? Weil Sie sich fern der Heimat zurückziehen konnten, ohne irgendjemandem davon erzählen zu müssen?« Medeot zögerte einen Moment. »Sind Sie denn ganz allein?«

Alexandra verzog missmutig die Lippen, als hätte sie auf etwas Saures gebissen, und sah von ihm zu den beiden Inspektoren, die gespannt dem Gespräch lauschten. »Ich bin noch hier, weil ich meine Ruhe haben will«, gab sie trotzig zurück. »Hätte ich geahnt, wie schwer das sein würde, wäre ich schon vor Monaten abgehauen. Ich bezweifle, dass mein Privatleben etwas mit dem Fall zu tun hat. Also lassen Sie mich damit in Frieden, ja?«

Sie war aufgestanden und hatte nun anscheinend doch vor, zu gehen. Hastig gab Medeot Capello ein Zeichen, woraufhin dieser sich sofort an ihre Fersen heftete.

»Chef«, begann Bearzot zaghaft, als sie in Medeots Büro gewechselt hatten, »wie sollen wir weiter vorgehen? Das war unsere einzige Spur, wir stehen wieder völlig am Anfang.«

»Was hat die Suche nach Jules Durant inzwischen ergeben?«

»Noch immer nichts. Der zuständige Beamte bei Interpol hat mir versichert, er würde sich melden, sobald es Neuigkeiten gibt.«

»Und Nicolo Zaghet?«

»Der Typ vom Supermarkt? Negativ. Ich denke aber nicht, dass er clever genug ist, sich so zu verstecken, dass wir ihn nicht finden. Eher früher als später wird er wieder auf dem Radar auftauchen.«

»Ganz genau. Wir sorgen selbst dafür und nehmen notfalls jeden in seinem Umfeld noch einmal persönlich in die Mangel, aber zuerst sehen wir uns an, was die Überwachungsvideos des Parkhauses Schönes für uns parat haben.«

***

Alexandra stand im Schutz der Vorhänge an der Balkontür und starrte auf die Straße hinab. Es war eine Nebenstraße, was in Cormòns bedeutete, dass sie so gut wie gar nicht befahren war. Hier fuhr lediglich durch, wer in der Gegend wohnte oder zu tun hatte, und gelegentlich jemand, der sich in den verwinkelten Gässchen verirrt hatte. Umso mehr Aufmerksamkeit erregte der Polizeiwagen, der gegenüber am Straßenrand parkte. Sie wusste, dass Medeots Inspektor darinsaß und ihr Haus beobachtete, sie kam sich vor wie eine Gefangene in ihren eigenen vier Wänden.

Vorhin war sie in der Dorfbäckerei Bonelli gewesen, nicht unbedingt weil sie etwas gebraucht hätte, sondern vielmehr weil sie testen wollte, wie der Polizist reagieren würde. Ihre schlimmsten Vorstellungen hatten sich bestätigt: Er war ihr gefolgt.

Sie trat ein Stück vom Fenster zurück, nicht dass er sie entdeckte, nahm den einzelnen silbernen Schlüssel von der Kommode und wiegte ihn in ihrer Hand. Er war auf seltsame Art in ihrer Küche aufgetaucht, genau dort, wo sie am Vorabend mit Angelo gestanden hatte. Sie konnte sich irren, aber sie hatte so eine Ahnung, welches Schloss dieser Schlüssel aufsperrte. Wenn ihr Bewacher sich nur nicht frontal vor der Eingangstür postiert hätte. Es war unmöglich, ungesehen an ihm vorbeizukommen. Da kam ihr eine Idee.

Es war bereits früher Nachmittag, der Himmel war bedeckt, als der Linienbus in den Busbahnhof von Grado einfuhr. Ihr Handy war still geblieben. Wäre ihr Verschwinden aufgefallen, hätte Medeot höchstpersönlich angerufen, um sie zurechtzustutzen, dessen war sie sich sicher. Irgendwie hatte sie ein schlechtes Gewissen, dass sie dem armen Santino Capello entwischt war, indem sie das Haus auf der Rückseite durch die Wohnung des netten Nachbarn im Erdgeschoss verließ. Schließlich hätte sie genauso gut in Polizeibegleitung hierherkommen können. Doch sie glaubte, dass es etwas zu bedeuten hatte, dass Angelo *ihr* den Schlüssel überlassen hatte und nicht Medeot. Und auch wenn sie eigentlich überhaupt nichts auf Angelos Wünsche geben sollte, war sie doch neugierig, warum er die Polizei aus dieser Sache ganz offensichtlich raushalten wollte. Sie tastete in der Hosentasche nach dem Schlüssel. Kurz dachte sie erschrocken, er wäre nicht mehr da, dann spürte sie das beruhigende, durch ihren Körper gewärmte Metall.

Sie stieg aus dem Bus und sah sich um. Die frische salzige Luft war eine Wohltat nach der Fahrt in dem stickigen Bus. Einige Meter von ihr entfernt fuhr gerade der Gradeser Stadtbus in die Haltestelle ein. Sie hätte ihn bequem nehmen können, immerhin befand sich ihr Ziel auf der gegenüberliegenden Seite der Insel, doch sie ließ ihn fahren. Sie lief gern durch die schmalen Gassen, durch die laue Meeresluft wehte und in denen sich um diese Jahreszeit hauptsächlich Einheimische tummelten. Mittlerweile war sie keineswegs mehr sicher, dass der Schlüssel tatsächlich zu Angelos Apartment gehörte, doch obwohl sie während der Fahrt alles noch mal durchgegangen war, kam ihr keine andere Sache in den Sinn, die das Stückchen Metall in ihrer Tasche sonst aufschließen könnte. Die leise Stimme in ihrem Inneren flüsterte ihr zu, dass sie diesen Weg nicht umsonst gehen würde.

Was sie in der Wohnung wohl erwartete? Nichts wollte sie weniger, als mit leeren Händen zu Kommissar Medeot zurückzukehren, sie wollte wenigstens irgendwie weiterhelfen. Bislang fühlte sie sich ziemlich nutzlos und mehr als Last denn als Hilfe.

Ein nervöses Kribbeln machte sich in ihrer Magengegend bemerkbar, als sie in die Straße einbog, in der Angelos Penthouse lag. Sie passierte Dantes Bar, deren Eingang wie eh und je ein wenig abschreckend anmutete. Die sonst rot schimmernden Leuchtzeichen waren ausgeschaltet, und an der Tür hing ein Schild: »Oggi chiuso«, heute geschlossen. Besonders schade fand sie es nicht, es hatte früher ohnehin nur einen einzigen Grund gegeben, wieso sie hergekommen war, und der hieß Angelo. Ohne ihn hatte sie nicht das Bedürfnis, einen Fuß hineinzusetzen.

Als sie vor dem Haus, in dem Angelos Wohnung lag, angekommen war, hielt sie einen Moment inne. Sie atmete tief aus und steckte den Schlüssel ins Schloss. Er passte. Mit dem Lift gelangte sie ins oberste Stockwerk. Sie öffnete die Wohnungstür. Obwohl sie erst ein Mal hier gewesen war, erschien ihr dieser Ort auf sonderbare Art und Weise vertraut. Das Wohnzimmer war groß und äußerst geschmackvoll eingerichtet. An der Wand stand die überdimensional große Couch, auf der Alexandra schon einmal eine Nacht verbracht hatte. Gemälde schmückten in regelmäßigen Abständen die Wände, und Alexandra war sich nach wie vor sicher, dass sich einige Originale darunter befanden.

Hinter der Glasfront, die auf die großzügige Terrasse führte, glitzerte das Blau des Golfs von Venedig. Zwar gab es keine lebenden Pflanzen mehr auf der Terrasse und kein Geschirr in der Spülmaschine, dennoch wirkte es, als wäre Angelo nie weg gewesen. Langsam wurde Alexandra bewusst, dass es keine gute Idee gewesen war hierherzukommen. Zeit, dass sie sich in Erinnerung rief, weshalb sie hier war, ehe sie sich in Vergangenem verlor.

Sie nickte, um ihr Vorhaben zu bekräftigen, und sah sich etwas hilflos um. Sie wusste nicht genau, wonach sie suchen sollte, und es war ihr unangenehm, einfach so Angelos Sachen zu durchwühlen. Auf der anderen Seite hatte die Wohnung ohnehin nicht viel Persönliches preiszugeben. Sie schob die Tür gegenüber dem Schlafzimmer auf. Das Schlafzimmer selbst war eine Schwelle, die zu übertreten sie zumindest im Moment nicht bereit war. Stattdessen betrat sie die Mischung aus Gästezimmer, Abstellkammer und Arbeitszimmer und ließ ihren Blick über den Schreibtisch gleiten. Prompt blieb er an etwas hängen. Es war ein Ausdruck der E-Mail, die Medeot ihr gezeigt hatte. Sie, zusammen mit der Tageszeitung, war darauf zu sehen. Angelo musste also seit seiner Rückkehr hier gewesen sein. Verwunderlich fand sie das nicht, irgendwo musste er schließlich geschlafen haben.

Sie nahm das Blatt und begutachtete es. Er hatte zwei Namen an den Rand gekritzelt. Seine Handschrift war kaum zu entziffern, einer der Namen war wohl Jules Durant. So viel konnte sie ausmachen, weil sie den Namen bereits auf dem Präsidium gehört hatte. Der zweite blieb unleserlich.

Alles in ihr sträubte sich dagegen, den Gedanken anzuerkennen, dass er sie vielleicht tatsächlich einfach nur hatte retten wollen. Auch Commissario Medeots Frage schob sich wieder in ihre Gedanken. Welches Motiv hätte Angelo, sie zu entführen? Sie schüttelte energisch den Kopf. Womöglich hatte er sich geweigert, bei der Entführung mitzumachen, aber das hieß noch lange nicht, dass er nicht dazugehörte. Einer wie Angelo hatte immer irgendeinen Grund zu lügen, sie konnte ihn bestimmt nur noch nicht erkennen.

Abgesehen davon lag auf dem Tisch zwar einiges quer verstreut, doch es war nichts dabei, was Alexandra auf den ersten Blick als relevant eingestuft hätte. Bis auf eine hellbraune Flügelmappe ähnlich den dünnen Mappen, mit denen sie heute Morgen einige Polizisten hatte herumlaufen sehen. Sie schlug sie auf. Es handelte sich um den Ausdruck einer Polizeiakte inklusive Verbrecherfotos und Vorstrafenregister von einem Mann namens Enzo Morabito. Alexandra blätterte durch die Unterlagen und spürte mehr und mehr Ärger in sich aufsteigen.

Diese Akte konnte nur eines bedeuten: Angelo war auch diesmal nicht ehrlich zu ihr gewesen, und das, obwohl er es beteuert und ihr hundert Mal erklärt hatte, wie leid ihm alles tat. Er hatte sehr wohl einen Verdacht, wer hinter der ganzen Sache steckte, denn er hatte hinter ihrem und Medeots Rücken eigene Recherchen angestellt. Doch damit nicht genug. Seine heimlichen Recherchen waren mit Sicherheit auch der einzige Grund, wieso er sich bereit erklärt hatte, die Ermittlungen als Berater zu unterstützen – er wollte sich offiziell im Präsidium aufhalten können, damit er ohne aufzufallen an die Akte kam.

Sosehr Alexandra es auch versuchte, sie konnte es sich einfach nicht anders erklären. Wütend knallte sie die Mappe zurück auf den Tisch.

Unter Umständen war er einfach untergetaucht. Ungeachtet dessen, dass er vielleicht versucht hatte, sie zu retten, würde sie ihm ohne Weiteres zutrauen, dass er alles genau so geplant hatte und mit der anderen Seite zusammenarbeitete.

***

»Enzo Morabito?«, wiederholte Medeot sicherheitshalber. Er klemmte das Telefon zwischen Ohr und Schulter und tippte den Namen in den Computer ein. »Woher haben Sie diesen Namen?«

»Ich bin … ich habe ihn von Angelo.«

»Oh, also hat er, als Sie sich getroffen haben, doch etwas erzählt?«

»Ja«, gab Alexandra zögernd zurück, »es ist mir eben erst wieder eingefallen, bitte entschuldigen Sie.«

»Das kann passieren, schließlich war es eine Ausnahmesituation für Sie. Gut, dass Sie jetzt daran gedacht haben.«

Sehr gut sogar, denn er selbst tappte immer noch im Dunklen. Langsam, aber sicher wurde es eng für ihn. Vier Tage, zwei fehlgeschlagene Operationen und nicht eine einzige heiße Spur.

Er klickte sich durch die Akte. Enzo Morabito war von der schlimmeren Sorte, er gehörte wie Cherubini zur Kunstfälscherszene, allerdings schien er kein Freund der gewaltlosen Konfliktlösung zu sein, ganz im Gegenteil sogar. In seiner Akte waren mehr Gewaltverbrechen als Fälschungs- und Raubdelikte vermerkt.

Wieso hatte Cherubini ihm nicht gesagt, dass er Enzo Morabito verdächtigte? Vielleicht wäre die Sache dann völlig anders ausgegangen. Medeot schnaubte. Einmal ein Lügner, immer ein Lügner. Es war töricht gewesen zu glauben, dass Cherubini ihm gegenüber aufrichtig war.

Er scrollte weiter, bis er auf einmal an etwas hängen blieb, das ihn stutzig machte. Enzo Morabito saß momentan im Gefängnis von Triest, wegen schwerer Körperverletzung. Bei einem Überfall auf eine Galerie vor ein paar Monaten war ein Wachmann schwer verletzt worden. Man hatte Morabito auf dessen Boot in der Marina geschnappt, als er gerade mit gepackten Koffern auslaufen wollte. Medeot erinnerte sich an den Fall, es war einer von denen, die Bearzot sehr interessiert verfolgt hatte. Seither saß Morabito seine Zeit ab.

Medeot wippte mit dem Stuhl nachdenklich vor und zurück. Gefängnis hin oder her, wer genug Einfluss hatte, konnte auch von einer Zelle aus problemlos die Fäden ziehen.

Bearzot klopfte an die Tür und trat ein.

»Haben Sie die Überwachungsbänder endlich bekommen?«, wollte Medeot sofort wissen. »Es kann doch nicht sein, dass wir an die Dinger so schwer herankommen. Wir sind die Polizei, verdammt noch mal.«

»Wir werden sie heute noch erhalten.«

»Und das ist sicher?«

»Absolut, Chef.«

»Wo ist Capello?«

»Er überwacht nach wie vor die Wohnung von Signora Hüttenstätter.«

»Gut. Ich schicke ihm später eine Ablöse, wir beide machen derweil einen kleinen Ausflug.«

Sie hatten im Besucherraum Platz genommen und warteten darauf, dass man Morabito zu ihnen brachte. Bis auf sie beide war der Raum leer, der nächste Besuchstag war erst wieder am Samstag. In der kleinen Spielecke im hinteren Bereich war ein Haufen Legosteine zu einem instabil aussehenden Hochhaus zusammengebaut, sonst war alles in Kisten verstaut. Abgesehen davon gab es nur ein paar Sitzgelegenheiten und die Garderobe.

Es dauerte nicht lange, und die Tür am anderen Ende des Raumes wurde geöffnet. Enzo Morabito trat ein, begleitet von einem Beamten, der sich neben der Tür postierte und Medeot zum Gruß kurz zunickte.

Enzo Morabito war ein unscheinbarer Typ mit pechschwarzem Haar. Ganz und gar durchschnittlich, jemand, der einem nicht lange im Gedächtnis bliebe, hätte er nicht diese stechenden Augen. Betont langsam kam er auf sie zu, musterte sie und nahm auf der gegenüberliegenden Seite des schmalen Tisches Platz.

»Und Sie sind?«, erkundigte er sich abschätzig.

»Ich bin Commissario Medeot, das ist Ispettore Bearzot. Wir sind hier, um Ihnen ein paar Fragen zu stellen.«

»Ich weiß nichts.«

»Sie wissen noch gar nicht, worum es geht.«

»Ist egal, ich weiß nichts.« Demonstrativ verschränkte er die Arme vor der Brust.

»Ich will mit Ihnen über einen Überfall auf einen Supermarkt sprechen, der vor ein paar Tagen stattgefunden hat.«

Morabito lachte gluckernd. »Sie wissen aber schon, wo wir hier sind, Commissario? Es fällt mir etwas schwer, hier raus- und wieder reinzuspazieren, wann immer ich möchte. Außerdem … ein Supermarkt? Das ist unter meinem Niveau.«

»Was wäre denn Ihr Niveau? Geiselnahme und Entführung? Wertpapierfälschung?«

Morabito taxierte ihn mit durchdringendem Blick und lehnte sich lauernd nach vorne. »Was versuchen Sie mir zu unterstellen?«

»Nach allem, was ich über Sie weiß, scheint das genau Ihr Stil zu sein. Wie geht es dem Wachmann Ihrer letzten Heldentat? Hat er sich schon erholt von dem, was Sie ihm angetan haben?«

»Jaja, ich schicke seiner Familie Blumen, versprochen«, zischte er.

»Wo ist Cherubini? Ich will wissen, was Ihre Leute mit ihm gemacht haben.«

Morabito faltete die Hände auf dem Tisch und starrte Medeot an, ohne eine Miene zu verziehen.

»Ich will einen Deal.«

»Wie bitte?«

»Ich will den gleichen Deal, den Angelo Cherubini damals hatte. Oder Sie hören von mir kein einziges Wort mehr.«

»Das ist nicht möglich.«

»Dann machen Sie es möglich.«

»Das werde ich ganz bestimmt nicht tun.« Nicht für ein arrogantes Scheusal wie ihn, und schon gar nicht, ohne zuvor etwas Handfestes dafür erhalten zu haben. Er gab dem Wärter ein Zeichen und erhob sich. »Sie können ihn wieder mitnehmen«, knurrte er und verließ mit Bearzot das Besucherzimmer.

»Du meine Güte.« Bearzot schüttelte angewidert den Kopf. »Was für ein …«

»Sie können es ruhig aussprechen. Was für ein Kotzbrocken.«

»Sie ziehen also nicht in Erwägung, ihn …«

»Erst einmal werden wir dafür sorgen, dass Enzo Morabito keine ruhige Minute mehr hat. Ich will, dass er gründlich überprüft wird, jedes Telefongespräch, das er geführt hat, jeder Besuch, den er hatte, jeder noch so unwichtige Kontakt zur Außenwelt.

Dann sehen wir weiter. Eines jedenfalls ist sicher: Der hat sich mit dem Falschen angelegt.«

Als Medeot sein Büro betrat, sah er gleich die DVD, die auf seinem Schreibtisch lag. Eine Notiz haftete daran: »Der dunkelblaue Passat ist bereits zur Fahndung ausgeschrieben. Cecchi«.

Medeot legte die Disc ein und startete die Aufnahme. Die erste Kamerasequenz erfasste vom Eingang aus das Innere des Parkhauses. Es war nur zu sehen, wie der einfahrende Wagen sich entfernte und in einiger Distanz nach links in eine Parklücke einbog. Rechts daneben stand ein dunkelblaues Auto, womöglich ein Passat, der durch den einparkenden Wagen völlig verdeckt wurde. Das war alles. Nichts regte sich mehr.

Eine andere Kameraeinstellung zeigte die Ausfahrt. Ein dunkelblauer VW Passat verließ laut Zeitstempel nicht einmal eine Minute später das Parkhaus, so kurz nach der Ankunft der Entführer, dass niemand das Auto mit ihrem Einsatz in Verbindung gebracht hatte. Es war, wie Medeot bereits geahnt hatte: Die Verdächtigen hatten sich penibel auf diese Situation vorbereitet.

Noch eine zweite Notiz lag auf seinem Schreibtisch. Der Polizeidirektor hatte versucht, ihn zu erreichen. Medeot verzog missmutig die Lippen. Es gab nach wie vor nichts, was er ihm mitteilen konnte. Er würde ihn später zurückrufen, das nahm er sich zumindest halbherzig vor.

Kurz darauf kam Bearzot herein, um seine Rechercheergebnisse zu präsentieren. Als Medeot ihn sah, fiel ihm schlagartig ein, dass er seinen neuen Inspektor, der vor Alexandras Wohnung Wache schob, völlig vergessen hatte. Er war nun mal einfach nicht daran gewöhnt, noch jemanden in seinem Team zu haben. »Sorgen Sie bitte dafür, dass eine Streife losgeschickt wird, die Capello ablöst.«

»Natürlich, Chef. Ich habe Enzo Morabito jetzt überprüft. Zwei Dinge sind mir aufgefallen: Er ruft regelmäßig eine Bar in Görz an, und es gibt unter seinen Besuchern einen Namen, der immer wieder erscheint: Filippo Villa.«

»Villa. Sagt mir auf die Schnelle nichts. Jemand, den wir kennen?«

»Nein, keine Vorstrafen, aber er kam Morabito in letzter Zeit verdächtig oft besuchen, und sie telefonieren auch regelmäßig. Das wirklich Interessante an ihm ist aber sein Beruf.«

»Darf ich raten? Er ist ... Kunsthistoriker.«

»Nein. Er ist Graveur.«

»Knapp daneben, aber das passt trotzdem. Was immer die für ein Ding drehen wollen, es ist etwas Großes, so viel ist sicher. Holen Sie ihn her.«

Bearzot verschwand in sein Büro, und Medeot lehnte sich in seinem Stuhl zurück und dachte nach. Er hatte ein paar Ideen, welche Rolle ein Graveur in diesem Gangsterfilm übernehmen könnte, und eine gefiel ihm weniger als die andere, am allerwenigsten die, dass Villa in der Lage wäre, Prägeplatten herzustellen, wie sie zum Beispiel zur Geldfälschung benutzt wurden.

»Filippo Villa ist unterwegs«, meldete Bearzot bereits nach wenigen Minuten.

»Das ging ja fix.« Medeot war überrascht. »Die meisten haben es nicht so eilig, hierherzukommen.«

»Er war sehr kooperativ, meinte, er sei ohnehin in der Nähe und könne auf dem Heimweg vorbeischauen.«

»Wo wohnt er?«

»Hier in Görz, nur ein paar Straßen weiter. Alleinstehend, keine Familie. Einzige Angehörige war seine Schwester, doch die ist vor ein paar Monaten verstorben.«

»Todesursache?«

»Alpinunglück. Ist beim Wandern abgestürzt. Tragische Geschichte.«

»Standen die beiden sich nahe?«

Bearzot zuckte mit den Schultern.

»Sonst irgendetwas, das ich wissen sollte?«

»Er wollte unbedingt erfahren, wieso er herkommen soll. Wurde etwas nervös, als ich ihm nichts Genaues sagte.«

Filippo Villa saß bereits im minimalistisch eingerichteten Vernehmungsraum, als Medeot eintrat. Höflich erhob er sich und reichte dem Commissario die Hand. Er war sehr schlank und hatte brünettes Haar, das er sehr kurz geschnitten trug. Es sah aus, als wollte er damit eine beginnende Glatze kaschieren. Besonders gut stand ihm die Frisur nicht.

»Vielen Dank, dass Sie so kurzfristig kommen konnten.«

»Darf ich nun bitte erfahren, wieso Sie mich hergebeten haben, Dottore?« Die Nervosität stand Villa ins Gesicht geschrieben.

Medeot zog das aktuellste Verhaftungsfoto von Enzo Morabito aus seinen Unterlagen hervor und schob es Villa hin. »Kennen Sie diesen Mann?«

Villa runzelte die Stirn. »Natürlich. Das ist Enzo. Moment mal … *deshalb* bin ich hier?«

»Deshalb sind Sie hier, Signor Villa.«

»Oh, Gott sei Dank«, entfuhr es Villa, und er wirkte mit einem Mal sichtlich erleichtert.

»Um wen hätte es denn Ihrer Meinung nach gehen sollen?«

»Um niemanden. Ich dachte nur, es wäre etwas passiert.«

»Wie darf ich das verstehen?«

»Na ja, wissen Sie, ich habe schon einmal von einem Polizisten eine schlechte Nachricht erhalten, und als Ihr Kollege mir am Telefon keine genauen Informationen geben wollte, dachte ich, es sei jemandem etwas zugestoßen.«

»Sie meinen, wie Ihrer Schwester?«

Villa nickte und sah betreten zu Boden. Er tat Medeot irgendwie leid.

»Bitte entschuldigen Sie«, sagte er und meinte es so. »Das ist unser übliches Vorgehen bei Befragungen.«

»Schon gut.« Villa zwang sich zu einem Lächeln.

»Also, machen wir weiter. Woher kennen Sie ihn?« Medeot deutete auf das Foto.

»Enzo, Enzo Morabito ist sozusagen mein Ex-Schwager.«

»Der Mann Ihrer verstorbenen Schwester?«

»Sie waren zwar nicht verheiratet, aber ich denke, man kann es trotzdem so sagen.«

Medeot entglitt wohl für einen Augenblick der neutrale Gesichtsausdruck, denn Villa seufzte und sagte: »Ich weiß, was Sie jetzt denken, Dottore. Enzo ist, wie soll ich es am besten ausdrücken … nicht der beste Umgang. Zu meiner Schwester aber war er immer korrekt, und er hat sie gut behandelt. Ihr Tod hat ihn hart getroffen, genau wie mich. Das hat uns irgendwie zusammengeschweißt.«

»Deshalb besuchen Sie ihn regelmäßig im Gefängnis?«

»Er hatte sich meiner Schwester zuliebe wirklich gebessert und gut im Griff. Erst nach ihrem Tod wurde er wieder straffällig. Ich denke, er wusste mit dem Schmerz nicht anders umzugehen. Dafür wurde er dann verurteilt.«

»War Signor Morabito dabei, als Ihre Schwester verunglückte?«

»Ja. Es war furchtbar, er hat alles mitansehen müssen.«

»Ihr Verlust tut mir sehr leid.«

»Danke, Dottore.«

»Was machen Sie eigentlich beruflich?«

»Ich bin selbstständig. Als Graveur.«

»Graveur? Hört man auch nicht oft. Was genau machen Sie da?«

»Hauptsächlich verziere ich Eheringe, Medaillen oder Waffen, in letzter Zeit auch häufig Wappenringe. Sie würden nicht glauben, wie groß die Nachfrage dafür ist.«

»Stellen Sie auch Prägetafeln her?«

»Manchmal bekomme ich Aufträge von Unternehmen, Prägeplatten für Jubiläumsmedaillen zu fertigen. Allerdings bin ich kein Freund von Reliefgravuren. Macht weniger Spaß. Aber bitte erzählen Sie das nicht meinen Kunden.«

»Es bleibt unter uns. Eine Frage noch, Signor Villa, wo waren Sie heute Morgen zwischen acht und zehn Uhr?«

»Sie fragen mich nach meinem Alibi? Weswegen?«

Medeot ging nicht näher auf seine Frage ein. »Der Vollständigkeit halber ist das leider notwendig.«

»Ich hatte einen Termin bei einem Kunden, wir haben einen Kostenvoranschlag besprochen. Ich gebe Ihnen die Kontaktdaten.«

»Gut. Ich danke Ihnen für die Zeit, Signor Villa.«

»Sehr gern, Dottore, sollten Sie noch etwas brauchen, melden Sie sich gern.«

»Wollen Sie wirklich glauben, dass jemand mit einem Strafregister wie Morabito aus Liebe Pazifist geworden ist?«, fragte Bearzot.

Medeot lachte auf. »Na, so hart wie Sie würde ich das nicht unbedingt sehen. Und Filippo Villa erscheint mir durchaus glaubwürdig.«

»Mir nicht, Chef. Der wusste nur ganz genau, was er sagen musste.«

»Selbst wenn Sie recht haben und er uns nur etwas vormacht, ändert das im Moment nichts. Er hat ein Alibi und keine Verbindung zu dem Verbrechen, bis wir etwas Gegenteiliges nachweisen können.«

»Aber Morabito hat eine, zumindest wenn es nach Angelo Cherubini geht.«

»Deshalb machen wir uns gleich auf den Weg in diese Bar, die er regelmäßig anruft. Suchen Sie die Adresse raus.«

ZEHN

Das »Bomba« war eine dieser neumodischen Bars, die nur aus Glas, neonblauem Licht und unbequemen Sitzgelegenheiten bestanden. Medeot war noch nie hier gewesen, zum einen war er dafür gut zwanzig Jahre zu alt, zum anderen hatte er noch nie das Bedürfnis verspürt, diesen Ort voll von eigenartiger elektronischer Musik und überteuerten Getränken aufzusuchen. Er kannte das Lokal lediglich aus der Tageszeitung, wenn darüber berichtet wurde, dass wieder einmal eine Schlägerei unter Betrunkenen ausgeartet war. Jetzt, bei Tag, war es offenbar ein Treffpunkt für Schüler und sonstige junge Leute, die sich bei Cappuccino und leiser Hintergrundmusik gemütlich unterhielten. Medeot musterte die Mädchen im Vorbeigehen. Einige von ihnen hätten Freundinnen von Gabriella sein können und waren es vielleicht sogar. Claudia wusste da besser Bescheid, er selbst kannte Gabriellas Freundinnen nur flüchtig, für ihn sahen die Mädchen in diesem Alter alle gleich aus. Lange dunkle Haare, die ihnen ins Gesicht hingen, Leggings und die gleichen weißen Sneakers. So viel zum Thema Individualität.

Zum Glück konnte Claudia nicht hören, was er gerade dachte. Sie würde ihm bestimmt vorwerfen, sich nicht genug für Gabriellas Leben zu interessieren, und sich gleich im Anschluss darüber lustig machen, dass ausgerechnet er, der erfahrene Polizist, nicht in der Lage war, Personen voneinander zu unterscheiden.

Sie traten auf die Theke zu, hinter der ein vollbärtiger Kellner, der nicht mehr ganz so jung war, wie er es seinem Stil nach offenbar gern gewesen wäre, gelangweilt Zuckerpäckchen sortierte. Er blickte auf und musterte sie abfällig von Kopf bis Fuß.

»Buongiorno, Signore. Wir möchten Ihnen ein paar Fragen stellen.« Medeot zog seinen Dienstausweis hervor und hielt ihn hoch. »Ich bin Commissario Medeot, das ist Ispettore Bearzot, wir sind von der …«

Ehe Medeot reagieren konnte, landete ein ganzer Haufen Zuckerpäckchen in seinem Gesicht, und der Möchtegern-Hipster stürmte die Theke entlang und durch eine Tür am rückwärtigen Ende.

»Verdammt noch mal. Los, hinterher!«, rief Medeot.

Bearzot war ihm nach einem gekonnten Sprung über die Theke bereits auf den Fersen. Dieses Kunststück würde Medeot nicht gelingen, dessen war er sich sicher. Er hastete um den langen gläsernen Tresen herum und hinter Bearzot her, der nun ebenfalls durch die Tür verschwunden war. Vorsichtshalber zog er seine Waffe.

Der schmale Gang hinter der Bar war nur mäßig beleuchtet, auf der einen Seite befand sich ein Lager, auf der anderen wohl eine kleine Küche, wie durch die halb geöffneten Türen zu sehen war.

»Wir sind hier.« Bearzots Stimme drang aus einem Winkel weiter hinten im Gang.

Vorsichtig ging Medeot weiter und erreichte einen weiteren Raum, eine Art Personalraum. Es gab mit Namen versehene Spinde und sogar eine Dusche. Bearzot kniete neben dem Kellner, der am Boden lag, und legte ihm Handschellen an.

»Gute Arbeit«, stellte Medeot anerkennend fest und ließ die Waffe sinken.

Er half Bearzot, den Ausreißer auf die Beine zu stellen.

»Aua, Sie tun mir weh«, fauchte der.

»Reißen Sie sich zusammen. Selbst schuld, wenn Sie abhauen. Wie ist Ihr Name?«

Der Kellner starrte schweigend zu Boden.

»Wir können das hier klären oder auf dem Präsidium. Ganz wie Sie wollen.«

Der Kellner blieb stumm.

»Als ich reingekommen bin, war er gerade an einem Spind zugange.« Bearzot zeigte auf einen der Schränke. »Der da, auf dem Rori steht.«

»Rori, soso«, brummte Medeot. »Na gut, nachdem Sie mir nicht verraten wollen, wie Sie heißen, nenne ich Sie eben einfach so. Ein blöder Spitzname, wenn Sie mich fragen.«

Er setzte sich in Bewegung. Aus den Augenwinkeln beobachtete er Rori, der nach wie vor den Boden anstarrte, aber immer nervöser wurde, je weiter Medeot auf den Schrank zuging. Die Tür war nur angelehnt.

Medeot hätte mit vielem gerechnet, aber nicht mit dem, was er sah, als er die schmale Metalltür aufzog. Zusammengefaltet und dennoch gut sichtbar lag in einem Turnschuh ein Bogen Papier. Und zwar nicht irgendeines, sondern eine venezianische Anleihe aus dem 17. Jahrhundert.

»Sie haben uns einiges zu erklären, Rori«, stellte Medeot trocken fest und hielt ihm das Papier vor die Nase.

Sie nutzten die Zeit, in der Rori erkennungsdienstlich behandelt wurde, um einen genaueren Blick auf die Anleihe zu werfen. Medeot faltete sie auseinander, strich sie glatt und legte sie vorsichtig auf den Tisch. Bearzot holte die in Plastik gehüllte Fälschung von Di Gratton und legte sie daneben.

»Kaum zu glauben. Sieht gleich aus, ist es aber nicht«, sagte Medeot.

»Sie sind tatsächlich unterschiedlich. Denken Sie, diese könnte echt sein?«

»Na, ich hoffe nicht, so wie Rori damit umgesprungen ist.«

»Aber dem Schwert des Markuslöwen nach zu urteilen, könnte es eine von denen sein, die Signora Hüttenstätter gesehen hat.«

»Das denke ich auch. Gleich werden wir es genauer wissen.« Er nahm sein Handy und machte ein Foto, das er an Alexandra sendete. Während er darauf wartete, dass sie antwortete, musterte er die Anleihe. Er hätte nie gedacht, dass er sich das jemals wünschen wurde, aber er wollte, Cherubini wäre jetzt hier. Er könnte ihnen wahrscheinlich auf Anhieb jedes Geheimnis offenbaren, das dieses Stück in sich trug. »Bearzot, holen Sie, wen immer wir als Experten für so was haben.«

»Für Anleihen oder für Fälschungen?«

»Für Fälschungen natürlich.«

Medeots Handy vibrierte, und er öffnete hastig Alexandras Nachricht.

»Es ist die Anleihe aus dem Bunker«, stellte er zufrieden fest. »Erkundigen Sie sich bei den Kollegen vor Ort, ob sie inzwischen erfahren haben, wer der Kerl ist, und checken Sie die Vorstrafen. Diesem Rori werden wir jetzt mal zeigen, wo der Hammer hängt.«

»Ihr Name ist Ricardo Rossetti«, erklärte Medeot, als er den Vernehmungsraum betrat. »Statt Ro-Ri also eigentlich Ri-Ro, aber das klingt nach einem Zirkusclown. Hätten Sie ruhig gleich sagen können.« Seelenruhig ließ er sich auf den freien Stuhl sinken. »Sie kommen aus Triest, sind vor nicht allzu langer Zeit hierhergezogen. Wozu? Um in dieser Bar zu arbeiten? Was soll das?«

Rossetti wackelte nervös mit einem Bein. Sein Blick ging im Raum umher, als versuchte er, krampfhaft alles zu fixieren abgesehen von Medeot.

»Wie kommt die Anleihe in Ihren Besitz?«

»Ich weiß nicht, wovon Sie sprechen.«

»Machen Sie sich nicht lächerlich, Rori. Wir waren beide in dem Raum mit den Spinden, oder irre ich mich? Es abzustreiten ist völlig zwecklos.«

Ricardo Rossetti tat, als hörte er Medeot nicht.

»In Ordnung, wie Sie wollen. Sie können sich bestimmt denken, dass meine Kollegen bei der gründlichen Durchsuchung Ihres Schranks noch ein paar andere Dinge gefunden haben. Dreißig Gramm Marihuana und fünf Gramm Kokain, beides in kleine Portionen verpackt. Wenn ich raten müsste, würde ich behaupten, Sie haben sich während der Arbeitszeit ein paar Euro dazuverdient, nicht wahr? Zum Glück muss ich nicht raten.«

»Was wollen Sie von mir?«

»Ich will wissen, woher Sie die Anleihe haben.«

»Keine Ahnung, hab ich von irgendjemandem als Zahlung erhalten, der nicht genug Bares dabeihatte, um seine Rechnung zu begleichen.«

»Von wem?«

»Ich sage doch, ich weiß es nicht.«

»Sein Name ist nicht zufällig Duca, oder?«

Mit einem Mal verlor Rossetti jegliche Gesichtsfarbe.

Medeot fixierte ihn mit seinem Blick. »Sie wissen also, wer das ist?«

»Nein! Nein, tu ich nicht. Irgendein Herzog? In solchen Kreisen verkehre ich nicht.«

»Hören Sie auf, wir beide wissen, dass das Blödsinn ist, also sparen Sie uns die Zeit.«

»Dann hören Sie auf, mir solche Fragen zu stellen.«

»Wovor haben Sie Angst? Vor Duca? Hat er etwas gegen Sie in der Hand?«

»Ich werde Ihre Fragen nicht mehr beantworten. Lassen Sie mich telefonieren, ich will mit einem Anwalt sprechen.«

»Signor Rossetti, ich bin bereit, sämtliche Vorwürfe, was die Drogen angeht, fallen zu lassen, wenn Sie mir von Duca erzählen.«

Bereit war Medeot tatsächlich. So einfach, wie er es klingen ließ, war das allerdings nicht. Doch seine Lage war inzwischen so vertrackt, dass er sich die einzige brauchbare Spur nicht einfach so durch die Lappen gehen lassen wollte.

»Wie ich bereits sagte«, entgegnete Rossetti mit Nachdruck, »habe ich keine Ahnung, wovon Sie eigentlich sprechen. Und ich will jetzt auch gar nicht mehr mit Ihnen reden, sondern mit einem Anwalt. Bitte bringen Sie mich in die Zelle.«

»Wie Sie möchten. Lang steht mein Angebot nicht mehr, das ist Ihnen hoffentlich klar.«

Mit diesen Worten verließ Medeot den Raum. Grübelnd ging er zurück in sein Büro. War es möglich, dass jemand solche Angst vor Duca hatte, dass er lieber ins Gefängnis ging, als ihn zu verraten? Es war zum Aus-der-Haut-Fahren.

Santino Capello kam herein. »Harter Brocken?«, erkundigte er sich mitfühlend.

»Allerdings. Geht lieber ins Gefängnis, als etwas zu erzählen.«

Bearzot hatte Capello bereits über alles informiert, was vor der Befragung in dessen Abwesenheit vorgefallen war.

»Bei Alexandra Hüttenstätter war es ruhig?«

»Alles in Ordnung. Keine Vorkommnisse, keine verdächtigen Personen.«

»Gut. Ich will, dass die Überwachung vierundzwanzig Stunden am Tag aufrechterhalten wird, bis dieser Fall aufgeklärt ist.«

»Wissen Sie, Commissario, ich hätte da eine Idee, wie Sie diesen Rossetti vielleicht doch noch zum Reden bringen könnten. Als ich noch in Reggio Calabria war, hatten wir einmal eine ähnliche Situation. Es ging um eine Drogenlieferung im Hafen von Gioia Tauro. Wir wussten, dass die 'Ndrangheta involviert war, aber wir konnten es nicht beweisen. Unser Zeuge hatte Angst, und das haben wir ausgenutzt. Allerdings ist es auch etwas riskant. Wenn es nämlich nicht klappt, könnten Sie ein Problem bekommen.«

»Darum kümmere ich mich, wenn es so weit ist. Also, ich bin ganz Ohr.«

»Wir haben dem Mann damit gedroht, ihn laufen zu lassen. Obwohl wir genug gegen ihn in der Hand hatten, um ihn eine ganze Weile wegzusperren. Das hätte vor seinen Auftraggebern nicht besonders gut ausgesehen. Er hatte solche Angst vor der Mafia und davor, dass sie glauben würden, er hätte sie verpfiffen, dass er geplappert hat wie ein Wasserfall.«

»Das ist … Das klingt …«

»Ich weiß, es ist nicht die korrekte Art, und ich würde so ein Verhalten unter normalen Umständen natürlich keinesfalls gutheißen. Gioia Tauro ist aber so etwas wie eine Hochburg der Mafia. Wenn man da nicht zu drastischen Mitteln greift, kommt man zu nichts. Es war nur damals so, dass –«

»Nein, nein, ich denke, das könnte tatsächlich funktionieren.«

»Ja, denken Sie? Also wie gesagt, damals hatten wir diesen Kerl festgenommen, einen Buchhalter, von dem jeder wusste, dass er für diese eine Mafiafamilie hin und wieder was drehte. Und auch für sich selbst, er hatte damals Unsummen bei illegalen Wetten verloren. Damit haben wir ihn drangekriegt. Eine Kleinigkeit eigentlich, aber am Ende hat es gereicht, um …«

Medeot hörte nicht mehr zu. Capellos Stimme war bereits so weit in den Hintergrund gerückt, dass er sie nur noch als leises, gleichmäßiges Brummen wahrnahm. In Gedanken war er schon wieder bei Rossetti, spielte durch, wie er es am besten anging.

Ohne noch länger zu überlegen, ließ er Capello einfach stehen und marschierte schnurstracks zu den Zellen. Vom dortigen Beamten ließ er sich den Weg zu Rossettis Zelle weisen.

»Schließen Sie auf.«

Die Zellentür wurde geöffnet.

»Was wollen Sie jetzt schon wieder? Ich habe Ihnen nichts zu sagen.«

»Ich bin nur hier, um Sie nach draußen zu begleiten.«

»Um mich was? Was soll das?«

»Unglücklicherweise war ich etwas schlampig. Ich habe das sichergestellte Beweismaterial gegen Sie im Auto liegen lassen und vergessen, den Wagen abzuschließen. Tja, was soll ich sagen, irgendwer hat sich die Drogen unter den Nagel gerissen. Dadurch entstand eine große Lücke in der Beweismittelkette, und das macht unser weiteres Vorgehen etwas schwierig. So leid es mir tut, aber es wird wohl zu keiner Anklage kommen.« Er deutete einladend auf den Gang nach draußen. »Sie können gehen.«

»Was? Aber das stimmt doch gar nicht«, entgegnete Rossetti. Das Zittern in seiner Stimme war nicht mehr zu überhören. »Ich gebe sogar selbst zu, dass ich hin und wieder was in der Bar verticke.«

»Tut mir leid, Signor Rossetti, aber es gibt keinerlei Anhaltspunkte dafür, dass das der Wahrheit entspricht. Daher gilt: im Zweifel für den Angeklagten. Nun gut, stimmt natürlich nicht, denn angeklagt sind Sie nicht, aber ich denke, Sie wissen, was ich meine.« Er wandte sich an den uniformierten Beamten, der das Szenario schweigend und ohne jede Regung verfolgt hatte. »Bitte händigen Sie Signor Rossetti seine persönlichen Gegenstände aus. Dann kann er gehen.«

Rossetti war in seiner Zelle immer weiter zurückgewichen, bis er mit dem Rücken direkt an der Wand stand. »Bitte … bitte tun Sie das nicht«, stammelte er mit kratziger Stimme. »Er wird mich töten.«

»*Wer* wird Sie töten?«

Rossetti zögerte einen endlos langen Moment. Medeot hatte

alle Mühe, ruhig zu bleiben und nicht die Geduld zu verlieren. Er war so nah dran.

»Duca«, flüsterte Rossetti. »Duca wird denken, ich hätte ihn verraten, und dafür sorgen, dass ich nicht einmal bis nach Hause komme.«

Medeot nickte. »Wenn dem so ist, schlage ich vor, dass wir hinübergehen, und Sie erzählen mir in Ruhe alles. Dann sorge ich dafür, dass Duca Ihnen nichts tun kann.«

»Sie zeichnen das auf?« Rossetti deutete auf das kleine Aufnahmegerät in der Mitte des Tisches.

»Ist das ein Problem?«, fragte Medeot.

Rossetti starrte eine Weile auf das rote Lämpchen, ehe er zu erzählen begann. »Ducas voller Name lautete Luciano Massimo Duca. Man erzählt sich, dass er derjenige war, der über Jahre den Hafen Triests kontrollierte. Alles, was nicht auf offiziellem Weg aus dem Land raus- oder hineinsollte, musste an ihm vorbei. Angefangen hatte es mit Drogen. Große Mengen an Cannabis und halbsynthetischem Heroin kamen über die Türkei aus dem Nahen Osten hierher, vor allem aus dem Iran, Pakistan und Afghanistan. Der Hafen war einer der Hauptumschlagplätze für die Lieferungen. Duca bekam schnell den Ruf, skrupellos zu sein, und er wurde es immer mehr, je mächtiger er wurde. Sein größtes Problem aber war die Gier. Er schaltete sämtliche Konkurrenz auf brutalste Art und Weise aus, bis der Hafen ganz ihm allein gehörte. Dadurch macht er sich viele Feinde, und es war nur eine Frage der Zeit, bis er von einem seiner Widersacher ermordet wurde.«

»Ich verstehe nicht ganz. Duca ist also tot?«

»Ja und nein. All das ereignete sich vor über fünfzehn Jahren. Alle dachten, mit Ducas Ermordung hätte auch die Tyrannei ein Ende, doch weit gefehlt. Ein neuer Duca nahm seinen Platz ein. Es wird vermutet, dass die Person, die ihn ermordet hatte, an seine Stelle rückte, doch keiner weiß mit Sicherheit, wer ihn damals umgebracht hat. Und das Zepter wurde bis heute immer wieder weitergereicht. Ich weiß nicht, wer Duca im Moment ist, und ich will es auch gar nicht wissen.«

»Kennen Sie jemanden, der das wissen könnte?«

»Nein, tut mir leid. Ich vermute, nicht einmal seine engsten Mitarbeiter wissen, wer er ist.«

Medeot schnaubte verächtlich. »Mitarbeiter.«

»Nennen Sie es, wie Sie wollen.«

»Woher wissen Sie das alles? Bisher konnte mir kaum jemand bestätigen, dass Duca überhaupt existiert.«

»Weil nur Leute, die schon einmal für ihn gearbeitet haben, wissen, dass es ihn gibt. Von denen redet natürlich keiner, weil sie alle Angst haben. Duca hat seine Augen überall, und mit Leuten, die über ihn reden, vor allem mit der Polizei, macht er kurzen Prozess.« Rossetti stockte, als wäre ihm erst in diesem Moment bewusst geworden, dass er nun selbst eine dieser Personen war. Medeot spürte, dass er Rossetti nicht nachdenken lassen durfte, wollte er ihn nicht als Zeugen verlieren.

»Sie wurden also wirklich von Duca mit dieser Anleihe bezahlt? Ist das üblich? Wie bekommen Sie Ihre Aufträge?«

Rossetti schüttelte den Kopf. Er fixierte einen Punkt an der Wand hinter Medeot. »Die Aufträge kommen nicht von Duca selbst, sondern über mehrere Mittelsmänner, sodass nichts je auf ihn zurückfällt.«

»In Form eines Himmel-und-Hölle-Spiels?«

»Unter anderem, ja.« Rossetti stützte den Kopf in seine Hände. »Was hab ich getan?«, flüsterte er. »Was hab ich nur getan! Er tötet mich. Sie können mich nicht beschützen. Niemand kann das.«

»Doch, natürlich können wir das. Ich habe Ihnen mein Wort gegeben, darauf können Sie sich verlassen.«

»Bringen Sie mich hier weg, sofort! Wahrscheinlich hat er längst jemanden eingeschleust. Das war's. Endgültig. Ich sage kein Wort mehr.«

Medeot rieb sich seufzend die schweren Lider. »Ich veranlasse alles Weitere.«

* * *

Es war halb acht, als Alexandra durch die offenen Fenster hörte, wie unten ein Wagen vorfuhr. Pünktlich auf die Minute. Das war sie von den Italienern gar nicht gewohnt, und vor allem von einem wie Santino Capello, der aus dem Süden stammte, hätte sie es nicht erwartet. Sie hatte keine Ahnung, was sie dazu veranlasst hatte, seine Einladung anzunehmen, eigentlich war sie ziemlich perplex gewesen, als er am Nachmittag, nachdem er stundenlang im Wagen ausgeharrt hatte, auf einmal vor ihrer Tür gestanden hatte. Sie war sich sicher gewesen, dass er ihren kleinen Ausflug doch mitbekommen hatte und sie dafür eine Standpauke kassieren würde, doch sie war überrascht worden. Etwas verlegen hatte er ihr erklärt, dass er von einem Kollegen abgelöst werde, und nach einigem Herumgedruckse gefragt, ob sie nicht Lust habe, abends mit ihm essen zu gehen. Natürlich nur, damit ihr zu Hause nicht die Decke auf den Kopf fiele, und was sei sicherer, als mit einem Polizisten unterwegs zu sein?

Alexandra hatte nicht lange gezögert. Sie vermied es zwar, es offen zuzugeben, doch sie fühlte sich zu Hause im Moment allein nicht besonders wohl. Jedes noch so kleine Geräusch im Flur ließ sie aufschrecken, und geschlafen hatte sie, seit sie von ihren Entführern betäubt worden war, so gut wie gar nicht mehr.

Sie warf einen letzten prüfenden Blick in den Spiegel, strich ihr Haar zurecht und trat nach draußen.

***

Die Sonne war bereits untergegangen, als Medeot den Wagen in die Einfahrt lenkte. Wenn er gerade an einem Fall arbeitete, wurde es oft noch später, dann vergaß er einfach die Zeit, weil er voll auf die Ermittlungen konzentriert war. Er hatte zudem die Erfahrung gemacht, dass er am späten Abend, wenn das Präsidium sich geleert hatte, am besten arbeiten konnte. Es herrschte dann so eine sonderbar melancholische Stimmung in dem Gebäude, die sich schwer in Worte fassen ließ.

»Oh Mann, ich rieche gebratenen Fisch und Knoblauch und … Olivenöl, da läuft einem ja das Wasser im Mund zusammen«, schwärmte Bearzot und stieg aus. »Also wenn ich eine Frau hätte, die so kochen kann wie Ihre, Chef, dann würde ich wahrscheinlich durch die Gegend rollen.«

Medeot schmunzelte. Schließlich war die Frau, die so gut kochte, auch gleichzeitig die, die ihn immer ermahnte, er solle auf sein Gewicht achten. Von wegen »Herzinfarktrisiko« und »Männer haben ja ohnehin schon eine niedrigere Lebenserwartung, willst du die noch extra verringern, damit ich allein alt werden muss?«

Sie traten ein und wurden von der Köchin überschwänglich begrüßt. »Tommaso, es freut mich ja so, Sie endlich mal wiederzusehen«, rief sie und gab Bearzot einen Kuss links und einen rechts auf die Wange. Als sie von ihm abließ, legte sie ihre Hände auf seine Schultern und musterte ihn. »Meine Güte, Sie werden mit jedem Mal, das ich Sie sehe, dünner. Haben Sie denn keine Freundin, die Ihnen was Ordentliches kocht?«

»Oh mein Gott, Mamma«, ertönte Gabriellas Stimme aus dem Esszimmer, »du klingst schon wie Oma, das ist ja voll peinlich.«

Bearzot lächelte nur. Claudia ließ ihn los und strich seine Ärmel wieder zurecht.

»Ach, bitte entschuldigen Sie.« Sie seufzte. »Ich warte nach wie vor auf den Tag, an dem die Mamma-ist-peinlich-Phase endet. Mittlerweile bin ich mir nicht mehr sicher, ob ich das noch erlebe.«

»Machen Sie sich nichts draus, Signora Medeot. Das gibt sich bestimmt. Und um Ihre Frage zu beantworten, nein, im Moment gibt es leider niemanden, der für mich kocht.«

»Wie schade. Dabei sind Sie doch so ein attraktiver junger Mann …«

»Claudia, bitte«, mahnte nun auch Medeot, woraufhin sie ihm schelmisch zuzwinkerte und in der Küche verschwand. Er wusste nicht, was ihn mehr beunruhigte: dass es ihr sichtlichen Spaß machte, ihn zu veräppeln, oder dass man ihr oftmals nicht anmerkte, ob sie es ernst meinte oder nicht.

»Nehmt doch bitte schon mal Platz«, rief sie aus dem Nebenraum.

Medeot öffnete eine Flasche Tocai und schenkte ihnen großzügig ein.

»Krieg ich auch was?«, fragte Gabriella aus der Wohnecke, ohne von ihrem iPhone aufzublicken.

»Das würde dir schmecken?«, fragte Bearzot verblüfft. »In deinem Alter fand ich Wein furchtbar eklig. Höchstens mal als Calimocio.«

»Als was bitte?« Gabriella sah nun doch von ihrem Handy auf.

»Na, du weißt schon, halb Rotwein, halb Cola. Oder gibt's das heute nicht mehr?«

»Wohl eher nicht. Du bist halt einfach alt, Tommaso.«

»Eh! Wie sprichst du denn mit ihm?«, ging Medeot sofort dazwischen.

»Ach kommen Sie, Chef. Ist ja nur Spaß.«

»Was ist jetzt, krieg ich ein Glas?«

»Schenkt ihr einen Schluck ein.« Claudia lugte um die Ecke, eine Spaghettizange in der Hand. »Du erinnerst dich noch an das, was wir ausgemacht haben, Lorenzo?«

»Jaja. Besser, sie trinkt zu Hause als irgendwo in einer Bar.«

»Ja, Papà. Wirft sonst noch ein schlechtes Licht auf dich, wenn ich von einem Streifenwagen nach Hause gebracht werde, oder?«

»Sei nicht so frech, ich hab dir schon mal gesagt, dass ...«

»Lass gut sein, Lorenzo«, unterbrach ihn Claudia beschwichtigend, »heute Abend wollen wir gemütlich zusammen essen. Da will ich keine Streitereien, ist das klar?« Sie wedelte drohend mit der Spaghettizange.

Alle nickten brav, selbst Bearzot.

»Gabriella, leg das Telefon weg und hol deinen Bruder. Das Essen ist fertig.«

Es war einfach köstlich. Als Vorspeise gab es Burrata, eine Spezialität aus Apulien, die Friaul schon längst erobert hatte, dann die obligatorische Portion Pasta. Selbst die schmeckte aus Claudias Händen, als hätte der Himmel sie geschickt. Den Hauptgang bildeten die gefüllten Calamari, die Bearzot schon von Weitem gerochen hatte.

Medeot lehnte sich stöhnend in seinen Sessel zurück und rieb sich den Bauch. Bearzot tat es ihm gleich.

»Das war absolut köstlich, Signora Medeot.«

Die beiden räumten den Tisch ab und ließen sich nicht davon abbringen, auch den Abwasch zu übernehmen, was zwar zu einem großen Teil nur bedeutete, das Geschirr in die Spülmaschine zu räumen, dennoch war es die Geste, die zählte.

Bearzot trocknete sich die Hände mit einem Küchentuch und winkte ab, als Claudia ihm Wein nachschenken wollte. »Der morgige Tag wird lang, ich sollte mich besser langsam aufmachen.«

»Wie läuft es denn mit den Ermittlungen?«

Medeot erzählte zu Hause zwar keine Einzelheiten, aber dass in Polizistenfamilien nicht über laufende Fälle gesprochen wurde, konnte ihm keiner weismachen.

»Schleppend«, antwortete er an Bearzots Stelle.

»Wie geht es Angelo? Gibt es Neuigkeiten?«

»Oh ja, ist alles in Ordnung mit ihm?«, fragte Gabriella neugierig und war zum wohl ersten Mal seit Monaten mit ihrer Aufmerksamkeit voll und ganz bei ihnen. »Der Arme, ich hoffe, es geht ihm gut.«

»Wie eklig, du stehst voll auf ihn«, sagte Elias.

»Das ist gar nicht wahr«, fauchte sie. »Du bist nur neidisch, weil er einfach so ein toller Mann ist und du für immer ein kleines Würstchen bleiben wirst.«

»Sollte jemals jemand in diesem Haus so werden wie Angelo Cherubini, wird er von mir persönlich verhaftet«, knurrte Medeot. »Genug jetzt. Ich will diesen Namen nicht mehr hören.«

***

Das Restaurant, in das Santino Capello sie ausführte, lag nur einen Katzensprung von Cormòns entfernt. Sie hatte vom »Al Piave« schon gehört, es aber nie geschafft, hierherzukommen. Die Küche sollte vorzüglich sein.

Die Kellnerin geleitete sie zu ihrem Platz direkt neben dem Kamin. Es war warm genug, weshalb an diesem Abend kein Feuer entzündet wurde, doch der Duft der abgebrannten Scheite lag noch ganz leicht in der Luft.

Santino rückte ihr den Stuhl zurecht und nahm ihr gegenüber Platz. Sie musterte ihn unauffällig. Irgendwie war es eigenartig, mit ihm hier zu sitzen, einem Polizisten, den sie überhaupt nicht kannte. Attraktiv war er, das konnte sie nicht leugnen, und sie ertappte sich bei dem Gedanken, ihn mit Angelo zu vergleichen. Einen großen Unterschied gab es: Santinos Lächeln war charmant und ließ jede Spur von Verschlagenheit vermissen. Was sie auf die Frage brachte, wieso sie eigentlich hier saßen, er würde wohl kaum mit jedem Entführungsopfer einfach so essen gehen.

Er fing ihren Blick auf. Es war schon zu viel Zeit vergangen, in der keiner von ihnen etwas gesagt hatte. Er nickte ihr verlegen zu, sie lächelte.

»Und, warst du hier schon mal?«, fragte er.

»Noch nie, aber ich wollte immer schon einmal hier essen. Du?«

»Ich auch nicht.«

Peinliches Schweigen breitete sich wieder aus. Glücklicherweise tauchte die Kellnerin mit der Speisekarte auf.

»Komisch, dass du mich ausgerechnet hierher eingeladen hast. Hier gibt es doch nur friulanische Spezialitäten.«

Er lachte auf. »Die Küche ist für mich in der Tat etwas gewöhnungsbedürftig. Aber nicht schlecht. Und ich probiere gern mal was Neues.«

»Was isst man denn in Kalabrien so?«

»Hauptsächlich Scharfes.«

»Tatsächlich?«

»In der Gasse, in der ich aufgewachsen bin, hingen an so ziemlich jeder Hauswand Büschel von Peperoncini zum Trocknen. Das ist unser Hauptnahrungsmittel. Oh, und Zwiebelmarmelade und Thunfischeier natürlich.«

Alexandra war perplex. Sie war sich nicht sicher, ob er das ernst meinte oder sie veräppeln wollte.

»Nein, ich mache nur Spaß. Obwohl das mit den Peperoncini tatsächlich stimmt, meine Mutter macht das heute noch. Immer wenn ich nach Hause fahre, finde ich zumindest ein Büschel zum Trocknen an der Hausmauer vor.«

»Das ist ja süß.«

»Tja …« Er lächelte verschmitzt und überflog die Speisekarte. »Bei etwa der Hälfte hier weiß ich nicht mal, was es ist.«

Alexandra grinste. »Da sind wir schon zwei.«

»Wir bestellen einfach von allem etwas und sehen, was passiert. Was hältst du davon?«

»Das machen wir.«

Die Kellnerin machte zwar ein eigenartiges Gesicht, als Santino ihren Wunsch äußerte, doch sie versprach, der Koch würde eine schöne Vielfalt zusammenstellen. Dazu orderte er eine Flasche Tocai. Als sie gegangen war, faltete er erwartungsvoll die Hände auf dem Tisch. »Genug von mir«, sagte er. »Jetzt will ich etwas über dich erfahren.«

»Frag mich bloß nicht, was wir dort essen, wo ich herkomme. Ist dem Friulanischen nämlich gar nicht so unähnlich, das kann ich dir sagen.«

»Wie gesagt, ich bin immer offen für Neues«, erwiderte er und deutete ein Zwinkern an.

Alexandras Herz klopfte plötzlich schneller.

ELF

Die Sonne über dem Isonzo war kaum aufgegangen, in den Wiesen glitzerten noch die letzten Tropfen des nächtlichen Regens, und zwischen den Weinbergen hingen vereinzelte Nebelfelder, als Alexandra, bewaffnet mit vier dampfenden Kaffeebechern, das Präsidium betrat. Zum ersten Mal seit Langem fühlte sie sich einigermaßen ausgeruht, und das, obwohl sie nur wenige Stunden am Stück geschlafen hatte, ehe sie, ohne zu wissen, warum, hochgeschreckt war. Santino Capello war ihr nach dem Aufwachen als Erstes in den Sinn gekommen. Ziemlich naheliegend, denn er war auch der Letzte, den sie am Abend zuvor gesehen hatte. Die Zeit, die sie mit ihm verbracht hatte, war ganz nett gewesen, er war auf eine erfrischende Art lustig und offenherzig. Dennoch bezweifelte sie stark, dass ausgerechnet er dafür verantwortlich war, dass sie endlich wieder gut geschlafen hatte, viel eher lag das an dem tollen warmen Essen und absoluter Erschöpfung.

Commissario Medeot war bereits da, so wie sie gehofft hatte. Am liebsten würde er sie komplett aus den Ermittlungen ausschließen, das war ihr klar, doch so einfach würde sie es ihm nicht machen. Schließlich war sie eine wichtige Zeugin, er brauchte sie, es war ihm nur noch nicht klar. Und Alexandra wollte selbst auch wissen, was mit Angelo geschehen war. Sie musste es einfach wissen.

Sie grüßte freundlich und hielt den Pappträger mit den Kaffeebechern hoch. »Ich dachte, Sie hätten vielleicht gern einen Frischgerösteten.«

Medeot zögerte einen Moment, griff dann aber zu. »Vielen Dank. Womit verdienen wir diese Freundlichkeit?« In seiner Stimme lag dieser gewisse Unterton, er ahnte natürlich, dass Alexandra nicht nur aus Gefälligkeit hier war.

»Ich wollte mich nur erkundigen, wie es vorangeht, und meine Hilfe anbieten.«

»Es ist löblich, wie sehr Sie sich engagieren, und ich kann nachvollziehen, dass Sie sich Sorgen um Cherubini machen …«

»Blödsinn, ich mache mir keine Sorgen um Angelo. Es geht mir darum, diese Verbrecher zu schnappen, damit ich endlich wieder ruhig schlafen kann.«

Medeot hob beschwichtigend die Hände. »Was immer auch Ihre Intention sein mag, ich kann nicht zulassen, dass Zivilisten einfach so in polizeilichen Ermittlungen mitmischen. Das müssen Sie verstehen.«

»Aber Angelo ist doch auch Zivilist, und ihn ließen sie teilhaben.«

»Das ist etwas anderes, er war als Berater tätig. Und natürlich war auch er nicht voll involviert. Aber ich verspreche Ihnen, sobald es etwas Neues gibt, erfahren Sie es als Erste.«

Sein Blick war eisern, er würde sich nicht umstimmen lassen. Alexandra nickte nur und nahm einen Schluck von ihrem Kaffee. Er schmeckte genauso bitter wie die Erkenntnis, dass sie umsonst hergekommen war.

»Commissario«, ein Polizist, der wohl noch von der Nachtschicht war, kam auf Medeot zu, »da sind Sie ja. Jemand hat für Sie angerufen. Sie waren noch nicht hier, darum habe ich den Anruf entgegengenommen.«

»Danke, Ispettore Battaglia. Wer war es denn?«

»Das weiß ich leider nicht. Ich war mir auch nicht sicher, ob ich es Ihnen überhaupt ausrichten soll. Gut möglich, dass es nur ein verrückter Spinner war, aber ich finde, das sollten Sie selbst entscheiden.«

»Spinner gibt es leider viel zu viele. Was hat er denn gesagt?«

»Er sagte, er müsse Sie dringend sprechen, es gehe um Leben und Tod. Dann laberte er irgendetwas von einer Frau und einem Spiegel und Dante. Und als wäre das nicht verrückt genug, hat er noch einen Reim aufgesagt, irgendetwas mit Rauch und Licht. Tut mir leid, den genauen Wortlaut weiß ich nicht, wie gesagt, er hörte sich an wie ein Verrückter. Können Sie damit etwas anfangen?«

»Nicht wirklich.«

»Moment mal.« Alexandra ging dazwischen. »Rauch und Licht?«

»Ja, ich meine schon. Der Spruch war auf Friulanisch, das

kenne ich nur von meinen Großeltern. Spricht doch heute in der Stadt keiner mehr.«

Medeot verzog die Mundwinkel und schwieg.

Alexandra kramte hastig ihr Handy hervor. Hoffentlich hatte sie die Notiz nicht schon längst gelöscht. »Sagte er vielleicht ›Tra l'amôr e il fum no si viôt nancje la lum‹?« Das Sprichwort hatte sie sich vor langer Zeit notiert. Es war einfach so schön, dass sie es nicht vergessen wollte. Unmöglich, dass das ein Zufall war.

»Ja, das kann sein, ich glaube, genau so hat er es gesagt.«

»Danke, Battaglia«, sagte Medeot, woraufhin der Polizist ihm zunickte und sich verabschiedete. »Woher wussten Sie das?«, fragte er an Alexandra gewandt. »Ich kenne diese Redensart. ›Durch Liebe und Rauch sieht man kein Licht.‹ Die friulanische Art zu sagen, dass Liebe blind macht. Wie kommen Sie darauf?«

»Es ist Angelo«, erklärte sie aufgeregt. »Er lebt! Er ist es, der angerufen hat.«

Medeot antwortete nicht, sondern sah sie nur wieder so seltsam mitleidig an.

»Ich meine es ernst, Commissario. Diesen Spruch habe ich von ihm. Wort für Wort. Er weiß, dass ich dadurch sofort auf ihn kommen muss. Das ist kein Zufall, er ist es.«

»Hätte er nicht einfach seinen Namen sagen können? Immer diese Geheimnistuerei.«

»Wahrscheinlich konnte er es eben gerade *nicht* und musste anders auf sich aufmerksam machen.« Wie war es möglich, dass Medeot das immer noch nicht einsah? Angelo befand sich in den Fängen überaus gefährlicher Leute, da war das doch naheliegend.

»In Ordnung, ich glaube Ihnen. Und was bedeutet der Rest, das mit dem Spiegel und Dante? Kann er mit der Frau Sie gemeint haben?«

»Schon möglich. Keine Ahnung.«

Medeot seufzte. »Wie gehabt also, wir treten auf der Stelle. Nun denn, es gibt viel zu tun, ich muss mich an die Arbeit machen. Bearzot soll herausfinden, was diese Begriffe bedeuten und vor allem, was Dante damit zu tun hat. Danke nochmals für den Kaffee, das war sehr nett von Ihnen.«

Alexandra nahm Medeots Ansage ohne Widerworte hin. Sie hatte gerade jedes Interesse daran verloren, im Präsidium zu bleiben, denn es gab einen Ort, an den sie jetzt dringender wollte. Welche Rolle Dante in der Sache spielte, wusste sie nicht, doch sie konnte ihn zumindest fragen.

Gemächlich schlenderte sie in die Teeküche, in der sie sich mittlerweile bediente, als würde sie hier arbeiten. Niemand schien sich daran zu stören, kaum jemandem war es entgangen, dass sie immer öfter an Medeots Seite durch die Flure wanderte. Sie tat, als würde sie eine Tasse Tee zubereiten. Medeot war schon wieder in einen Stapel Papiere vertieft, und der Polizist, der momentan ihr Schatten war, unterhielt sich angeregt mit einem Kollegen. Das war ihre Chance, sie musste zumindest versuchen, ungesehen aus dem Gebäude zu kommen.

Da kamen wie heraufbeschworen zwei Männer und eine Frau gemeinsam den Flur entlang und steuerten auf die Halle und den Ausgang zu. Es waren keine Polizisten, so viel war sicher. Flink trat sie zu ihnen auf den Gang und hängte sich unauffällig an sie ran. Dem Streifenpolizisten fiel sie nicht auf, und Medeot hatte seine Bürotür mittlerweile geschlossen.

Der Bus nach Grado ließ nicht lange auf sich warten. Der öffentliche Nahverkehr in der Gegend war gar nicht schlecht, dennoch brauchte man hier vor allem eines: Zeit. Nach gut fünfundvierzig Minuten Fahrt hatten sie gerade erst Monfalcone passiert, und Alexandra rutschte zunehmend nervös auf ihrem Sitz herum. Sie nahm es Medeot ein wenig übel, dass er sie so krampfhaft aus den Ermittlungen raushalten wollte. Es war beinahe so, als traue er ihr nicht. Dieser Umstand trug grundlegend dazu bei, dass sie ihm die Existenz von Angelos Stammkneipe vorenthalten hatte. Doch das war es nicht allein. Angelos Anspielung auf das Sprichwort, das nur Alexandra mit ihm in Verbindung bringen konnte, machte deutlich, dass die Nachricht für sie gewesen war. Sie war auch die Einzige, die wusste, dass mit dem scheinbaren Verweis auf Dante Alighieri, den Dichter, Dantes Bar gemeint war, schließlich hatte sie ihn dort kennengelernt. Die Polizei hatte von alldem keine Ahnung, und es würde niemandem etwas nützen, wenn sie die Bar auseinandernahmen und in ihren Akten über Angelo vermerkten.

Die Ironie des Vorwurfs gegenüber Medeot, er würde ihr nicht vertrauen, wurde ihr auf einmal seltsam bewusst, aber sie wusste sich zu helfen und erstickte die Überlegung sogleich im Keim. Wenn schon, war das ein Henne-Ei-Problem. Sie hatte erst begonnen, eigene Wege zu gehen, als Medeot sie ausgeschlossen hatte, und nicht andersrum. Sie hatte sich also nichts vorzuwerfen.

Der Linienbus hielt an seiner Endstation in Cervignano del Friuli. Alexandra musste sich beeilen, um den Anschluss nach Grado nicht zu verpassen, der – wie sollte es anders sein – natürlich nicht dort abfuhr, wo der andere hielt. Es war eine beschilderte Gerade von ein paar hundert Metern. Alexandra schaffte es dennoch, einmal falsch abzubiegen. Im letzten Moment sprang sie in den Bus, hinter ihr schlossen sich die Türen, und er setzte sich in Bewegung.

Sie war nervös, denn sie hatte keine Ahnung, was für Geheimnisse diesmal in Grado auf sie warteten.

Dante, der noch nie ein Wort mit ihr gesprochen hatte, sprach auch heute nicht mit ihr.

»Angelo schickt mich«, erklärte sie dem Glatzkopf mit dem zerfurchten Gesicht, wegen dessen dämonisch-schweigsamer Art sie die namenlose Bar »Dantes Inferno« getauft hatte, und versuchte, seinem Blick nicht auszuweichen. Er reagierte nicht. Es war zum Aus-der-Haut-Fahren. »Könntest du mich bitte ein einziges Mal nicht ignorieren, wäre das möglich?«, blaffte sie ihn an. »Das ist kein Scherz.«

Er zuckte mit den Schultern, schenkte ein Glas Weißwein ein und stellte es ihr vor die Nase.

»Nein, hör zu. Ich meine es ernst. Angelo wurde entführt, und womöglich werden die ihn umbringen. Du bist der einzige Hinweis, den ich von ihm habe. Bitte, ich habe Angst um ihn. Du musst mir helfen.«

Irgendetwas von dem, was sie sagte, schien tatsächlich bei

Dante anzukommen. Er schlurfte nach hinten und kehrte mit einem dünnen Kuvert zurück.

Hastig riss sie den Klebestreifen ab und faltete einen Zettel auseinander.

Liebste Alessandra,
es ist an der Zeit, dass diese Geschichte ein Ende hat, deshalb werde ich mich diesen Leuten morgen ausliefern. Ich weiß nicht, ob die Sache gut für mich ausgehen wird, aber ich will, dass du weißt, dass alles, was ich vorhin zu dir sagte, ernst gemeint war, und ich hoffe, dass du mir eines fernen Tages doch verzeihen kannst.

Angelo

»Ist das alles?« Sie stöhnte.

Dante deutete ein Nicken an.

»Scheißdrecksliebesbriefe. Muss ich etwa wieder einen Code entschlüsseln, oder was? Das kann ich nicht, verdammt noch mal.« Sie knallte das Papier, so fest man ein Papier knallen konnte, auf die Theke und legte die Hände wie zum Gebet aneinander. »Hör mir zu. Du musst mir helfen, okay? Du brauchst nur zu nicken oder den Kopf zu schütteln, mehr verlange ich gar nicht. Kriegst du das hin?«

Keine Reaktion, was hatte sie auch erwartet? Allerdings starrte Dante sie aufmerksam an, vielleicht etwas weniger grimmig als üblich, irgendwie versöhnlicher. Zumindest ein kleines bisschen. Bildete sie sich jedenfalls ein.

»Angelo hat dir diesen Brief vorgestern gegeben?«

Dante nickte leicht. Es war kaum zu erkennen, aber er tat es, zweifellos. Alexandra wollte erleichtert aufatmen, doch sie hatte das Gefühl, dass das seine Plauderstimmung sofort zunichtemachen könnte, also versuchte sie, jede Regung zu unterdrücken.

»Worum hat er dich gebeten?«

Dante legte den Kopf schräg.

»Meine Güte. Na gut, lass mich überlegen.« Sie dachte einen

Moment nach. Sie musste die richtigen Fragen stellen, sonst kam sie hier nicht weiter. »Solltest du mir den Brief nur geben, wenn ich persönlich hier auftauche?«

Dante nickte.

Sonderlich beruhigend war das nicht. Was immer Angelo befürchtete, er setzte sie vielleicht deshalb darauf an, weil er selbst mit drinsteckte und dafür sorgen würde, dass alles genauso ablief, wie er es geplant hatte. Um ... ja, um was? Anscheinend war sie die Einzige, die ihm helfen konnte. Die Frage war nur, wobei. Sollte sie ihn retten oder ihm in Wahrheit bei einer seiner Betrügereien behilflich sein? War sie jetzt völlig paranoid? Und war es wirklich Paranoia, nach allem, was sie schon erlebt hatte? Oder nicht viel eher die berechtigte Angst, erneut benutzt zu werden?

»Hat er etwas über einen Spiegel gesagt?«

Dante wiegte den Kopf hin und her.

»Oder über eine Frau?«

Wieder Fehlanzeige.

»Bist du dir sicher? Er hat keinen Spiegel und keine Frau erwähnt?«

Dante machte eine ablehnende Handbewegung.

»Hat er zu dem Brief etwas gesagt? Außer dass du ihn mir geben sollst? Irgendetwas?«

Ein klares Nein von Dante.

Sie stöhnte. »Na toll. Danke trotzdem. Du kannst ja nichts dafür, dass Angelo so ein Trottel ist.«

Sie wandte sich zum Gehen, ohne das Glas Wein anzurühren. Zum ersten Mal seit Langem war ihr ganz und gar nicht nach Alkohol. Und die Aufregung schlug ihr auf den Magen.

»Also ist der Brief wirklich ein blöder Code«, beschwerte sie sich verärgert. »Doch den werde ich nie entschlüsseln, weil es dafür ungefähr dreißig Millionen verschiedene Möglichkeiten gibt.«

Sie hörte Dante auf das Holz der Theke klopfen und drehte sich um. Er schüttelte heftig den Kopf.

»Nein?«, fragte sie irritiert. »Nein, ich werde ihn nicht entschlüsseln? Danke, das habe ich selbst gerade festgestellt.«

Dante verdrehte die Augen. Alexandra wurde neugierig.

»Nein, es ist kein Code, willst du sagen?«

Er nickte.

»Woher willst du das wissen?«

Er starrte sie aus seinen tiefschwarzen Augen an. Dann griff er nach dem Brief, der noch dort lag, wo sie ihn achtlos hingeknallt hatte, strich ihn glatt und reichte ihn ihr.

»Was soll ich damit?«, knurrte sie ungeachtet dessen, dass Dante nur Ja-Nein-Fragen beantworten konnte oder wollte.

Er deutete auf den Brief, dann auf sie und zu guter Letzt auf seine Brust, an die Stelle des Herzens.

»Oh, würg«, entfuhr es Alexandra. »Nichts für ungut.«

Sie nickte knapp zum Abschied und sah zu, dass sie schleunigst wegkam.

Sackgassen, nichts als Sackgassen, es war einfach unglaublich. Sie schritt den Gehweg entlang und bog ganz automatisch in die Richtung von Angelos Wohnung ab. Eine Windbö fegte durch die Gasse und raubte ihr für einen Moment den Atem. Der Tag hatte schön angefangen, doch nun zog der Himmel sich mehr und mehr zu. Auf der Insel konnte das schnell gehen, binnen Minuten konnten sich Gewitter zusammenbrauen und genauso schnell wieder auflösen. Der Wind fegte wie der Vorbote eines kommenden Unglücks durch Alexandras Haar. Glücklicherweise glaubte sie nicht an böse Omen.

Sie rettete sich in das windstille Treppenhaus. Wozu der Hinweis auf Dante, wenn er dann doch zu nichts führte? Ein lächerlicher Liebesbrief, der ihr überhaupt nichts bedeutete und, wenn sie ehrlich war, auch nicht besonders aufhebungswürdig war. Von jemandem, der auf Rilke und Joyce stand, hätte sie wirklich mehr erwartet. Nicht dass sie etwas in der Art gewollt hätte, doch weit unter der Oberfläche kränkte es sie, dass er nicht mehr für sie parat gehabt hatte als ein paar Zeilen, in denen er darum bettelte, dass sie ihm verzieh. Wie immer war er absolut egoistisch. Es kümmerte ihn überhaupt nicht, wie es um Alexandra stand, solange er sein eigenes Gewissen beruhigen konnte. Das könnte ihm so passen.

Sie würde ihm ganz bestimmt nicht den Gefallen tun und ihn von seiner Schuld erlösen.

Sie schloss die Tür zum Penthouse auf. Vielleicht hatte er sie mit dem Hinweis auf Dante auch einfach nach Grado locken wollen und ging davon aus, dass sie den Wink verstehen und seine Wohnung aufsuchen würde.

Im selben Moment, in dem sie den Gedanken zu Ende gebracht hatte, wurde ihr klar, wie lächerlich er war. Was aber wollte sie sonst hier? Ganz sicher nicht sich so fühlen, als wäre Angelo noch da.

Etwas hilflos blickte sie sich in der Wohnung um. Es musste einen Hinweis geben auf … irgendetwas. Sie hatte beim letzten Mal bestimmt etwas übersehen. Nachdem sie die Akte über Enzo Morabito gefunden hatte, hatte sie nicht mehr großartig weitergesucht. Jetzt, nach Angelos Anruf, besaß sie neue Informationen, sie musste nur noch herausfinden, was sie bedeuteten.

Als Erstes sah sie sich das Arbeitszimmer erneut an. Es war alles noch genau so, wie sie es verlassen hatte, das glaubte sie zumindest. Allzu genau hatte sie den Raum nicht in Erinnerung. Wozu brauchte jemand wie Angelo überhaupt ein Arbeitszimmer? Das war die Frage, die sie gerade mehr interessierte. Sie sah sich um. Genau genommen war es eher ein Gästezimmer, die Couch in der Ecke sah aus, als würde sie sich zu einem Bett ausziehen lassen. Etwas planlos wühlte sie durch die Unterlagen auf dem Schreibtisch. Da waren Kopien von Buchseiten, irgendwelche Skizzen von Gebäuden und Landschaften. Dass Angelo auch zum Spaß malte, hatte er ihr zwar erzählt, doch sie hatte nie etwas von ihm zu Gesicht bekommen und bezweifelte, dass überhaupt etwas Legales in dieser Art existierte. Sie wollte gar nicht wissen, welches Gemälde er mit diesen Kritzeleien kopiert hatte.

Sonst gab es nicht viel Interessantes zu entdecken, bis auf ein paar alte Zeitungen. Eine stach ihr ins Auge, das heißt, es war vielmehr eine einzelne Seite, die von Angelo sorgsam ausgeschnitten worden war. Ein Artikel über ihn selbst. Alexandra verdrehte die Augen, auch wenn niemand hier war, der es sehen konnte. Es passte zu Angelo, so etwas aufzuheben.

Vor der Tür zum Schlafzimmer hielt sie inne. Ihr war nicht wohl bei dem Gedanken, dort hineinzugehen, dennoch drückte sie die Klinke hinunter und trat ein. In dem geräumigen Zimmer befand sich nicht viel mehr als ein Bett, ein Kleiderschrank und eine Kommode. Kein Fernseher, kein Kram, keine persönlichen Dinge, die darauf schließen ließen, wer hier wohnte. Vielleicht hatte er alles mitgenommen, als er damals abgehauen war. Sie nickte. Ja, so musste es sein. Jetzt war sie nicht mehr so zimperlich und wühlte sich durch alles, was sich in dem Zimmer befand. Irgendetwas musste sie finden.

Für einen kurzen Moment drängte sich ihr der Gedanke auf, dass Angelo mit seinem Hinweis bestimmt nicht darauf abgezielt hatte, dass sie sein Schlafzimmer auf den Kopf stellte, doch diesen Einwand würgte sie sofort wieder ab. Sie fand, sie hatte sogar ein gutes Recht herauszufinden, wer Angelo wirklich war und was er so verbarg. Nach all den Lügen war das nur fair.

Sie fand absolut gar nichts. Keuchend schob sie sich rückwärts unter dem Bett hervor und stützte sich stöhnend auf der Matratze ab. Es war tatsächlich wahr. Er hatte alle Spuren beseitigt oder zumindest nichts hinterlassen, was darauf hindeutete, dass er vor ein paar Tagen schon einmal hier gewesen war. Sie zog das Kissen zu sich heran und legte den Kopf darauf ab. Nur für einen kurzen Augenblick. Es roch nach ihm. Sie sog den Duft ein, bis sie realisierte, was sie da eigentlich tat, und abrupt innehielt.

Mit einem Mal schämte sie sich vor sich selbst. Was sollte das? Dafür war sie ganz sicher nicht hergekommen. Hastig sprang sie auf, legte das Kopfkissen zurück an seinen ursprünglichen Platz und verließ das Schlafzimmer.

Auch das restliche Apartment war eine Sackgasse.

Leise fluchte sie vor sich hin und schlug die Tür zum Eisfach zu. Das war absolut lächerlich. Selbst in diesem Spionagefilm, den sie vor Ewigkeiten gesehen hatte und in dem der entscheidende Hinweis in einer Packung Tiefkühlerbsen versteckt war, war das lächerlich gewesen. Das hier war ganz und gar kein Spionagefilm, es war einfach nur Blödsinn. Sie wusste nicht, was sie hier überhaupt noch tat, außer krampfhaft zu versuchen,

Angelo nahe zu sein. Wofür sie sich, nebenbei bemerkt, selbst verfluchte. Dieser Mann hatte nicht eine einzige Sekunde ihrer Aufmerksamkeit verdient. Und doch schaffte sie es einfach nicht zu gehen.

Resigniert ließ sie sich auf die große Couch im Wohnzimmer fallen und versuchte, ihre Gedanken zu ordnen. Bestimmt hatte sie sich geirrt, und mit Dante war wirklich Dante Alighieri gemeint. Das wäre bei Weitem nachvollziehbarer, als dass Angelo bei Medeot anrufen und einen Hinweis hinterlassen würde, den der gar nicht verstehen konnte, in der Hoffnung, Alexandra würde ihn bekommen. War es möglich, dass sie sich die ganze Zeit etwas vormachte? Aber wieso hatte Dante dann den Brief für sie gehabt? Sie rieb sich mit beiden Händen das Gesicht, als könnte sie dadurch den unsichtbaren Schleier wegwischen, der zwischen ihr und der Realität stand. Als sie die Arme sinken ließ und sich zurücklehnte, bemerkte sie an der gegenüberliegenden Wand ein Gemälde. Es hingen einige Kunstwerke verschiedenster Epochen und Stile in der Wohnung, ein Mix, der seltsamerweise nicht störte, im Gegenteil. Doch dieses spezielle Gemälde zog nun ihre ganze Aufmerksamkeit auf sich. Es zeigte nicht viel mehr als eine Frau – und einen Spiegel. Hastig sprang sie auf. Das konnte unmöglich ein Zufall sein, oder bildete sie sich auch hier einen Zusammenhang ein, der gar nicht da war?

Sie trat an das Bild heran. Schräg hinter der Frau stand noch ein Mann, offenbar ein Diener, der einen großen Spiegel hinter ihr ausrichtete und einen weiteren kleinen vor ihr Gesicht hielt, während sie sich die Haare machte. Es war schön. Sie wünschte, sie würde sich etwas mehr mit der bildenden Kunst auskennen. Bedauerlicherweise hatte sie in diesem Bereich kaum etwas, das als Allgemeinbildung durchging. Nervös fummelte sie mit den Fingern am breiten schlichten Rahmen entlang, um vielleicht irgendeinen Hinweis zu entdecken. Vielleicht ein Stück Papier, das Angelo dort platziert hatte, oder einen USB-Stick oder keine Ahnung, was. Doch irgendwas *musste* hier sein.

Nichts.

Vorsichtig nahm sie das Bild von der Wand. Es war gut einen

Meter hoch, und der Rahmen wog gefühlt eine halbe Tonne. Sie musste sich bemühen, es nicht fallen zu lassen. Ächzend ließ sie es zu Boden sinken. Die Wand dahinter war leer. Ein Safe wäre auch zu banal für jemanden wie Angelo gewesen. Auch auf der Rückseite des Rahmens fand sich nichts, was Alexandra irgendwie verdächtig vorkam, und dennoch würde sie jetzt und hier ihren rechten Arm darauf verwetten, dass dieses Bild etwas mit Angelos Verschwinden zu tun hatte.

Mit jedem Schritt, den sie das Bild tragen musste, verwandelte es sich mehr und mehr in reines Blei. Keuchend stellte sie es ab. So viel zu ihrem Plan, es zu Gasparo, dem alten Antiquitätenhändler und ehemaligen Partner Angelos, nach Venedig zu bringen. Sie würde es nie schaffen, das sperrige Ding durch die schmalen Gassen zu bugsieren. Stattdessen griff sie zum Handy und bat Santino Capello um Hilfe.

Er wartete bereits auf sie, als sie in Görz aus dem Bus zu steigen versuchte. Der Ausstieg war schmal, die Stufen hoch, und sie wünschte Angelo zur Hölle dafür, dass er nicht einfach sagen konnte, was Sache war. Wahrscheinlich fand er es amüsant, sie und die Polizei im Kreis laufen zu lassen. Wortlos nahm Santino ihr das Bild ab und machte den Weg für die Fahrgäste frei, die hinter ihr schon ungeduldig warteten. Alexandra konnte seinen Blick nicht so recht deuten, doch sie hatte das eigenartige Gefühl, sie müsste sich entschuldigen.

»Ein Spezialist wartet auf uns, er wird sich das Bild ansehen«, erklärte Santino. »Commissario Medeot wird davon erfahren, und es wäre besser für uns beide, wenn er es von dir hört.«

Alexandra nickte. Sie hatte ohnehin vorgehabt, Medeot über alles zu informieren, allerdings erst, wenn sie etwas vorzuweisen hatte.

»Und, was sagen Sie?«, fragte sie ungeduldig, nachdem der von Santino angeforderte Spezialist das Gemälde nun schon seit einer Ewigkeit eher bewunderte als fachmännisch begutachtete.

»Entschuldigen Sie, ich habe mich wohl etwas hinreißen lassen.

Ich bin ein Bewunderer der großen Renaissancekünstler, müssen Sie wissen, vor allem von Tizian, der als einer der Hauptmeister der italienischen Hochrenaissance gilt, wenn nicht sogar als der wichtigste. Ich bin wirklich beeindruckt. Dieses Bild repräsentiert die venezianische Schönheit des sechzehnten Jahrhunderts in einer wirklich eindrucksvollen Weise.«

»Aber fällt Ihnen daran etwas auf? Es ist doch sicher gefälscht.« Alexandra hatte weder die Lust noch die Zeit, sich diese unwichtigen Ausführungen anzuhören, nur weil es ihn privat interessierte.

»Es stammt aus der Periode, in der Tizian sich von seinem Meister zunehmend distanzierte und auf eine breite Palette von helleren Farben und das Spiel von Licht und Schatten umstieg. Das zeigt sich vor allem hier, am Rotton des Gewandes des Dieners im Hintergrund. Und die Pinselstriche tendieren ganz leicht nach rechts. Überhaupt entsprechen die Farben Tizians Palette: roter Ocker, gebrannte Siena, Bleiweiß und Elfenbeinschwarz. Um das zu verifizieren, werde ich aber dennoch eine Probe nehmen.«

»Das heißt, Sie glauben, es ist echt?«

»Ich bezweifle, dass das tatsächlich möglich wäre. Das Öl wird uns Gewissheit verschaffen. Die einzelnen Pigmente wurden zu der Zeit meist mit Leinsamenöl gebunden, und das braucht Jahrzehnte zum Trocknen. Danach erst beginnt das Öl zu verdunsten, und die Oberfläche wird brüchig. Die Mikrorisse hier könnten also tatsächlich auf eine Entstehung im sechzehnten Jahrhundert hindeuten. Wenn Sie erlauben, nehme ich einige spektroskopische Untersuchungen vor, dann sollten wir uns ein Urteil bilden können. Entweder ist das hier eine Fälschung oder das, das im Louvre hängt.« Er lachte auf. »Ich denke, das Ergebnis wird eindeutig sein.«

Kleinlaut stand Alexandra vor Medeots Schreibtisch und knetete ihre Hände. Er hatte noch kein Wort gesagt, sondern sich ihre Geschichte mit skeptischem Blick angehört.

»Etwas vage, finden Sie nicht?«, sagte er schließlich.

Alexandra spürte, dass er gekränkt war, aber er konnte ihr unmöglich verübeln, dass sie auf eigene Faust losgezogen war, nachdem er sie quasi vor die Tür gesetzt hatte. Und schließlich hatte sie ihm nichts vorenthalten, sie war ja hier und erzählte ihm, was sie herausgefunden hatte.

»Aber Sie müssen doch erkennen, dass das kein Zufall ist. Er wollte, dass wir auf dieses Gemälde stoßen.«

»Was ziemlich dumm von ihm war. Damit hat er uns nur einen neuen Grund gegeben, ihn festzunehmen.«

»Sie wollen ihn festnehmen, weil er eine Kopie eines Gemäldes in seinem Wohnzimmer hängen hat? Was bitte soll daran verboten sein?«

»Kopien, die so nah an das Original herankommen wie diese, sind als solche auszuweisen, das wissen Sie. Doch das ist nicht der Fall, ganz im Gegenteil sogar, das Bild trägt Tizians Signatur.«

»Bitte, Commissario. Das ist endlich ein halbwegs brauchbarer Hinweis. Wollen Sie ihm nicht wenigstens nachgehen?«

Medeot bedachte sie mit einem langen Blick, den sie nicht so recht zu deuten wusste. »Keine Alleingänge mehr«, erklärte er trocken. »Das ist mein Ernst.«

»Von mir, meinen Sie? Nein«, sie schüttelte hastig den Kopf, »natürlich nicht. Sie haben mein Wort.«

»Na gut. Ich will Ihnen glauben. Aber ich behalte Sie im Auge.«

»Vielen Dank. Also ich denke, es hat möglicherweise etwas mit dem Louvre zu tun. Der Fachmann sagte, das Original befinde sich dort, der Raum sei aber momentan nicht für die Öffentlichkeit zugänglich. Das Zweite, was ich mir gedacht habe, ist, dass es um Venedig geht. Tizian lebte in Venedig, und viele seiner Werke sind immer noch dort. Nicht nur Fresken, sondern auch Gemälde, die sich relativ leicht stehlen lassen würden. Zumindest leichter als im Louvre, oder was meinen Sie?«

Medeot musterte sie nur skeptisch.

»Tut mir leid, das ist alles, was ich habe. Haben Sie denn eine bessere Idee?«

Langsam ging ihr Medeots vorgetäuschtes Desinteresse auf die Nerven. Sie wusste, dass er mindestens genauso sehr wie sie selbst darauf erpicht war, den Fall aufzuklären, und das nicht nur, weil er es musste.

»Wissen Sie«, begann er übertrieben bedächtig zu erzählen, »von Dante Alighieris Werken über Spiegelkabinette bis hin zu einem Film aus den Achtzigern haben wir jeden Stein umgedreht. Ich habe mir diesen dämlichen Film sogar angesehen, ›Una donna allo specchio‹. Eineinhalb Stunden verschwendete Lebenszeit, mehr will ich dazu nicht sagen. Aber während der Film lief, habe ich den Titel gegoogelt. Und da sah ich, dass es nicht nur einen Film gibt, der so heißt, sondern auch dieses Bild, das Sie uns gebracht haben. Tja, und in dem Zusammenhang erinnerte ich mich an etwas.«

Er beugte sich hinter seinem Schreibtisch nach unten, öffnete eine der Schubladen und wühlte darin herum. Schließlich zog er ein zusammengefaltetes Prospekt hervor und reichte es ihr.

»Il grandissimo Maestro«, las sie. Der große Meister. Sie schlug die Broschüre auf. »Tiziano Vecellio und seine Werke … einzigartig in Friaul, mit Leihgaben aus ganz Europa … Villa Manin?«

»Ganz genau«, sagte Medeot triumphierend.

Irritiert hob sie die Broschüre. »Aber … das würde ja bedeuten, dass …«

»Dass eine ganze Wagenladung an Tizian-Gemälden sich in ein paar Tagen nicht einmal eine Autostunde von hier entfernt befinden wird.«

»Oh Mann. Das muss es sein, das muss Angelo gemeint haben.«

»Hätte er, als er anrief, nicht einfach das Wort ›Tizian‹ sagen können? Wieso muss es bei ihm immer so kompliziert sein?«

»Sie vergessen schon wieder, dass er in deren Gewalt ist. Ich sagte Ihnen doch, er konnte bestimmt nicht frei reden«, erwiderte Alexandra forsch.

»Gehen wir also davon aus, dass es etwas mit dieser Ausstellung zu tun hat. Wollen sie die überfallen?«

»Gut möglich. Die Dinger sind ja einiges wert. Ich habe vorhin im Internet gelesen, dass der letzte Tizian, der versteigert wurde, für knapp zwölf Millionen Euro an einen europäischen Sammler ging.« Ein Wert, den sie in ihrem Kopf kaum fassen konnte.

Medeot stieß pfeifend Luft zwischen seinen Zähnen aus. »Nicht schlecht.«

»Ich verstehe nur nicht, wieso sie dazu unbedingt Angelo brauchen.«

»Ich würde sagen, das finden wir heraus.« Er war aufgestanden und nahm seine Jacke vom Garderobenständer. »Begleiten Sie mich?«

Das war der Satz, auf den Alexandra seit nunmehr vier Tagen gewartet hatte.

ZWÖLF

Die Fahrt zur Villa Manin dauerte nur eine gute Stunde, Alexandra kam es aber viel länger vor. Sie und Medeot wechselten kaum ein Wort, angespanntes Schweigen hatte sich im Wagen ausgebreitet. Alexandra setzte ein paarmal dazu an, ein Gespräch in Gang zu bringen, doch es fiel ihr schwer, ein Thema zu finden, über das sie reden mochte. Sie wollte nicht, dass Medeot die Unterhaltung auf Angelo oder ihre Probleme brachte, also schwieg sie lieber.

In einiger Entfernung sahen sie die ehemalige Landvilla des venezianischen Adels. Die Straße führte schnurgerade direkt auf das Anwesen zu, was es noch imposanter wirken ließ. Im 18. Jahrhundert war die Villa der Rückzugsort des letzten Dogen von Venedig gewesen, und das war schon von außen kaum zu übersehen. Medeot lenkte den Wagen an den Parkplätzen vorbei die lange Einfahrt entlang und kam direkt vor dem Eingang zum Stehen.

Das war also einer der Vorteile, wenn man mit der Polizei unterwegs war.

Sie waren noch nicht ganz ausgestiegen, da flog schon eine der Eingangstüren auf, und ein wütend aussehender Mann in schwarzem Anzug kam ihnen entgegen. Er fuchtelte wie wild mit den Händen. »Eh, che cosa state facendo?«, rief er. »Sie dürfen hier nicht parken, was fällt Ihnen ein?«

Medeot zückte seinen Dienstausweis und hielt ihn dem Sicherheitsmann unter die Nase. »Wer ist für die Ausstellungen verantwortlich?«

Der Mann zeigte sich nicht sonderlich beeindruckt. Die Tatsache, dass direkt vor dem Eingang ein Auto stand, schien seine ganze Aufmerksamkeit zu beanspruchen.

»Signor Fabris«, antwortete er schließlich.

»Wir müssen dringend mit ihm sprechen. Ist er hier?«

»Er ist den ganzen Nachmittag beschäftigt, tut mir leid.«

»Ich bin mir sicher, er kann uns dazwischenschieben.«

»Das geht nicht, Commissario. Signor Fabris möchte nicht gestört werden.«

»Jetzt hören Sie zu, Signore, das ist mir egal. Wir sind in einer polizeilichen Angelegenheit hier, und die hat Vorrang.«

Medeot schlug die Autotür zu, bedeutete Alexandra grimmig, ihm zu folgen, und schritt auf die Villa zu. Überrascht von des Commissarios energischem Auftreten trippelte sie brav und leise hinter ihm her.

»Bringen Sie uns nun zu ihm, oder müssen wir ihn selbst suchen?«, herrschte Medeot den Wachmann an.

»Ist ja gut«, brummte der und wies ihnen sichtlich widerwillig den Weg zu Fabris' Büro.

Antonio Fabris war ein Mann von vielleicht Mitte sechzig mit penibel gestutztem grauem Vollbart, der die beiden hinter seinem Schreibtisch nach der Vorstellung ausgiebig und skeptisch musterte, anscheinend überlegend, ob er sich mit ihnen abgeben wollte oder nicht. Medeot ließ ihm keine Wahl, nahm einfach Platz und bedeutete Alexandra, es ihm gleichzutun.

Fabris faltete die Hände. »Und was genau wollen Sie jetzt von mir, Dottore?«

»Wir gehen einem Hinweis nach, der uns Grund zu der Annahme gibt, dass Ihre Ausstellung das Ziel einer Straftat werden soll.«

»Die Große-Meister-Ausstellung? Wirklich?«

»Es sieht ganz so aus.«

Fabris knetete nervös die Hände. »Das wäre ja furchtbar. Was denken Sie, was passieren wird?«

»Das wissen wir nicht genau. Deshalb sind wir hier.«

»Bitte, Dottore. Ich helfe, wo ich kann.«

»Fangen wir mit der Ausstellung selbst an. Die Eröffnung ist …«

»In drei Tagen.«

»Die Vorbereitungen sind also bereits abgeschlossen?«

»Im Großen und Ganzen. Wir planen noch die Details für die Eröffnung, die im Rahmen einer Gala stattfinden wird. Glauben Sie denn, dass jemand die Kunstwerke stehlen will?«

»Wir sind nicht sicher, aber es wäre durchaus im Bereich des Möglichen. Sie sollten auf alle Eventualitäten vorbereitet sein.«

»Das sind wir. Unser Sicherheitssystem ist sehr modern und wurde kürzlich sogar in einigen Bereichen nachgerüstet.«

Alexandra hatte die bisherige Unterhaltung schweigend verfolgt. Medeot hatte sie angewiesen, ihm das Reden zu überlassen, und sie wollte tunlichst vermeiden, ihn dazu zu bringen, sie wieder aus dem Fall auszuschließen. Doch nun räusperte sie sich.

»Gerade die Eröffnungsgala stellt doch ein erhebliches Sicherheitsrisiko dar, denken Sie nicht? Ich meine, da sind überall Leute, und die Alarmsysteme sind nur teilweise aktiviert. Wenn ich ein Dieb wäre, würde ich genau da zuschlagen.«

Fabris gluckste amüsiert. »Wie Sie sagen, Signora, es werden viele Leute dort sein, ganz zu schweigen von unserem Wachpersonal. Wenn Sie glauben, dass jemand einfach so mit ein paar Gemälden verschwinden könnte, haben Sie nicht besonders viel Ahnung, wovon Sie reden.«

»Ich muss Signora Hüttenstätter zustimmen und rate Ihnen dringend, die Veranstaltung abzusagen.«

Fabris holte erschrocken Luft. »Wie stellen Sie sich das vor? Wir erwarten geladene Gäste aus Politik und Wirtschaft, wichtige Persönlichkeiten! Presidente Serracchiani wird anwesend sein. Das kann man nicht einfach so absagen.«

Medeot hob bestimmt die Hand und fuhr fort: »Ich verstehe Ihre Situation, Signor Fabris, aber Sie haben nicht viele Alternativen. Die Gala wäre in der Tat ein mögliches Ziel, vor allem, da wir davon ausgehen, dass schon sehr bald etwas passieren wird.«

Fabris ignorierte Medeots Einwand, stand auf und schritt erhobenen Hauptes zur Tür. »Folgen Sie mir? Ich führe Sie durch die Räumlichkeiten.«

Sie stapften hinter Fabris durch die Gänge des Museums. Medeot warf Alexandra einen aufmunternden Blick zu, der sie sofort ein Stück weit aufblühen ließ. Ihre Bemerkung war also doch eine gute Idee gewesen.

»Was Sie hier sehen, ist der permanente Teil unserer Ausstellung«, erklärte Fabris, ohne sich umzudrehen. »Auch hier haben wir nachgerüstet. Hochauflösende Kameras, Bewegungsmelder und Drucksensoren.«

»Das ist beeindruckend«, stellte Medeot fest. »Alles eigens für die Tizian-Ausstellung?«

»Nur so war es möglich, eine Ausstellung dieser Größenordnung auf die Beine zu stellen. Wir zeigen private Leihgaben sowie Werke aus anderen Museen. Die Besitzer vertrauen uns und erwarten, dass die Technik auf dem neuesten Stand ist. Dieser Bitte um maximale Sicherheit sind wir selbstverständlich nachgekommen.« Er blieb stehen und deutete auf einen großen Saal zu ihrer Linken. »Hier beginnen die Tizian-Ausstellungsräume und damit auch die strengen Sicherheitsvorkehrungen. Das neue System, das C.S.S.I. 307, das wir installiert haben, ist so ziemlich das sicherste Überwachungspaket, das auf dem italienischen Markt erhältlich ist.«

Das C.S.S.I. 307. Davon hatte Alexandra schon gehört. Compagna Servizi irgendwas. Was für ein dämlicher Name für ein Sicherheitssystem. Er klang, als stammte er aus einem Spionagefilm.

Medeot lugte durch die offene Tür in den Saal. An den Wänden hingen nur wenige Gemälde, die freien Stellen waren mit Platzhaltern und auch bereits mit kleinen Schildern versehen. »Wo bewahren Sie die Kunstwerke in der Zwischenzeit auf?«

»Ah, ich sehe, worauf Sie hinauswollen, Dottore.« Fabris hob theatralisch den Zeigefinger. »Wie ich Ihnen sagte, wir sind vorbereitet. Da hier oben aufgrund der Vorbereitungen für die Gala gearbeitet wird und große Frequenz herrscht, hielt ich es für besser, die wertvollsten Werke an einem absolut sicheren Ort unterzubringen, an dem bei einigen wenigen noch kleine Restaurationen vorgenommen werden. Zudem weiß kaum jemand, wo sich dieser Ort befindet.«

Was für ein aufgeplusterter Wichtigtuer, dachte Alexandra. Würde ihm ganz recht geschehen, wenn man ihn ausraubte, vielleicht würde ihn das auf den Boden zurückholen. Nur weil jemand das C.S.S.I. 307 installiert hatte, bedeutete das schließlich noch lange nicht, dass er sicher vor jedem Diebstahl war. Sie stutzte. Woher wusste sie das eigentlich so genau? Sie hatte weder von Einbrüchen noch von Technik eine besondere Ahnung, geschweige denn, dass sie irgendwelche Sicherheitsunternehmen kannte. Dann fiel es ihr wieder ein. Dass sie nicht gleich darauf gekommen war. Natürlich! Angelo war es gewesen, mit dem sie über das C.S.S.I. gesprochen hatte, wer sonst? Andere Kunstdiebe, von denen sie etwas darüber gehört haben könnte, kannte sie schließlich nicht. Sie hatte sich den Namen gemerkt, denn es war gleichzeitig ihr Geburtstag, der dreißigste Juli. Angelo hatte ihr erklärt, wie sicher die Leute sich mit einem Mal fühlten, sobald sie etwas eingebaut hatten, das als unüberwindbar angepriesen wurde. Doch das war es nicht, hatte er gesagt, das wüsste er genau, denn er hätte schon einmal geschafft, es zu überlisten.

Alexandra keuchte und schlug sich mit der Hand auf die Stirn. Das war es also! Das war ihr Plan.

»Alexandra? Geht es Ihnen gut?«

Hastig nahm sie die Hand wieder herunter. Medeot musterte sie besorgt. »Ist alles in Ordnung?«, wiederholte er.

»Ich weiß, was der große Coup ist.«

Medeot hob überrascht die Augenbrauen. »Sie wissen es?«

Sie nickte hastig und warf einen Seitenblick auf Fabris. Sie war sich nicht sicher, ob sie neben ihm offen reden konnte – das Letzte, was sie wollte, war, Angelo in Schwierigkeiten zu bringen.

»Spannen Sie mich nicht so auf die Folter.«

»Die wollen das Museum wirklich ausrauben. Deshalb brauchen sie An-, ich meine, Sie wissen schon. Er ist einer der wenigen, die das System schon einmal umgangen haben.«

»Sind Sie sicher? Woher wissen Sie das?«

»Er hat damit geprahlt. Ich weiß, er kann es wieder tun. Das ist der Grund, wieso die um jeden Preis an ihn herankommen wollten.«

Medeot sah sie skeptisch an.

Alexandra hätte am liebsten mit dem Fuß aufgestampft. Wie konnte er ihr nach allem, was sie nun schon beigetragen hatte, noch immer nicht glauben? Sie war sich absolut sicher, dass es so war, und sie kannte Angelo schließlich besser als er. Das war ihre Chance, ihn lebend da rauszuholen. Doch so sehr anderer

Meinung war Medeot wohl gar nicht, denn er nickte, und sie sah an seinem Blick, dass er diese Information als Chance ansah, den Diebstahl zu verhindern und Angelo, falls es tatsächlich nötig war, vor der Diebesbande zu retten.

Er wandte sich an Fabris. »Ich brauche eine Liste Ihrer Mitarbeiter plus Hintergrundinformationen, sofort. Und alle externen Firmen, die Sie hier reingelassen haben, sowie die Namen sämtlicher Aushilfen.«

»Mein Assistent wird alles Nötige für Sie heraussuchen.«

Während Fabris hektisch in seinem Büro auf und ab lief, beorderte Medeot Bearzot und Capello her, wohl in weiser Voraussicht, dass die Liste der Mitarbeiter lang sein würde. Alexandra stand irgendwie nur in der Gegend herum und kam sich ziemlich nutzlos vor. Sie versuchte, sich in Erinnerung zu rufen, was Angelo damals genau über das Sicherheitssystem gesagt hatte. Es war lange her, an einem der paar Abende, an denen sie sich in Dantes Bar getroffen hatten. Was für Alexandra als notwendige Recherchearbeit für ihr vorletztes Buch begonnen hatte, war von ihr bald mit jedem Treffen mehr herbeigesehnt worden. Dabei hatte sie damals gar nicht genau sagen können, was der Grund dafür war, Angelo hatte sie einfach von Anfang an in seinen Bann gezogen. Es war nicht nur sein Aussehen, nicht seine tiefblauen Augen und das verschmitzte Lächeln. Es war vielmehr die Art, wie er seine Geschichten erzählte, und dass er sie für kurze Zeit einfach alles um sie herum vergessen ließ.

Doch das war damals. Bevor sie wusste, wer er wirklich war und dass alles nur eine Masche gewesen war.

Welche Details er über das C.S.S.I. 307 preisgegeben hatte, konnte sie jetzt beim besten Willen nicht mehr sagen, und je mehr sie an die Zeit und an ihn zurückdachte, desto mehr schmerzte es sie. Ja, sie sehnte sich nach ihm. Dieses Gefühl konnte sie trotz allem, was geschehen war, nicht einfach abstellen, sosehr sie es auch versuchte. Und so könnte sie es sich auch nie verzeihen, wenn ihm etwas passierte. Es war ihre Schuld, dass er sich in die Fänge dieser Menschen begeben hatte. Das hatte er nur für sie getan, und sie konnte ihm nach wie vor nicht vergeben? Was war bloß los mit ihr?

Fabris riss sie aus ihren Gedanken, als er, einen Packen Papier schwenkend, auf sie zukam. »Hier ist alles, was Sie wollten, Dottore. An externen Dienstleistern hatten wir nur den Installateur hier. Letzte Woche war das.« Er reichte Medeot die Unterlagen.

»Danke. Können wir uns irgendwohin zurückziehen?«

»Natürlich, ich bringe Sie ins Kaminzimmer, dort sollten Sie ungestört sein.«

Das Kaminzimmer war ein Traum aus dunklem Holz und feinstem Leder. Was hätte Alexandra dafür gegeben, einen Raum wie diesen ihr Eigen zu nennen, wahrscheinlich wäre sie ihr ganzes restliches Leben nicht mehr nach draußen gegangen. Die dicken Teppiche verschluckten jedes Geräusch, auch das des knarzenden Holzbodens. Der Kamin war aus, doch man sah, dass er benutzt wurde. Bestimmt verbrachte Antonio Fabris in dem braunen Lesesessel, der dem Kamin am nächsten stand, seine Abende und streichelte seine Perserkatze. Alexandra grinste. Es war ein abgenutztes Klischee, und doch konnte sie sich den Kurator der Villa Marin lebhaft genau so vorstellen.

Medeot hatte bereits im Gehen begonnen, die Unterlagen durchzusehen, und murmelte leise vor sich hin. Sie hatten sich kaum gesetzt – das Sofa, auf dem Alexandra sich niederließ, war mit dunkelgrünem Samt bezogen –, da trafen auch schon die Inspektoren Bearzot und Santino ein. Letzterer setzte ein strahlendes Lächeln auf, als er sie erblickte, und Alexandra kam nicht umhin, es zu erwidern. Der gestrige Abend schob sich wieder in ihr Bewusstsein und drängte die Erinnerung an ihre Treffen mit Angelo für einen schönen Moment in den Hintergrund.

»Capello, hier.« Medeot drückte ihm einen der Zettel in die Hand. »Sie fahren gleich los und überprüfen den Installateur. Bearzot, hier sind die Adressen von zwei heute nicht anwesenden Mitarbeitern, bei denen ich mir anhand der Lebensläufe nicht sicher bin, ob sie sauber sind. Alexandra und ich übernehmen die anderen.«

Bearzot ließ das übliche »Ja, Chef« hören und war schon zur Tür hinaus, während Santino noch so tat, als würde er das Blatt Papier in seinen Händen lesen, und Alexandra einen fast verzweifelten Blick zuwarf. Zumindest deutete sie ihn so. Sie konnte ihn verstehen, wahrscheinlich wäre er auch lieber im Kaminzimmer geblieben und hätte es sich bequem gemacht.

Nachdem der gefühlt zwanzigste Mitarbeiter das Zimmer wieder verlassen hatte, lehnte Alexandra sich ächzend zurück. Es kam ihr vor wie pure Zeitverschwendung. Bei den letzten beiden hatte sie kaum mehr richtig zugehört, es erzählte ohnehin jeder fast das Gleiche. Allesamt waren sie unbeteiligt und überrascht, was die Polizei wohl von ihnen wollte.

»Waren das alle, die Sie verdächtig fanden?«, fragte Alexandra und langte nach der Liste. »Hier stehen doch noch viel mehr Namen drauf.«

»Das waren alle. Wir können schlecht jeden persönlich befragen, das würde ja bis morgen dauern.«

»Aber das waren alles Fehlanzeigen. Wer sagt, dass es nicht einer von den anderen ist?«

»Hauptsächlich mein Bauchgefühl.« Medeot schmunzelte. »Ich lasse aber natürlich die komplette Liste in der Questura überprüfen. Wir dürfen nichts übersehen. Was sagt denn Ihr Bauchgefühl?«

Alexandra las sich die Namen auf der Liste und die dazugehörigen Informationen durch.

»Gar nichts, ehrlich gesagt. Nur, dass ich offenbar keine gute Polizistin wäre. Woher wollen Sie wissen, dass das nicht erfundene Namen mit erfundenen Lebensläufen sind?«

»Das kontrollieren wir natürlich. Aber Sie haben recht, genau das ist letztlich das Problem: Es scheinen alle sauber zu sein.«

»Na toll. Und was machen wir jetzt?«

Medeot rutschte auf seinem Sitz hin und her. Dann stand er auf und trat an den Kamin. Er starrte hinein, als würde er in der Asche etwas suchen. »Sind Sie wirklich sicher, dass es das ist, worum es hier geht? Es gibt doch bestimmt noch jemanden außer Cherubini, jemand, der nicht ganz so schwer zu schnappen wäre wie er, der in der Lage ist, das System zu manipulieren, um den Raub durchzuziehen. Ich verstehe nicht, wieso sie ausgerechnet ihn dafür wollten.«

»Das habe ich Ihnen doch erklärt, er hat das System schon einmal überlistet.«

»Ja, schon, aber wie gesagt, das können bestimmt auch andere. Es gibt so viele Technikgenies, das ist mittlerweile eine ganz eigene Sparte von Verbrechern geworden.«

»So was wie Hacker, meinen Sie?«

»Ich denke eher an Bastler und Tüftler. Was glauben Sie denn, wer diese Alarmsysteme entwickelt? Das sind Leute mit den gleichen Fähigkeiten, wie Cherubini sie hat.«

»Mag sein. Aber was soll dann ihr Ziel sein?«

»Wenn ich das wüsste.« Er starrte wieder in die Asche. »Ich rede noch einmal mit Signor Fabris. Ich will sehen, wo die Gemälde untergebracht sind.«

Fabris saß wieder hinter seinem Schreibtisch, diesmal allerdings sah er alles andere als gelassen aus. Als die beiden eintraten, sprang er hektisch auf.

»Und? Haben Sie den Schweinehund gefunden?«

»Es tut mir leid, Signor Fabris. Ihr Personal scheint auf den ersten Blick in Ordnung zu sein, meine Kollegen überprüfen das aber noch genauer.«

»Was heißt das? Was heißt das jetzt für mich? Was soll ich tun? Ich kann doch die Eröffnung schlecht absagen.« Er fuhr sich mit beiden Händen durch das Haar, drehte sich um und eilte wieder hinter seinen Schreibtisch. »Da steht nicht nur Geld auf dem Spiel, sondern auch mein guter Ruf. Wissen Sie, was das bedeutet?«

Medeot hob beschwichtigend die Hände. »Beruhigen Sie sich, noch ist nichts passiert. Und wir werden verhindern, dass etwas passiert. Dazu müssen wir als Nächstes zu den Gemälden.«

»Sind Sie von allen guten Geistern verlassen? Ich habe Ihnen doch bereits gesagt, dass dort niemand hineindarf.« Fabris hüpfte wieder auf.

»Signor Fabris«, wandte Medeot beruhigend ein, »Sie wollen doch, dass wir Ihnen helfen, oder irre ich mich?«

»Natürlich. Ein Diebstahl dieser einzigartigen Exponate, das wäre eine Blamage. Ich könnte meinen Beruf an den Nagel hängen. Wir haben Leihgaben aus dem Louvre, stellen Sie sich das mal vor, aus dem Louvre! Das ist nicht nur irgendeine Ausstellung, Dottore, das ist das mit Abstand Größte, was ich in meiner gesamten Laufbahn auf die Beine gestellt habe.«

Sein Haar hatte er mittlerweile komplett zerzaust, und es schien, als wäre er nicht mehr weit von einem Zusammenbruch entfernt.

»Dann bringen Sie uns an diesen sicheren Ort, damit wir ausschließen können, dass die Gefahr möglicherweise von dort ausgeht. Sie meinen, der Einzige zu sein, der davon weiß, aber unter Ihren Mitarbeitern gehen schon Gerüchte um, wo die Gemälde sein könnten, wissen Sie das? Jemand könnte Ihnen gefolgt sein.«

Fabris hörte Medeot nun aufmerksamer zu. Alexandra spürte, dass der Kommissar im Begriff war, ihn zu überzeugen.

»Sie haben ja keine Vorstellung, wie gerissen manche Beschatter agieren«, erklärte er weiter. »Da würde selbst der Beste nicht mitbekommen, dass ihm jemand auf den Fersen ist. Glauben Sie mir, ich habe in dieser Hinsicht bereits einiges erlebt. Ich mache meinen Job nämlich auch schon ein paar Jahre, wissen Sie?«

»Na gut«, erwiderte Fabris resigniert, »ich bringe Sie hin. Aber das bleibt unter uns, und ich möchte auch nicht, dass Sie den genauen Ort in einem Bericht oder so erwähnen, haben Sie verstanden?«

»Geht in Ordnung. Sollen wir unseren Wagen nehmen?«

»Oh, wir werden keinen Wagen brauchen, Dottore.«

Wie eine Katze huschte Fabris durch die Gänge des weitläufigen Anwesens. Alexandra hatte keine besonders gute Orientierung, doch sie bekam bald das Gefühl, dass der Museumsleiter sie ziemlich sinnlos im Kreis herumführte. Sie konnte sich kaum vorstellen, dass Medeot das nicht auffiel. Er hatte also vermutlich beschlossen, Fabris' Spiel mitzuspielen. Nach ein paar Extrarunden kam Fabris anscheinend endlich zu dem Schluss, dass ihnen niemand gefolgt war, und lotste sie durch eine in der Wandvertäfelung versteckte Tür und weiter treppab in das Untergeschoss. Sie folgten einem gleichmäßig ausgeleuchteten Gang und kamen durch eine gesicherte Tür, deren Code bestimmt nur Fabris und dem Restaurator bekannt war. Er trat dicht an das Zahlenschloss heran und verdeckte es mit seinem Körper, damit sie nicht sehen konnten, was er eingab. Das ganze Schauspiel war einfach nur lächerlich, zum Glück konnte Fabris nicht sehen, wie Alexandra hinter seinem Rücken die Augen verdrehte. Medeots strafender Blick streifte sie, und sie riss sich augenblicklich zusammen.

»Sie bewahren die Gemälde schon seit ihrer Ankunft hier auf?«

»Seit wenigen Tagen, ja. Die Gemälde trafen allesamt im Abstand von höchstens zwei Tagen ein. Nachdem ich einen gut bewachten Lagerraum angemietet und ein paar Gerüchte darüber gestreut hatte, ließ ich sie hierherbringen. Die Temperatur ist ideal, die Luftfeuchtigkeit wird auf konstanten fünfundvierzig Prozent gehalten, es kommen keine zusätzlichen Risikofaktoren von außen dazu, und der Transport vor Ausstellungsbeginn erübrigt sich.«

»Wer hat die Lieferungen hierher übernommen?«

»Ein bekanntes Logistikunternehmen aus Udine, spezialisiert auf Kunsttransporte.«

»Das hätten Sie vorhin schon erwähnen müssen, Signor Fabris. Ich will auch eine Liste mit den Namen aller Mitarbeiter, die mit dem Transport betraut waren.«

»Natürlich, Dottore. Natürlich.«

»Hier arbeitet also auch Ihr Restaurator?«

»In der Tat. Edoardo Pellegrino und ich sind die Einzigen, die Zugang haben, ihm vertraue ich völlig. Er genießt einen ausgesprochen guten Ruf in der Branche.«

»Und wo sind jetzt die Gemälde?«, fragte Medeot nun doch ein wenig ungeduldig.

Fabris stieß die Tür auf. Dahinter empfing sie Dunkelheit. Er tastete an der Wand entlang nach dem Lichtschalter, und im nächsten Moment flackerten mehrere Deckenleuchten auf.

»Treten Sie ein.« Fabris machte eine einladende Geste, und die beiden gingen an ihm vorbei in den Raum. Darin standen in Reih und Glied diverse in Holz- und Pappkisten verpackte Gemälde, sicher zwei Dutzend, wenn nicht mehr.

Medeot stieß ein anerkennendes Pfeifen aus.

Fabris schob stolz die Brust nach vorne, als hätte er jedes der Bilder höchstpersönlich gemalt. »Glauben Sie mir jetzt?«

Alexandra lief ein kalter Schauer über den Rücken bei dem Gedanken daran, dass sie sich in einem Dreißig-Quadratmeter-Raum mit einem Haufen Gemälden befand, deren Wert vermutlich irgendwo im dreistelligen Millionenbereich lag.

»Signor Fabris, ich habe nie an Ihrem Wort gezweifelt, allerdings denke ich, dass Sie sich des Ernstes der Lage nach wie vor nicht bewusst sind. Es mag sein, dass bis jetzt noch nichts gestohlen wurde, aber ich garantiere Ihnen, dass es nicht dabei bleiben wird. Sie wissen nicht, mit wem Sie es zu tun haben.«

»Ich nehme Ihre Warnung durchaus ernst, Dottore. Wie wollen Sie weiter vorgehen? Ich denke, es wäre gut, wenn Sie zumindest ein Dutzend Polizisten bei den Ausstellungsräumen postieren.«

»Ein Dutzend? Bei allem Respekt, Signor Fabris, aber das wird nicht möglich sein. Wir werden natürlich ein paar Beamte in Position bringen, dennoch rate ich Ihnen dringend, die Eröffnungsgala abzusagen. Wo ist der Restaurator, wie war noch mal sein Name?«

»Edoardo Pellegrino.«

»Ich will auch mit ihm sprechen.«

»Tut mir leid, er scheint im Moment nicht da zu sein.« Fabris sah sich stirnrunzelnd um.

»Stimmt etwas nicht, Signor Fabris?«

»Ich … nein, es ist nichts. Ich ging nur davon aus, dass er hier wäre, ich hatte gestern mit ihm gesprochen, da meinte er, er habe bei einem Gemälde noch eine Restaurierung zu machen und auch am Rahmen sei etwas zu reparieren gewesen. Dafür würde er mindestens den ganzen heutigen Tag brauchen.«

Alexandra fühlte sich äußerst lebhaft an die Chefin erinnert, die sie mit achtzehn bei ihrem ersten Studentenjob gehabt hatte, sie rügte regelmäßig jeden, der seinen Arbeitsplatz verließ, selbst wenn er nur zur Toilette ging. Antonio Fabris schien auch einer von dieser Sorte zu sein. Der Restaurator musste seinen Hintern wahrscheinlich nur fünf Minuten aus diesem klimatisierten, furztrockenen Keller bewegen, und schon gab es Abzüge vom Honorar.

»Ist eine kurze Pause denn so schlimm?«, fragte sie bissig.

»Ob Sie es glauben oder nicht, Signora, so ist es. Wir stehen unter massivem Zeitdruck. Ihr Auftauchen wirft zusätzlich alles durcheinander. Anscheinend hat er heute auch noch gar nicht angefangen, es sind keine Utensilien bereitgestellt, und auch das Gemälde, an dem er arbeiten wollte, ist nicht vorbereitet. Es sieht fast so aus, als wäre er den ganzen Tag nicht hier gewesen.«

»Aber das ist doch Blödsinn«, entfuhr es Alexandra, »riechen Sie das denn nicht? Es riecht nach frischer Farbe. Hier hat sehr wohl jemand gearbeitet.«

Fabris trat einen Schritt auf sie zu, und seine Augen weiteten sich. Sie war sich nicht sicher, ob er sich auf sie stürzen wollte oder bloß losbrüllen würde.

Seine Nasenflügel blähten sich auf. »Sie haben recht«, sagte er und schnupperte erneut. »Es riecht tatsächlich nach Farbe. Aber das kann doch nicht sein!«

Alexandra hob erstaunt eine Augenbraue. Was für ein eigenartiger Kauz er doch war. Hastig lief er im Zickzack durch den Raum wie ein Hund, der einer Spur folgte. Schließlich blieb er stehen, drehte sich ratlos im Kreis und kratzte sich am Kopf. Sie hielt sich die Hand vor den Mund, um nicht laut loszulachen, der Anblick war zu komisch. Anscheinend waren ihm die Dämpfe zu Kopf gestiegen.

Medeot verfolgte das Szenario gleichfalls aufmerksam und eilte zu Hilfe, als Fabris eines der in Pappe gehüllten Gemälde packte und auf den Tisch hieven wollte. Fabris zog den Schutzkarton herunter und starrte das Bild an.

»Hey, das ist doch die Frau im Spiegel«, rief Alexandra überrascht und trat zu ihnen an den Tisch.

»Oh ja, das ist sie«, flüsterte Fabris und strich ehrfürchtig am Rahmen entlang. »Sie hängt normalerweise im Louvre, fast auf Augenhöhe mit der Mona Lisa.« Er beugte sich nach vorne, bis er mit seiner Nase nur noch einen halben Zentimeter vom Gesicht der schönen Frau entfernt war, und roch daran. Als er sich aufrichten wollte, erstarrte er mitten in der Bewegung. Seine Hand war halb zur Geste erhoben, zu der er gerade angesetzt hatte, der

Zeigefinger ausgestreckt. Jegliche Farbe wich aus seinem Gesicht, und sein Mund stand seltsam schief offen.

»Signor Fabris?«, fragte Medeot besorgt. »Ist alles in Ordnung?«

»Hat er einen Schlaganfall oder so was?« Alexandra trat auf ihn zu und wedelte mit der Hand vor Fabris' Gesicht auf und ab.

Der erwachte aus seiner Starre und schlug keuchend die Hände vor das Gesicht. »Das ... das kann doch nicht sein«, stammelte er und stolperte hastig ein paar Schritte nach hinten. »Es ist ... sie sind ...«

Er zog ein anderes Bild hervor und roch auch daran. Dann riss er ein drittes aus seiner Verpackung, ziemlich grob diesmal, sodass Alexandra erschrocken zur Seite blickte, aus Angst, gleich das Ratschen einer Leinwand zu hören.

»Wie ist das möglich?« Seine Gesichtsfarbe wechselte von Kalkweiß zu einem leichten Schimmelgrün. Das Gemälde glitt ihm aus den Händen und schlug auf dem Boden auf. Der Rahmen barst an einer Seite, doch es schien ihn überhaupt nicht zu kümmern.

»Signor Fabris, was ist los? Reden Sie mit mir.«

»Das ... das sind nicht ... nicht die richtigen Bilder.«

»Nicht die richtigen? Wie meinen Sie das?«

»Das sind nicht ... die sind gefälscht! Alle. Einfach alle. Die Farben sind noch nicht mal trocken. Aber wie kann das sein? Wie ist das möglich?«

»Scheiße«, entfuhr es Alexandra. Auch sie wurde nun blass.

»Scheiße! Sie sagen es«, schrie Fabris und krallte sich an Medeots Ärmel fest. »Was soll ich jetzt tun, sagen Sie mir das? Ich bin geliefert!«

Medeot versuchte, ihn abzuschütteln, doch Fabris klammerte sich an ihn wie ein Affenbaby.

»Finden Sie sie! Finden Sie meine Bilder, und dann finden Sie diese Wahnsinnigen und erschießen Sie sie.«

»Ist ja gut«, brummte Medeot und schob ihn von sich weg. »Wir tun, was wir können. Sind Sie denn sicher, dass es Fälschungen sind?«

»Ob ich mir sicher bin. Ob ich mir sicher bin? Natürlich bin ich das!«

»Wir sollten dennoch einen Spezialisten hinzuziehen. Als Erstes sehen wir uns die Kameraaufnahmen an.«

»Und Sie rufen die Kavallerie. Sofort!«

»Natürlich. Aber nur, wenn Sie sich jetzt erst mal beruhigen. Wir brauchen Sie bei klarem Verstand, kriegen Sie das hin?«

Fabris nickte heftig und strich sich das zu Berge stehende Haar zur Seite. »Gut. Ja, ist gut.«

Alexandras Beine begannen zu zittern, sie ließ sich langsam an der Wand entlang zu Boden sinken.

»Bitte nicht«, stöhnte Medeot. »Nicht Sie auch noch.«

»Sie brauchen ihn nicht, um die Bilder zu stehlen«, flüsterte sie.

»Cherubini?«

»Sie müssen sie ja gar nicht mehr stehlen. Sie haben ihn gebraucht, um sie zu fälschen.«

»Darauf hätten wir auch gleich kommen können. Das ergibt viel mehr Sinn.«

»Verstehen Sie denn nicht, was das bedeutet?« Sie spürte, wie sich ein altbekannter Kloß in ihrem Hals bildete, der es ihr immer schwerer machte weiterzusprechen.

Medeot ging neben ihr in die Hocke und musterte sie besorgt. »Was meinen Sie?«

»Es bedeutet, dass sie ihn nicht mehr brauchen. Sie werden ihn umbringen, verdammt noch mal«, schluchzte sie unter Tränen. »Oder vielleicht haben sie es schon getan.«

»Das wissen Sie doch gar nicht.«

»Doch, das weiß ich. Was sollte er ihnen denn noch nützen? Sie haben, was sie wollten.«

»So dürfen Sie nicht denken. Wir gehen jetzt nach oben, ich rufe Verstärkung, und dann finden wir ihn.« Fabris keuchte auf der anderen Seite des Raumes. »Und die Bilder«, fügte Medeot in seine Richtung gewandt hinzu.

DREIZEHN

Medeot hätte nichts lieber getan, als einfach die Tür zu seinem Büro von innen zu schließen, nur für eine halbe Stunde, um seine Gedanken zu ordnen, doch daran war im Moment nicht zu denken. Alexandra tänzelte nervös um ihn herum, er musste zusehen, dass sich ihre Unruhe nicht auf ihn übertrug, doch er ließ sie gewähren. Wenn er sie jetzt wegschickte, würde sie geradewegs in ihr Verderben rennen und sich womöglich in ernste Gefahr bringen, um Cherubini zu retten. Selbst Capello hatte, als er mit ihr gemeinsam zurück nach Görz gefahren war, nichts dagegen ausrichten können. Kurz hatte Medeot geglaubt, dass sich zwischen den beiden etwas entwickelte, aber offenbar war das mehr sein eigener Wunsch gewesen als die Realität.

Wenigstens war er Antonio Fabris vorerst los. Der Ausstellungsleiter hatte selbst ein paar Wogen zu glätten, ehe offiziell wurde, was geschehen war. Das Versprechen, vorerst nichts an die Medien zu geben, hatte er Medeot zwar abringen können – es war schließlich auch in seinem Sinne, dass die Diebe sich noch einige Zeit in Sicherheit wiegten –, aber es gab genügend Faktoren, die Medeot nicht kontrollieren konnte. Schlussendlich sickerte immer etwas durch.

»Dottore, Dottore!« Ein uniformierter Beamter kam durch die Halle auf ihn zugelaufen. »Der Direktor hat versucht, Sie zu erreichen. Ich soll Ihnen ausrichten, Sie sollen Ihr Handy auf laut stellen und ihn zurückrufen.«

Medeot fluchte leise. Den hatte er vollkommen vergessen. Was sollte er ihm bloß erzählen, die Situation war nicht besser geworden, ganz im Gegenteil. Widerwillig wählte er die Nummer des Polizeichefs.

Es klingelte ein paarmal, und Medeot war drauf und dran, wieder aufzulegen – der Vice Questore würde später seine Nummer sehen, also hätte er seine Pflicht erfüllt –, als sich die Sekretärin meldete.

»Verzeihung, ich wollte eigentlich mit dem Polizeidirektor sprechen.«

»Tut mir leid, er ist momentan nicht verfügbar. Darf ich fragen, worum es geht?«

Das kam Medeot nicht ungelegen.

»Sagen Sie ihm, Commissario Medeot hätte angerufen. Er weiß dann schon Bescheid.«

Eilig legte er auf, ehe doch noch ein Unglück geschehen konnte. Er sah Bearzot und Capello auf sein Büro zukommen und hastete ihnen entgegen.

»Was konnten Sie in Erfahrung bringen?«

Die beiden warfen einander einen vielsagenden Blick zu, der Medeot alles andere als beruhigte.

»Die ganz schlechten Neuigkeiten zuerst«, sagte Capello und trat einen Schritt nach vorne. »Die Überwachungskameras wurden manipuliert. Heute um neun Uhr siebenundzwanzig hatten sämtliche Aufnahmen für etwa fünfzehn Minuten einen Hänger. Sind einfach eingefroren. Danach laufen sie normal weiter, ohne dass sich etwas verändert zu haben scheint.«

»Wie konnte das niemandem auffallen?«

»Da das Büro des Sicherheitsdienstes rund um die Uhr besetzt ist und immer jemand einen Blick auf die Kamerabilder hat, hat niemand einen Gedanken daran verschwendet, auf den Zeitindex zu sehen.«

»Und die Alarmanlage?«

»Da das Museum um die Zeit geöffnet war, war der Alarm nur unten im Lagerbereich eingeschaltet. Doch er schlug nicht an.«

Medeot verschränkte die Arme vor der Brust. »Ist das zu glauben? Wären wir nicht zufällig auf diese Ausstellung gestoßen, hätte vielleicht keiner erfahren, was da vor sich ging.«

»Sie meinen, wenn *ich* nicht darauf gekommen wäre«, mischte Alexandra sich aus ein paar Metern Entfernung ein. Medeot konnte beinahe sehen, wie ihre Ohren lang geworden waren. Sie trat zu ihnen und stemmte die Hände in die Hüften. »Sie wollten mir ja nicht glauben. Ich habe von Anfang an gesagt, ich kann helfen. Erkennen Sie das wenigstens jetzt?«

Er hatte keineswegs daran gezweifelt, dass sie hilfreich sein konnte, er hatte lediglich versucht, sie nicht unnötig in Gefahr zu bringen. Und vielleicht, sich selbst einiges an Stress und Arbeit zu ersparen. Angelo Cherubini als Berater an seiner Seite war Risiko genug gewesen. Doch er sprach seine Gedanken nicht aus. Es gab Diskussionen, die zu führen sich nicht lohnte.

»Ohne Sie wären wir wirklich nie darauf gekommen«, sagte er daher und wandte sich sogleich wieder an Capello. »Gibt es in der Nähe Verkehrskameras? Vielleicht finden wir darauf den Wagen, mit dem sie alles gebracht und die Originale abtransportiert haben.«

»Keine in unmittelbarer Nähe. Ein paar hundert Meter entfernt gibt es eine an einer stark befahrenen Kreuzung, doch ich bezweifle, dass das etwas bringt.«

»Versuchen Sie es. Der Wagen muss einigermaßen auffällig sein, ein Kleintransporter hätte dafür kaum gereicht. Bearzot? Bitte sagen Sie mir, dass wenigstens Sie gute Nachrichten haben.«

»Das würde ich wirklich gern, Chef. Leider ist dem nicht so. Der Restaurator, der an den Gemälden gearbeitet hat, Edoardo Pellegrino, macht das seit über fünfzehn Jahren und hat sich einen guten Ruf erarbeitet. Ich habe ein paar seiner Referenzen überprüft, da sind renommierte Kunsthäuser dabei und einige bekannte Museen. Jeder hatte nur Gutes über ihn zu erzählen. Zuletzt hat er für den Luxemburger Freeport gearbeitet, das ist ein riesiges Zollfreilager, in dem superreiche Sammler und Investoren alles Mögliche, von Kunstgegenständen und Gold über Oldtimer bis hin zu Wein, steuerfrei lagern. Er war dort so etwas wie der hauseigene Restaurator für hochpreisige Gemälde. Jetzt ist er wieder selbstständig. Er ist absolut sauber, Chef. Keine Vorstrafen, keine Vermerke und nicht einmal das winzigste Gerücht, dass er irgendwie Dreck am Stecken haben könnte.«

»Das sind in der Tat schlechte Neuigkeiten. Das heißt, wenn er auf die Diebe gestoßen ist, könnte das böse für ihn ausgegangen sein. Hat er Familie, eine Freundin oder sonst jemanden, der weiß, wo er stecken könnte?«

»Sieht nicht so aus. Ich denke, er war mit seiner Arbeit verheiratet.«

»Wir sollten dennoch nicht gänzlich ausschließen, dass er etwas mit der Sache zu tun hat. Mir hat einmal jemand gesagt, die Polizei würde nur die zweitbesten Verbrecher kennen, denn die Riege der besten wäre so schlau, gar nicht erst einen Verdacht gegen sie aufkommen zu lassen.«

»Müssten wir dann nicht ausnahmslos jeden verdächtigen? Da würden wir ja nie fertig.«

»Ja und nein. In diesem Fall kommt aber noch die Tatsache hinzu, dass kein Alarm ausgelöst wurde.«

»Sie meinen, Pellegrino hat ihn abgestellt.«

»Möglich wäre es.«

»Hey«, flüsterte Capello so leise in Alexandras Richtung, dass er wohl glaubte, Medeot könnte ihn nicht hören. Er lächelte ihr zu. »Wie geht es dir, alles in Ordnung?«

Sie nickte ihm kurz zu.

»Was ich dir noch sagen wollte«, fuhr Capello fort, »der Abend gestern war wirklich schön.«

»Fand ich auch, aber können wir das später bereden? Ich denke, das ist jetzt nicht der richtige Moment.« Sie wandte sich an Medeot. »Gibt es denn immer noch keine Spur von Angelo? Irgendetwas müssen wir doch tun können.«

Medeot sah zu Capello, aber der zuckte nur mit den Schultern. Er steckte die Abfuhr wirklich gut weg.

»Bislang haben wir leider nichts Neues, was Cherubinis Verbleib angeht«, erklärte Medeot. »Antonio Fabris kommt jeden Moment hierher, um seine Aussage zu machen.«

»Aber Sie haben doch schon mit ihm gesprochen«, warf Alexandra ein. »Ist er denn jetzt auch ein Verdächtiger?«

»Mittlerweile ist jeder ein Verdächtiger. Vielleicht hat er den Diebstahl in Auftrag gegeben. Und er wäre in der Lage, die Alarmanlage auszuschalten.«

»Das glauben Sie nicht wirklich, oder? Ein Mann wie er, der so viel auf seinen Ruf gibt, wirft wegen Geld alles weg, was er sich jahrelang aufgebaut hat?«

»Ist sehr unwahrscheinlich, auch für mich. Aber wir schließen nichts aus. Er kommt außerdem in erster Linie nur deshalb her, weil seine Aussage offiziell zu Protokoll genommen werden muss und noch ein paar Einzelheiten zu klären sind.«

Kurz darauf klopfte es am Türrahmen, und Fabris stand darin. Viel Farbe hatte sein Gesicht nicht wiedererlangt, es zeigte sich nun Ton in Ton mit seinem grauen Bart. Dennoch gab er sich ziemlich gefasst. »Störe ich?«

»Keineswegs, kommen Sie rein, setzen Sie sich.«

Capello war kommentarlos abgerauscht. Medeot war sich nicht sicher, ob das dem Umstand geschuldet war, dass er sich nun weiter die Überwachungsvideos ansehen musste, oder ob ihn Alexandras Abfuhr gekränkt hatte. Für Letzteres täte er ihm ein wenig leid.

»Haben Sie schon jemanden festgenommen?«, wollte Fabris wissen, nachdem Bearzot ebenfalls gegangen war und die Tür von draußen geschlossen hatte.

»Wir gehen verschiedenen Hinweisen nach.«

»Das heißt, Sie haben gar nichts.«

»Ihr Restaurator, Edoardo Pellegrino, ist unauffindbar. Wissen Sie, ob er eine Freundin hat oder sonst irgendjemanden, bei dem er sein könnte?«

»Ich pflege nicht zu jedem, mit dem ich beruflich zu tun habe, persönliche Beziehungen, Dottore.«

»Vielleicht einer Ihrer Mitarbeiter?«

»Das bezweifle ich. Pellegrino hat allein unten im Lager gearbeitet. Keiner meiner Mitarbeiter hatte dort Zutritt. Wer ist das da? Ein Verdächtiger?« Fabris deutete auf die aufgeschlagene Mappe auf dem Schreibtisch und auf das große Foto, das zuoberst lag.

Medeot stutzte. »Was meinen Sie, wer das ist? Das ist Edoardo Pellegrino.«

»Oh nein, das ist er ganz bestimmt nicht.«

»Wie bitte?«

»Das ist nicht Pellegrino. Ich habe diesen Mann noch nie zuvor gesehen.«

Medeot griff nach dem Foto, das ohne Zweifel Edoardo Pellegrino zeigte. Bearzot hatte es aus der Führerscheindatenbank. Das durfte doch wohl nicht wahr sein!

»Was führen Sie denn bitte für ein Museum?«, fauchte Alexandra. Panik flackerte in ihrem Blick. »Sind Sie denn nicht fähig, Ihre Mitarbeiter zu überprüfen? Oder kann bei Ihnen jeder einfach so reinspazieren und an den Ausstellungsstücken herumdoktern?«

»Ich … aber … ich habe ihn doch überprüft, das mache ich bei all meinen Mitarbeitern. Er hatte hervorragende Referenzen und ich … ich …«

»Sie sind schuld, wenn Angelo etwas passiert. Ich schwöre Ihnen, ich mache Sie –«

»Das reicht jetzt!«, fuhr Medeot scharf dazwischen. Er stapfte an Alexandra vorbei zur Tür und riss sie auf. »Sie warten draußen, bis Signor Fabris und ich das Gespräch beendet haben. Danach unterhalten wir uns.« Er hob mahnend den Zeigefinger, als Alexandra Anstalten machte, ihm zu widersprechen.

Medeot schloss die Tür hinter ihr und rückte seine Krawatte zurecht. »Bitte entschuldigen Sie. Die Nerven liegen mittlerweile etwas blank.«

Fabris nickte nur grimmig.

»Wie sind Sie auf Pellegrino gekommen?«

»Das war purer Zufall. Ein Glücksfall, wie ich dachte. Ich lernte ihn vor einigen Monaten auf einer Vernissage kennen. Wir kamen ins Gespräch, und er gab mir seine Karte. Ich hörte mich etwas um und erfuhr nur Gutes über ihn. Als ich dann einen Restaurator brauchte, beschloss ich, ihn anzurufen.«

»Nur dass die Karte, die er Ihnen gegeben hat, nicht echt war.«

»Das weiß ich jetzt auch. Wie hätte ich das denn merken sollen? Sein Ruf eilte ihm voraus, und ich gebe zu, ich war wohl etwas zu erpicht darauf, ausgerechnet ihn zu bekommen. Das habe ich jetzt davon.«

»Was ist mit diesem Mann, kennen Sie ihn?« Medeot reichte ihm ein Foto von Angelo Cherubini.

Fabris warf einen Blick darauf und schüttelte den Kopf. Kommentarlos räumte Medeot das Bild wieder weg. Er war erleichtert, kurz hatte er die Möglichkeit in Betracht gezogen, Cherubini könnte in den Tagen vor seinem Verschwinden als Restaurator in der Villa Manin gearbeitet haben.

»Denken Sie, Sie könnten den Mann einem Zeichner beschreiben?«, fragte er.

»Ich werde Ihnen einfach ein Standbild aus den Aufnahmen der Überwachungskameras raussuchen, da müsste er in den vergangenen Tagen des Öfteren irgendwo drauf gewesen sein.«

»Das wäre großartig. Vielen Dank für Ihre Zeit, Signor Fabris. Mein Kollege wird Ihre Aussage gleich noch zu Protokoll nehmen.« Er reichte ihm die Hand.

»Wenn diese Verrückte jetzt draußen vor der Tür steht und auf mich losgeht, will ich, dass Sie sie sofort verhaften, ist das klar?«

»Selbstverständlich. Aber ich versichere Ihnen, dass das nicht passieren wird.«

Das hoffte Medeot zumindest inständig, um seinetwillen und um Alexandras. Er ging zur Tür und hielt sie seinem Besucher auf. Diesmal wurde er nicht enttäuscht, Alexandra war nirgendwo zu sehen.

»Moment mal, das ist er doch!«, rief Fabris plötzlich.

»Von wem sprechen Sie?«

»Na da, der auf dem Foto.« Aufgebracht hastete Fabris zu der großen Pinnwand auf der anderen Seite der Halle, an der die aktuellen Fahndungsfotos hingen. Er deutete auf ein Schwarz-Weiß-Bild in der mittleren Reihe. »Der hier, das ist Pellegrino. Oder zumindest der, den ich für ihn hielt.«

»Sind Sie sich da ganz sicher?«

»Absolut. Hundertprozentig. Wer ist er?«

Medeot trat neben ihn und betrachtete das Foto. »Das ist Christian De Rosa. Er wird seit geraumer Zeit wegen Einbruchs und Körperverletzung in mehreren Fällen gesucht. Wir gingen davon aus, dass er das Land längst verlassen hat. Das ist doch nicht möglich.«

»Doch, und wie das möglich ist. Das ist mein Restaurator. Lassen Sie mich wissen, wenn Sie ihn geschnappt haben. Ich habe noch ein ernstes Wörtchen mit ihm zu reden.«

Ähnlich wie Antonio Fabris fiel auch Edoardo Pellegrino aus allen Wolken, als Medeot ihm telefonisch erklärte, dass jemand seine Identität verwendet hatte. Bearzot hatte ihn in seinem Hotel in Buenos Aires aufgetrieben, wo sich der Restaurator während eines größeren Privatprojektes einquartiert hatte.

»Finden Sie es nicht auch merkwürdig, dass ein Kunsthistoriker wie Fabris nicht erkennt, dass sein Restaurator gar keine Ahnung von dem hat, was er da tut?«, fragte Bearzot.

»Der Gedanke kam mir auch schon. Andererseits ist De Rosa zwar kein Restaurator, aber ein guter Täuscher. Fabris war mit den Vorbereitungen so beschäftigt, dass er nicht oft nach dem Mann sah, der im Keller arbeitete. Er hatte also leichtes Spiel und war völlig unbeobachtet. Was haben wir noch über ihn?« Medeot ging im Büro seiner beiden Inspektoren auf und ab.

»Er ist in Belluno geboren, gelernter Maler und Lackierer. Sein Name ist schon öfter in Verbindung mit Straftaten aufgetaucht, allerdings wurde er nie angeklagt. Er lässt es wohl gern so aussehen, als sei er nur immer zur falschen Zeit am falschen Ort gewesen. Wer's glaubt, wird selig. Er ist als cholerisch bekannt, war in ein paar Kneipenschlägereien verwickelt, aber auch da ist es nie zu einer Anzeige gekommen. Im September ist er dann nachweislich in ein privates Anwesen nahe Duino eingebrochen. Der Mitarbeiter eines Wachdienstes, der auf seiner üblichen Runde zu einem der Nachbarhäuser wollte, entdeckte den Einbruch und rief die Polizei. De Rosa konnte flüchten, doch der Zeuge lieferte eine detaillierte Täterbeschreibung. Auf seiner Flucht verletzte er zwei Passanten und stahl ein Auto. Seitdem hat ihn niemand mehr gesehen.«

»Was hat er gestohlen?«

Bearzots Blick wanderte suchend über den Bericht. »Wie es aussieht, gar nichts. Die Besitzer des Anwesens gaben an, es habe nichts gefehlt. Der Zeuge war sich aber sicher, dass De Rosa etwas in der Hand gehabt hat.«

»Überaus merkwürdig. Ich will mit den Eigentümern sprechen.«

»Ich dachte mir schon, dass Sie das sagen. Das könnte allerdings schwierig werden. Dottore und Signora Nemec sind im Moment auf einer zweimonatigen Kreuzfahrt in Alaska.«

»Natürlich, wo auch sonst?«, brummte Medeot.

»Ich verstehe nicht, welche Verbindung De Rosa zu unserem Fall hat. Es deutet nichts darauf hin, dass er mit Kunst etwas am Hut hat, Cherubini kennt oder zu Ducas Leuten gehört.«

»Was aber nichts heißt. Schließlich könnte jeder zu Duca gehören, ohne dass wir es wissen.«

»Stimmt. Es muss irgendetwas geben, was wir übersehen.«

»Hier, ich glaube, ich habe etwas gefunden«, verkündete Capello und drehte seinen Computerbildschirm in ihre Richtung. Medeot ging zu ihm und beugte sich über den Tisch. Es war ein Zeitungsartikel aus dem »Il Piccolo«, datiert vor nicht ganz fünf Jahren. »Auto stürzt von Klippe, Frau tot« lautete die Schlagzeile.

»Was hat das mit De Rosa zu tun?«

»Das weiß ich noch nicht. Aber der Artikel kam, als ich nach De Rosas Namen suchte.«

»Worum geht es?«

»Der Wagen einer Frau kam aus ungeklärter Ursache von der Triestiner Küstenstraße ab und raste ungebremst über die Klippe. Die Fahrerin kam dabei ums Leben.«

»Ich erinnere mich an diesen Unfall, der war in allen Nachrichten. An der Stelle geht es gut dreißig Meter in die Tiefe, wenn nicht sogar mehr«, sagte Bearzot.

»Jetzt, wo Sie es sagen, ich erinnere mich auch.«

»Soweit ich weiß, wurden die genauen Umstände nie aufgeklärt. Man ging von einem Selbstmord aus, da der Wagen vorher noch beschleunigt hatte und weder gebremst noch das Lenkrad verrissen wurde«, ergänzte Bearzot.

»Wer war das Opfer?«

»Ihr Name war Sofia Testa«, erklärte Capello. »Christian De Rosa war ihr Stiefvater, steht hier. Weiter unten auf der Seite gibt es ein Interview mit ihrer Mutter Giulia Testa. Wie makaber, sie nach so einem Schicksalsschlag auch noch zu interviewen. Finden Sie nicht?«

»Moment mal. Giulia Testa?« Bearzot tauchte hinter seinem Bildschirm ab.

»Ja, wieso? Kennen Sie sie?«

»Ich hatte diesen Namen vorhin irgendwo gelesen.« Fieberhaft klickte er mit der Maus herum. »Wenn ich bloß wüsste, wo.«

Medeots Anspannung spitzte sich zu. Die Zeit lief ihnen langsam, aber sicher davon. Die Gemälde konnten mittlerweile schon weiß Gott wo außer Landes sein.

»Ah hier, ich hab's. Es ist eine Scheidungsurkunde. Giulia Testa und Christian De Rosa.«

»Zeigen Sie mal.« Medeot beugte sich über den Bildschirm. »Tatsächlich. Es handelt sich um dieselbe Person. Unser falscher Restaurator war zum Zeitpunkt des Unglücks der Stiefvater der jungen Signora Testa. Sehen Sie sich das Datum an, die Ehe wurde wenige Wochen nach dem Unglück geschieden.«

»Ob das ein Zufall ist?«

»Das lässt sich schwer sagen. Suchen Sie nach dem Opfer, ich will sehen, was wir über sie haben.«

Bearzot tippte den Namen ein.

»Das darf doch wohl nicht wahr sein«, rief Medeot, der neben ihn getreten war, direkt in Bearzots Ohr, sodass dieser zusammenfuhr.

Capello hüpfte auf und warf gespannt einen Blick auf den Bildschirm. Auch Alexandra tauchte wie durch Zauberhand hinter ihnen auf.

»Wer ist das?«, fragte sie neugierig. Ihr Atem roch nach Zigaretten.

»Wir kennen sie unter dem Namen Camilla Galimberti«, erklärte Medeot, ohne seinen Blick vom Bildschirm abzuwenden. Das Foto war zwar mindestens fünf Jahre alt, doch es war unverkennbar: Die Frau, die den Verkauf der venezianischen Anleihen für Duca arrangiert hatte, blickte ihm entgegen. »Deceduto« war darunter vermerkt. Verstorben. Doch sie war alles andere als tot, und sie hatte ihm einiges zu erklären, so viel stand fest. »Wir fahren zu ihr, lassen Sie uns keine Zeit verlieren. Capello, Bearzot, ich brauche Sie beide. Ich bin mir nicht sicher, womit wir es hier zu tun haben. Alexandra, Sie bleiben hier.«

»Und was soll ich tun?«

Medeot überlegte. Irgendwie musste er sie beschäftigen, sonst kam sie nur wieder auf dumme Gedanken. »Sie könnten sich die Überwachungsvideos ansehen, vielleicht entdecken Sie etwas, das uns entgangen ist. Reden Sie mit Giovanni Grassi. Er wird Ihnen helfen.«

»Was glauben Sie, was Camilla Galimberti mit der ganzen Sache zu tun hat?« Capello saß auf dem Rücksitz und beugte sich nach vorne, während Medeot den Wagen auf die Hauptstraße nach Gradisca d'Isonzo lenkte.

»Keine Ahnung, aber das sind mir der Zufälle langsam zu viel. Es gibt mit Sicherheit einen Zusammenhang, nur sehen wir ihn noch nicht.«

Sie waren gerade in die Einfahrt eingebogen und im Begriff, auszusteigen, da hörten sie schon die Geräusche, die aus dem Haus drangen. Es klirrte laut. Eine Frau schrie. Medeot zückte seine Waffe, sprang zur Haustür und klopfte heftig dagegen.

»Signora, ist alles in Ordnung bei Ihnen? Hier ist die Polizei.« Er presste das Ohr gegen das Türblatt. Aus dem Inneren drang ein leises Wimmern. »Können Sie mich hören? Öffnen Sie bitte die Tür.«

»Was sollen wir tun? Die Tür aufbrechen?«

»Wollen Sie mit dem Kopf dagegenlaufen oder was?«, blaffte Medeot. »Wir haben keine Ausrüstung für so etwas dabei.«

Er hämmerte weiter gegen die Tür und bedeutete den beiden, das Haus zu umrunden.

»Chef, hier ist ein offenes Fenster«, rief Bearzot von der Seite.

Medeot schickte ein Dankesgebet gen Himmel und ließ von der Tür ab. »Los, rein! Aber seien Sie bloß vorsichtig. Ich bin direkt hinter Ihnen. Capello, Rückseite, schnell.«

Er stieg hinter Bearzot durch das ebenerdige Fenster, darauf gefasst, einem Angreifer direkt gegenüberzustehen. Doch da war niemand. Im Inneren des Hauses war es recht dunkel, es dauerte ein paar Sekunden, bis seine Augen sich an die Lichtverhältnisse gewöhnt hatten.

Das Wimmern war nun deutlich zu hören.

»Signora Galimb… ich meine, Signora Testa? Sind Sie das? Hier ist Commissario Medeot von der Polizei. Ist alles in Ordnung, sind Sie verletzt?«

»Commissario«, rief Camilla Galimberti weinend, »ich bin hier, hier im Wohnzimmer. Bitte helfen Sie mir.«

Vorsichtig bewegten sie sich in die Richtung, aus der die Stimme kam, ohne die Waffen zu senken. Was sie kurz darauf im Wohnzimmer erblickten, war alles, aber nicht das, was Medeot erwartet hatte. Camilla Galimberti hockte tränen- und blutüberströmt auf dem Teppichboden in der Mitte des Raumes. Ihre Lippe war aufgeplatzt, doch Medeot erkannte schnell, dass der Großteil des Blutes nicht ihres war. Es war das von Marco Bregant, der reglos neben ihr lag, in einer immer größer werdenden dunkelroten Lache. Sie versuchte mit beiden Händen, die Blutung zu stoppen. Medeot war mit einem Satz bei ihr und ging ihr zur Hand.

»Bearzot, Krankenwagen und Verstärkung, schnell. Was ist hier passiert?«

Camilla Galimberti schluchzte laut. Mit blutverschmierten Händen deutete sie auf das geöffnete Fenster hinter ihr, das in den großen Garten hinter dem Haus führte. Die Scherben einer großen Vase lagen dort auf dem Boden verteilt. Sie versuchte, etwas zu sagen, doch aus ihrem Mund kam kein Ton.

»Ihr Angreifer ist durch das Fenster geflüchtet?«

Sie nickte und heulte auf.

»Capello«, schrie Medeot nach draußen.

Der junge Kollege tauchte einen Moment später am Fenster auf.

»Flüchtige Person, ist durch dieses Fenster entkommen. Hinterher! Bearzot, Sie auch.«

»Aber Chef, ich kann Sie doch nicht …«

»Los jetzt. Die anderen sind bereits auf dem Weg, ich schaffe das hier schon.«

Die beiden liefen durch den Garten davon.

»Wie geht es Ihnen, Signora, sind Sie verletzt?«

»Es ist nichts«, presste sie mühsam hervor.

»Drücken Sie hier fest drauf. Ich werde versuchen, einen

Druckverband anzulegen, um die Blutung zu verringern, bis der Notarzt hier ist.«

Eine Kugel hatte Bregant unter dem Schlüsselbein erwischt. Medeot konnte nicht sagen, wie schlimm es war, aber da war definitiv zu viel Blut. Er rannte zum Auto, um den Erste-Hilfe-Kasten zu holen. Der Verband war gerade angelegt, da hörte Medeot auch schon die Sirenen des Rettungswagens. Noch hatte Marco Bregant einen Puls, und er hoffte inständig, dass das so blieb.

Als die Sanitäter übernahmen, führte er Camilla Galimberti in die Küche, setzte Teewasser auf und drückte ihr schließlich eine Tasse heißen Tee in die zitternden Hände.

»Danke«, hauchte sie.

»Wollen Sie mir erzählen, was passiert ist?«

Sie schniefte. Medeot sah, wie sich in ihren Augen erneut Tränen bildeten. Sie schluckte sie tapfer hinunter und sah ihn an.

»Ich weiß, dass Sie in Wirklichkeit Sofia Testa sind. Es gibt also keinen Grund mehr, etwas zu verheimlichen.«

»Sofia Testa gibt es nicht mehr. Bitte nennen Sie mich Camilla. Das ist jetzt mein Name.«

»Wie Sie wollen.«

»Mir blieb nichts anderes übrig, als meinen Tod vorzutäuschen. Ist das überhaupt ein Verbrechen, Commissario?«

»Wieso haben Sie das getan?«

Sie senkte den Blick und starrte in die Teetasse. »Ich weiß nicht, wie er mich gefunden hat, wirklich nicht. Er konnte überhaupt nicht wissen, dass ich … Und jetzt ist Marco …« Sie konnte nicht weitersprechen.

»Sie verstecken sich vor Ihrem Stiefvater?«

»Er … er ist ein schrecklicher Mensch. Ich hatte Angst vor ihm und wusste nicht, was ich sonst tun sollte.«

»Er ist Duca, nicht wahr? Und er ist es auch, der gerade hier war.«

Sie nickte stumm.

»Seit wann wissen Sie davon? Und wieso haben Sie nicht gleich etwas gesagt, wir hätten Sie beschützen können!«

Sie lachte trocken auf. »Das hätten Sie nicht, Commissario. Niemand hätte das. Die ersten Aufträge hatte ich bereits für ihn erledigt, bevor er und meine Mutter sich überhaupt kennenlernten. Als ich dann vor etwas mehr als fünf Jahren herausfand, wer Duca wirklich war, steckte ich tiefer in der ganzen Sache drin, als mir bisher bewusst war. Ich wollte sofort aussteigen, drohte, ihn zu verraten. Aber er …«

»Was hat er getan?«, hakte Medeot nach, als Camilla Galimberti keine Anstalten machte, fortzufahren.

»Ich hatte damals eine kleine Wohnung, gemeinsam mit einer anderen jungen Frau, wir waren im gleichen Alter. Allein hätte sich das Apartment keiner von uns leisten können. Ihr Name war Daina, sie war allein von Lettland nach Italien ausgewandert. Wir haben uns ziemlich schnell angefreundet, und ich … ich meine … sie konnte doch nichts dafür, sie hatte nichts damit zu tun! Aber Duca war das egal. Er wollte ein Exempel statuieren, und es kümmerte ihn nicht, ob Unschuldige zu Schaden kamen.«

»Mit ›zu Schaden kamen‹ meinen Sie …«

»Er hat sie umgebracht, Commissario!«, rief Camilla Galimberti, und ihre Stimme überschlug sich. »Einfach so!«

»Das tut mir sehr leid.« Er hielt einen Moment lang inne, ehe er weitersprach. »Welche Rolle spielte eigentlich Ihre Mutter in der ganzen Geschichte? Sie muss doch gewusst haben, dass ihr Mann Duca ist.«

»Nein, ich bin mir sicher, sie hatte keine Ahnung. Bis das mit Daina passierte. Ich habe ihr alles erzählt, was ich wusste. Und was ich getan hatte. Sie hat mir dabei geholfen, meinen eigenen Tod vorzutäuschen.«

»Was nicht besonders schwierig war, denn die Strömung hat alle Beweise mit sich davongetragen. So hat es niemanden gewundert, dass es keine Leiche gab.«

Camilla Galimberti schluchzte laut. »Aber es gab eine Leiche, Commissario. Wir wussten doch nicht, dass die Strömung so stark sein würde. Wir hatten Dainas Leiche ans Steuer des Wagens gesetzt und die Klippe hinabgeschickt. Der Anblick, Commissario, er verfolgt mich noch heute in meinen Träumen. Nach allem, was

Daina meinetwegen zugestoßen war, bekam sie nicht einmal ein richtiges Begräbnis.«

»Es bringt nichts, sich Vorwürfe zu machen, Signora Galimberti. Sie sollten die Chance, die sich Ihnen jetzt bietet, nutzen und uns helfen, Duca seiner gerechten Strafe zuzuführen. Das bringt Ihre Freundin zwar nicht zurück, aber Sie helfen ihr dabei, ihren Frieden zu finden.«

Sie nickte.

»Wie kann Duca Sie jetzt, nach all den Jahren, gefunden haben?«

»Das weiß ich wirklich nicht. Als ich das Himmel-und-Hölle-Spiel in meiner Tasche fand, wusste ich, dass ich tun musste, was er verlangte. Ich dachte, wenn ich mich still verhalte, lässt er vielleicht wenigstens meine Mutter in Ruhe.«

»Ich schicke gleich eine Streife zu Ihrer Mutter, nur für alle Fälle.«

»Tun Sie das. Vielleicht können Sie wenigstens ihr Leben retten. Duca ist irgendwo da draußen und wird mich töten. Und wenn Marco stirbt, ich ... ich könnte es mir nie verzeihen.«

»Wir werden dafür sorgen, dass Ihnen nichts geschieht. Ich lasse Sie ins Krankenhaus bringen, ich denke, Ihre Lippe muss genäht werden. Meine Männer werden Duca finden.«

»Danke, Commissario, vielen Dank.«

Medeot begleitete Camilla Galimberti hinaus und entließ sie in die Obhut eines der Rettungssanitäter. Er selbst blieb am Hauseingang stehen und wartete. Er gab einige Anweisungen und sah zu, wie Polizisten emsig ein und aus gingen, Spuren sicherten und Nachbarn befragten. All das beobachtete er nur halbherzig, denn er wartete sehnlich darauf, dass seine Kollegen sich mit guten Neuigkeiten meldeten. Es waren mittlerweile mehr Beamte unterwegs, und er hatte veranlasst, dass in der Gegend Straßensperren errichtet wurden. Wenn auch nur die Hälfte von dem, was Duca nachgesagt wurde, stimmte, war er einer der größten Verbrecher, die in der letzten Dekade in der Region ihr Unwesen getrieben hatten.

Kurz darauf trat das ein, was er befürchtet hatte: Seine Leute kamen mit leeren Händen zurück.

»Was ist passiert, verdammt noch mal«, rief Medeot ihnen entgegen und breitete auffordernd die Hände aus.

»Tut uns leid, Chef«, keuchte Bearzot. Capello beugte sich vornüber und hielt sich das Zwerchfell. »Keine Spur von ihm. Er ist wie vom Erdboden verschluckt.«

»Die Kollegen haben die Gegend weiträumig abgeriegelt. Ich hoffe, sie haben mehr Glück«, brummte Medeot. Er war sich ziemlich sicher, dass Duca noch in der Nähe war. Er musste sich versteckt haben, unmöglich, dass er ihnen entwischt war, so schnell, wie sie in einem Radius von mehreren Kilometern einen Kreis um den Tatort gezogen hatten. »Wir fahren zurück in die Questura. Es ist nicht sinnvoll, noch mehr Zeit zu verschwenden, es gibt genug zu tun. Cherubini ist nach wie vor verschwunden, genau wie die Gemälde.«

Und der Polizeidirektor wird mir den Marsch blasen, so viel steht fest, fügte er in Gedanken hinzu.

VIERZEHN

Als Medeot das Präsidium betrat und sich ihm auf dem Weg hinein niemand in den Weg stellte, sah er seine Chance. Er schlich in sein Büro, schloss die Tür hinter sich und zog den Sichtschutz vor die Scheibe. Ächzend ließ er sich in seinen Sessel fallen, verschränkte die Hände hinter dem Kopf und schloss die Augen. Endlich. Endlich bekam er die Ruhe, die er so dringend brauchte.

Ein paar Minuten lang saß er einfach da und versuchte, seinen Gedanken den Zugang zu seinem Bewusstsein zu verweigern. Das klappte für einen Moment, dann tauchte Camilla Galimbertis porzellangleiches blutverschmiertes Gesicht vor seinem inneren Auge auf. Seufzend ließ er die Arme auf die Lehne sinken. Na gut. Was also wussten sie nun? Mindestens drei Unbekannte, die gut organisiert und bewaffnet waren, hatten Alexandra Hüttenstätter entführt, um im Austausch für sie an Angelo Cherubini heranzukommen, den ein Gangsterboss namens Duca, der scheinbar gar nicht existierte, für seinen großen Coup einspannen wollte. Dabei handelte es sich um den Austausch wertvoller Tizian-Gemälde gegen eigens angefertigte Fälschungen. Cherubini war so gut, niemand hätte auf die Schnelle etwas davon bemerkt. Duca würde die Bilder unterdessen verkaufen und damit ein Vermögen machen.

Es war offensichtlich, dass es darum ging, Geld zu machen, auch die gefälschten venezianischen Anleihen konnte Medeot sich nur so erklären. Dennoch wollten sie nicht recht ins Bild passen, vor allem, nachdem Duca wahrscheinlich weit mehr dafür hätte verlangen können, wenn er etwas geduldiger gewesen wäre. Medeot war noch nicht dahintergekommen, was es damit auf sich hatte. Und wieso war Duca so unvorsichtig, ausgerechnet jetzt seine Stieftochter aufzusuchen und die Aufmerksamkeit der Polizei auf sich zu ziehen? Bis vor ein paar Tagen hatte in der Questura keiner je von Duca gehört, warum also auf einmal diese Auffälligkeiten? Das war doch seltsam. Was ihn direkt zur nächsten Frage brachte: War es tatsächlich möglich, dass jeder, den er befragte, auf einmal irgendeine Beziehung zu Duca hatte? Camilla Galimberti, die den Verkauf der Anleihen für ihn einfädelte, der Kellner aus dem »Bomba«, dem er eine der Anleihen als Bezahlung überließ, und letztlich wohl auch der im Gefängnis sitzende Enzo Morabito, dessen Telefonate mit Rori sie letzten Endes zu diesem geführt hatten. Wo war Zaghet, der die Entführung überhaupt erst möglich gemacht hatte? Wie war Angelos Erzfeind Jules Durant in die Sache verwickelt, arbeitete auch er für Duca? Und zu guter Letzt: Was hatte Angelo Cherubini damit zu tun? War er wirklich entführt worden, oder steckte er mit drin, und das alles war ein perfekter Plan, um am Ende mit weißer Weste wie ein Phönix aus der Asche zu steigen?

Fragen über Fragen, auf die Medeot keine Antwort hatte. Aber zumindest eine Schlussfolgerung konnte er aus dem Ganzen ziehen: Duca war scharf auf Geld. Man konnte meinen, dass jemand, dem so viel nachgesagt wurde, über ein ganz ordentliches Vermögen verfügen musste. Vielleicht war an den Gerüchten aber nicht so viel dran, wie die meisten dachten. Möglicherweise wollte er aussteigen, und das war sein großes Finale, nach dem er für immer untertauchen würde.

Medeot rutschte auf seinem Stuhl nach vorne. Was, wenn das wirklich der Plan war? Sie hätten kaum eine Chance, ihn jemals aufzuspüren. Das durfte nicht passieren. Irgendwie musste er ihm auf die Schliche kommen. Nur wie? Wenn sie es schon nicht schafften, Duca zu finden, dann musste Medeot eben dafür sorgen, dass Duca zu ihnen kam.

Er schloss die Augen und überlegte. Was würde er an Ducas Stelle tun? Er saß auf einem Haufen Gemälden, die zig Millionen wert waren. Sicher versuchte er bereits, sie zu verkaufen, denn es wurde langsam eng für ihn, die Zeit war knapp. Einen neuen Coup zu planen und durchzuziehen kam unter diesen Umständen nicht in Frage, also musste er einen Käufer finden. Das war die Stelle, an der Medeot einhaken musste – er würde dafür sorgen, dass er selbst diesen Käufer aussuchte.

Die zehn Minuten Ruhe und Frieden waren vorbei, als es an der Tür klopfte. Einen Moment lang dachte er ernsthaft darüber nach, sich tot zu stellen, da wurde sie auch schon aufgeschoben, und Alexandra steckte zaghaft den Kopf durch den Türspalt.

»Störe ich Sie, Commissario?«, fragte sie leise.

Medeot wurde klar, dass er ziemlich grob zu ihr gewesen war, und es tat ihm mittlerweile leid, sie so angefahren zu haben. Die Situation, in der sie sich befand, war alles andere als angenehm. Er setzte sein freundlichstes Lächeln auf und winkte sie herein. »Alles in Ordnung?«

Sie nickte. Es war offensichtlich, dass sie vor Neugierde beinahe platzte. Richtig, niemand hatte ihr bisher Bescheid gesagt, was in Gradisca d'Isonzo vorgefallen war, und offenbar traute sie sich gar nicht mehr, zu fragen.

»Wir haben ihn nicht erwischt«, erklärte Medeot.

»Wen? Angelo?«

»Duca. Angelo leider auch nicht. Es gibt nach wie vor keine Spur von ihm. Konnten Sie sich in der Zwischenzeit die Videos ansehen?«

»Ja, und ich denke, ich habe vielleicht etwas gefunden.«

»Ach ja?« Medeot zog überrascht die Augenbrauen hoch. »Das ist großartig, was haben Sie entdeckt?«

»Diese Camilla Galimberti, von der alle glaubten, sie sei tot.«

»Was ist mit ihr?«

»Ich habe mir das Video von meiner Entführung angesehen.«

»Das hätten Sie aber nicht tun sollen. Ich sprach von denen aus dem Museum oder aus dem Parkhaus.«

»Davon haben Sie nichts gesagt«, erwiderte sie trotzig. »Ich wollte sie sehen. Ich wollte mir die Typen ansehen, die dafür verantwortlich sind, dass ich nachts nicht schlafen kann und jeden wachen Moment damit verbringe, mir auszumalen, dass sie hinter der nächsten Ecke auf mich lauern könnten.«

»Halten Sie es für eine gute Idee, diese Situation erneut zu durchleben?«

»Das tat ich, und wie schon gesagt, habe ich etwas gefunden. Und zwar das hier.« Sie gab ihm einen Ausdruck der Aufnahme.

Regalreihen voller Lebensmittel waren zu sehen, und hinter der zweiten Reihe ziemlich weit im Hintergrund eine weibliche

Gestalt mit einem Einkaufskorb. Dem Zeitstempel nach war das Bild wenige Minuten vor dem Überfall entstanden.

»Was genau soll mir das sagen?«

»Was meinen Sie? Das ist doch offensichtlich.«

»Ich sehe eine Frau, so viel kann ich gerade noch erkennen.«

»Das ist diese Camilla!«

Medeot nahm das Foto genauer unter die Lupe. Es ließ sich beim besten Willen niemand darauf identifizieren, schon gar nicht Camilla Galimberti. »Tut mir leid«, sagte er und schüttelte den Kopf, »aber da gibt es kaum Ähnlichkeit. Die Aufnahme ist nicht besonders gut, ich sehe da nur graue Flecken.«

»Wollen Sie damit sagen, ich bilde mir das nur ein?«

»Natürlich nicht, aber vielleicht interpretieren Sie etwas zu viel hinein. Das ist eine blonde Frau, ja, aber das ist auch schon alles, was man darüber sagen kann. Wie kommen Sie darauf, dass das ausgerechnet Camilla Galimberti sein soll?«

»Sehen Sie denn die Ähnlichkeit nicht? Sie sieht genauso aus wie auf dem Foto in dem Zeitungsartikel.«

»Wie auf einem sechs Jahre alten Foto?«

»Geben Sie her«, fauchte sie und riss ihm die Kopie wieder aus der Hand. »Sie haben ja keine Ahnung.«

Medeot wollte sie beschwichtigen, doch sie machte auf dem Absatz kehrt und stürmte nach draußen.

Er seufzte. Nicht einmal bei großzügiger Auslegung ließ sich auf dem Bild jemand Bestimmtes erkennen. Das Schlimmste an der Sache aber war, dass er Alexandra verstehen konnte. Sie brauchte dringend etwas oder jemanden, der dem, was ihr zugestoßen war, ein Gesicht gab.

***

Alexandra zerknüllte wütend das schwarz-weiße Foto und pfefferte es in den nächsten Mülleimer. Mit dem Ärmel wischte sie die Tränen der Wut aus den Augenwinkeln. Ein paar Meter weiter hielt sie inne, ging zurück, holte das Papier wieder aus dem Mistkübel heraus, strich es glatt und steckte es ein. Sie hatte es endgültig satt. Sie war im Prinzip die Einzige hier, die überhaupt etwas auf die Reihe brachte, und was bekam sie dafür? Man stellte sie hin wie eine Verrückte. Gut, die Ähnlichkeit mit Camilla Galimberti war vielleicht nicht überwältigend, aber es konnte auch keiner mit Sicherheit sagen, dass sie es nicht war. Dabei war das doch genau die Art und Weise, wie man hier arbeitete. Einer vermutete irgendetwas, man ging dem – zumindest einen Moment lang – nach und konnte es danach ausschließen. Wieso machte sich niemand die Mühe, *ihre* Theorie auszuschließen?

Übertrieben fest stieß sie die Eingangstür auf. Das laute Glockengeläut des Duomo Sant'Ilario e Taziano empfing sie, es lud zur Abendmesse. Alexandra ballte die Hände zu Fäusten und stapfte den Gehsteig entlang an der Kathedrale vorbei bis in die schmale Seitengasse der Via Guglielmo Marconi, wo sie ihr Auto abgestellt hatte. Sie stieg ein und drosch die Tür zu, dass das ganze Auto wackelte. Oh nein, sie würde jetzt ganz bestimmt nicht zurück nach Cormòns fahren, sich brav hinsetzen und Däumchen drehen, das konnte Medeot nicht ernsthaft von ihr erwarten. Das Krankenhaus lag sowieso auf ihrem Heimweg, also konnte sie genauso gut einen kurzen Zwischenstopp einlegen.

Die Schwester, die an der Empfangstheke saß, grüßte sie freundlich. »Kann ich Ihnen helfen?«

»Ich möchte gern zu Camilla Galimberti. Können Sie mir sagen, in welchem Zimmer sie ist?«

Sie sah in ihren Computer, runzelte die Stirn und schüttelte dann den Kopf. »Tut mir leid, unter diesem Namen haben wir hier niemanden.«

»Na gut, dann möchte ich stattdessen zu Marco Bregant.«

Die Schwester faltete die Hände vor sich auf dem Tresen und musterte Alexandra mit einem langen Blick. »Und Sie sind?«

»Oh, entschuldigen Sie. Mein Name ist Alexandra. Hüttenstätter.«

»Sind Sie eine Verwandte?«

»Was? Nein, bin ich nicht.«

Die Schwester musterte sie skeptisch. Diesmal war ihr Blick eindeutig zu lang.

»Oh nein, keine Sorge, ich arbeite mit der Polizei zusammen. Mit Commissario Medeot, wissen Sie?«

»Dürfte ich dann bitte Ihren Ausweis sehen?«

»Meinen …«

»Ihren Dienstausweis.«

Alexandra klopfte sämtliche Taschen ab. »Den muss ich in der Eile wohl vergessen haben.«

»Natürlich haben Sie das. Dann werden Sie ihn wohl holen müssen. Ich kann Ihnen leider nicht weiterhelfen.«

»Nein, bitte, hören Sie, es ist sehr wichtig. Ich will nur wissen, ob sie hier ist. Es geht um Leben und Tod!«

»Um Leben und Tod«, wiederholte die Schwester verächtlich. »Bitte gehen Sie jetzt, sonst muss ich jemanden vom Wachpersonal holen, der Sie des Geländes verweist. Haben Sie das verstanden?«

»Aber Sie verstehen *mich* nicht! Es ist …«

»… wirklich wichtig, jaja.« Sie winkte jemandem hinter Alexandra zu.

»Gibt es hier ein Problem?«, fragte eine tiefe Stimme. Ein Mann in Wachdienstuniform trat an sie heran.

»Bitte begleiten Sie die Dame nach draußen und stellen Sie sicher, dass sie auch dort bleibt.«

»Ist ja schon gut, fassen Sie mich nicht an«, fauchte Alexandra, als der Sicherheitsmann sie in Richtung Ausgang drehen wollte. »Ich gehe ja.«

So ein verdammter Mist. Da machten die ein Staatsgeheimnis daraus, dabei wollte sie doch keine Krankenakte sehen, sondern dem Mann nur fünf Minuten einen Besuch abstatten. Das konnte kaum zu viel verlangt sein.

Sie stand bereits ein paar Minuten vor dem Krankenhaus in der Abendsonne, als sie spürte, dass sie beobachtet wurde. Wahrscheinlich war es der Mann vom Wachpersonal, der in ausreichender Entfernung hinter der gläsernen Eingangstür stand und ihr mit seinem Blick ein Loch in den Rücken bohrte.

Es musste doch möglich sein, zu erfahren, ob Camilla Galimberti sich in diesem Krankenhaus aufhielt. Eine Möglichkeit fiel ihr tatsächlich ein, nur fühlte sie sich nicht besonders wohl bei dem Gedanken, Santino für ihre Zwecke zu missbrauchen. Doch da hatte sie bereits seine Nummer gewählt.

»Das ist aber schön, dass du mich anrufst«, ertönte seine Stimme am anderen Ende der Leitung. Sie konnte beinahe hören, wie er von einem Ohr zum anderen strahlte. Umso mehr schämte sie sich. Sie würde es wiedergutmachen, das versprach sie ihm in Gedanken, und zwar so bald wie möglich.

»Wolltest du dich nur deshalb mit mir treffen? Weil du an Polizeiressourcen rankommen wolltest?« Santino zog die schwere Tür zum Präsidium auf und bedeutete ihr, voranzugehen.

»Natürlich nicht. Nicht nur.«

»Autsch. Da fühle ich mich gleich richtig ausgenutzt.« Santino zwinkerte ihr zu.

Sie musste grinsen. Er konnte so vieles mit ein wenig Humor nehmen. Es war eigenartig, mit ihm verbrachte sie eine halbe Stunde und fühlte sich, als wäre die Welt in Ordnung. Seine positive Einstellung übertrug sich auf fast schon unheimliche Weise auf sie.

Er klopfte an Medeots Bürotür. »Commissario?«

»Kommen Sie rein.«

»Es gibt da etwas, das Sie interessieren könnte. Es geht um Signora Galimberti.«

»Was ist mit ihr?«

»Wir kommen gerade aus dem Krankenhaus.«

Bei dem Wort »wir« hob Medeot zwar demonstrativ eine Augenbraue, sagte aber nichts.

»Es wurde keine Camilla Galimberti aufgenommen, auch in der Ambulanz gab es niemanden, auf den ihre Beschreibung gepasst hätte. Und bei Bregant war sie seit dessen Einlieferung auch nicht.«

»Was? Ist das Ihr Ernst?«

»Ich fürchte ja.«

»Verdammt. Wir hätten ihr jemanden zum Schutz zur Seite stellen müssen.« Er schlug mit der flachen Hand auf den Tisch.

»Jetzt hat Duca sie wohl doch noch erwischt«, ergänzte Santino.

Alexandra entfuhr ein entnervtes Schnauben.

Beider Blicke richteten sich auf sie.

»Sie sind nicht dieser Meinung?«

»Nehmen Sie's mir nicht übel, Commissario, aber Polizeischutz wäre das Erste, was ich an Ihrer Stelle veranlasst hätte, wenn ich wüsste, dass Duca versucht hat, sie umzubringen. Abgesehen davon finde ich, Sie sollten auch die Möglichkeit in Betracht ziehen, dass Camilla Galimberti mit drinsteckt.«

»*Das* glauben Sie? Im Ernst?«

»Ja. Und ich glaube, dass Angelo nach wie vor ebenfalls mit drinstecken könnte.«

»Bitte, Alexandra.« Medeot seufzte und setzte wieder seinen übertrieben beruhigenden Tonfall auf, den sie schon kannte und absolut nicht leiden konnte. »Es gibt überhaupt keine Anhaltspunkte dafür, dass das der Fall ist. Wie kommen Sie darauf?«

»Keine Ahnung, ist so ein Gefühl.«

Was sie wirklich dachte, behielt sie besser für sich. Man würde sie nur wieder für verrückt erklären. Mit jeder weiteren Stunde, die er verschwunden blieb, begann sie mehr und mehr zu glauben, dass Angelo vielleicht nicht nur an der Sache beteiligt war, sondern sogar eine Affäre mit dieser Camilla haben könnte. Abzusahnen und sich dann mit einer Frau abzusetzen war schließlich genau das, was er vor nicht allzu langer Zeit mit ihr vorgehabt hatte. Wer garantierte ihr, dass er das nicht sofort mit der Nächstbesten wiederholen würde? Und das, während sie verzweifelt versuchte, ihn zu retten? Trotzig verschränkte sie die Arme. Er war ein Lügner, und er war gierig. Je länger sich die ganze Sache hinzog, desto mehr setzte sich in ihr der Gedanke durch, dass alles nur ein abgekartetes Spiel war. Es würde sie jedenfalls nicht wundern, wenn Angelo gar nicht entführt worden wäre und es unnötig war, überhaupt weiter nach ihm zu suchen. Jemandem wie ihm war es absolut zuzutrauen, all das abzuziehen, um in den Besitz der

Tizian-Gemäldesammlung zu gelangen. Leider hatte sie nichts, womit sie diese Theorie beweisen konnte. Noch nicht.

Kommentarlos stellte Santino ihr eine Tasse frisch aufgebrühten Tee hin. Alexandra warf einen unauffälligen Seitenblick auf ihn, den er prompt auffing und mit einem freundlichen Augenzwinkern erwiderte. Ein warmer Schauer durchfuhr sie. Es war an der Zeit. An der Zeit, dass sie Angelo ein für alle Mal aus ihrem Leben und aus ihren Gedanken verbannte. Sie wollte endlich zur Ruhe kommen. Das war ihre Chance.

FÜNFZEHN

»Da sind Sie ja, Chef. Ich habe schon auf Sie gewartet.« Bearzot kam auf Medeot zugelaufen, als dieser gerade den Fuß in das Präsidium gesetzt hatte. Umständlich schob der Commissario den Jackenärmel hoch und sah auf die Uhr. Er war selbst früh dran, doch wie so oft in letzter Zeit war Bearzot bereits lange vor ihm da.

»Darf ich zuerst noch einen Kaffee trinken?«

»Wenn Sie meinen, aber ich dachte, es würde Sie interessieren, dass Nicolo Zaghet gefasst wurde.«

»Wir haben Zaghet in Gewahrsam? Wieso hat mich niemand angerufen?«

»Ist gerade erst passiert, ich dachte, Sie kommen ohnehin gegen halb acht, da wollte ich Sie nicht unnötig hetzen.«

Medeot entfuhr ein leiser Fluch. »Hat er schon etwas gesagt?«

»Er behauptet steif und fest, von nichts zu wissen. Aus Zufall ist er einer Streife aufgefallen, als er bei Rot über eine Ampel lief.«

»Wo ist er? Ich will sofort mit ihm sprechen.«

Medeot verspürte mit einem Mal kein Bedürfnis mehr nach einem Espresso, wach war er nun zur Genüge.

»Nicolo Zaghet«, stellte er fest, als er ihm gegenüberstand. »Was für eine nette Überraschung.«

»Commissario. Ich habe schon versucht, Ihrem Kollegen alles zu erklären, aber er wollte mir nicht glauben.«

»Er wollte Ihnen nicht glauben, dass Sie rein gar nichts mit der ganzen Sache zu tun haben? Wie unverschämt von ihm.«

Zaghet ignorierte die bissige Bemerkung.

»Wo waren Sie dann die letzten Tage?«

»Ich habe mich versteckt«, gab er kleinlaut zu. »Aber nur, weil ich Angst hatte, dass Campodonico mich für den Überfall verantwortlich machen würde und ich das ganze Geld aus meiner eigenen Tasche zurückzahlen müsste.«

»Sie sollten wissen, dass das so nicht läuft. Das übernimmt die Versicherung.«

»Was weiß ich, keine Ahnung. Ich wollte einfach nicht in irgendwelche Schwierigkeiten verwickelt werden. Wie das bei meinen Vorstrafen ausgesehen hätte.«

»Sie haben es nur noch schlimmer gemacht.«

Zaghet zuckte bockig mit den Schultern und verschränkte die Arme vor der Brust.

Es klopfte an der Tür, und Bearzot trat ein.

»Nur eine Sekunde, Chef. Es ist dringend.«

Medeot ließ Nicolo Zaghet in der Obhut von Bearzot, stieg eilig in einen Dienstwagen und fuhr zum gerade mal einen Kilometer entfernten Ospedale di Gorizia. Der Anruf des Krankenhauses war zur Abwechslung ein erfreulicher gewesen, meist bekam er in seiner Eigenschaft als Kommissar schlechtere Nachrichten übermittelt. Marco Bregant war nach einer komplizierten Operation aus der Narkose aufgewacht. Gestern hatte es zunächst schlecht um ihn gestanden. Jetzt war er zwar ansprechbar, doch das bedeutete keineswegs, dass sich ein Gespräch mit ihm einfach gestalten würde. Der zuständige Arzt hatte Medeot am Telefon erklärt, dass Bregant keinerlei Erinnerung an den Vorfall habe. Die Ursache dafür lag in einer Gehirnerschütterung, die er sich zugezogen hatte, als er zu Boden ging. Aber man sei froh, dass es nicht schlimmer ausgegangen war.

»Eine besonders große Hilfe bin ich Ihnen wohl nicht, Commissario«, sagte Marco Bregant und versuchte zu lächeln. Es blieb bei dem kläglichen Versuch.

»Was ist das Letzte, woran Sie sich erinnern?«

Bregant setzte die Fingerspitzen an die Stirn, als würde ihm selbst das Nachdenken Schmerzen bereiten. »Ich bin abends zu Bett gegangen. Recht früh, ich fühlte mich nicht gut. Dann bin ich hier aufgewacht. Es ist, als hätte der gestrige Tag nicht existiert.«

»Wo war Ihre Lebensgefährtin zu der Zeit?«

»Sie hat im Wohnzimmer gelesen.«

»Und an den Tagen davor?«

»Worauf wollen Sie hinaus, Commissario?«

»Wir versuchen, die letzten Tage zu rekonstruieren, so finden wir möglicherweise einen Anhaltspunkt.«

Das war nicht die Wahrheit. Die Frage nach Camilla Galimbertis Alibi für den Zeitraum, in dem die diesen Fall betreffenden Überfälle, Entführungen und Diebstähle begangen worden waren, hatte sich bei seinem ersten Besuch nicht gestellt, doch nun war die Sachlage anders.

»Ich dachte, Camilla hätte Ihnen eine Liste gegeben, wo sie gewesen ist.«

»Glauben Sie nicht, sie könnte aus Angst vor Duca womöglich ein paar Dinge ausgelassen haben?«

»Selbst wenn, dabei kann ich Ihnen nicht helfen, ich war in den letzten Tagen geschäftlich viel unterwegs. Ich vertrete ein paar neue Künstler, da hatte ich einiges zu tun. Wenn ich zu Hause war, war sie meist auch da, außer an zwei Abenden, wo sie beim Yoga und mit einer Bekannten beim Essen war.«

Medeot nickte. Das wusste er bereits von Camilla Galimberti. In kurzen Sätzen erzählte er Bregant, was seit ihrem letzten Gespräch passiert war – von den gefälschten Gemälden in der Villa Manin und davon, dass der Austausch wohl von Anfang an Ducas Ziel gewesen war, auch wenn noch nicht ganz klar war, wie das alles mit den gefälschten Anleihen zusammenhing.

»Ich tue alles, Commissario, wenn es Ihnen hilft, Camilla zu retten«, erklärte Marco Bregant überzeugt. »Nach dem, was sie durchmachen musste – wussten Sie, dass sie ohne Vater aufwuchs? Es gab nur sie und ihre Mutter. Camilla spricht nicht viel über ihre Vergangenheit, das gehört zu den wenigen Dingen, von denen sie mir erzählt hat. Und jetzt sagen Sie mir, dass die einzige Vaterfigur, die sie je hatte, sie umbringen will. Was muss das für ein Mensch sein? Fassen Sie dieses Dreckschwein und führen Sie ihn seiner gerechten Strafe zu.«

Medeot gab sich alle Mühe, seine Überraschung zu verbergen. Er hatte einiges von Marco Bregant erwartet, nicht jedoch, dass er eine klare Ansage wie diese machen würde. Es kümmerte ihn wenig, dass er hier schwer verletzt lag, er sorgte sich einzig und allein um seine Lebensgefährtin.

»Wir gehen davon aus, dass Duca versuchen wird, die Gemälde schnellstmöglich zu verkaufen. Er braucht Geld.«

»Die Bilder sind also heiß, und er muss sie loswerden, bevor er geschnappt wird«, spann Bregant den Gedanken weiter.

»Die Frage ist, wie er sie am besten verkauft.«

»Gar nicht. Er lässt es einen Hehler machen.«

»Genau den Gedanken hatte ich auch. Aber auf der anderen Seite, warum noch einen Mittelsmann einschalten?«

»Wenn eine so große Anzahl an Gemälden einfach auftaucht, stößt sie natürlich auf ein Höchstmaß an Skepsis.«

»Die meisten werden sie für Fälschungen halten.«

»Genau das ist das Problem, Commissario. Deshalb muss jemand mit einem sehr guten Ruf die Bilder für ihn verkaufen.«

»Und hier kommen Sie ins Spiel. Sie werden dafür sorgen, dass er einen passenden Hehler findet.«

»Dieser Hehler wollen Sie sein, nehme ich an.«

»Das ist der Plan. Wir erwischen ihn dann auf frischer Tat.«

»Commissario, das erscheint mir ein wenig …«

»Riskant?«

»Ich wollte sagen naiv und noch dazu wenig erfolgversprechend. Glauben Sie wirklich, jemand wie Duca hätte keinen Hehler? Oder zumindest genügend Kontakte, um jemanden zu finden?«

»Aber wir bieten das bessere Geschäft. Sie werden das Gerücht verbreiten, dass unser Hehler Kontakt zu einem ausländischen Käufer hat, der ganz versessen auf Tizians ist. Duca hätte leichtes Spiel, er hätte es nicht mit mehreren Käufern zu tun, sondern nur mit einem einzigen, und er müsste sich auch keine Sorgen machen, die Bilder außer Landes zu schaffen. Das erledigt der Käufer nämlich selbst.«

Bregant warf Medeot einen skeptischen Blick zu. Er versuchte, sich in seinem Bett aufzurichten, doch das endete nur damit, dass er ächzend zurück ins Kissen sank. »Sie sollten die Chancen, dass das funktioniert, dennoch nicht besonders hoch einschätzen«, keuchte er.

»Mag sein. Aber ich muss es versuchen. Natürlich ermitteln wir gleichzeitig auch in andere Richtungen. Wir nehmen ihm sämtliche Möglichkeiten, die Bilder anderweitig zu verkaufen, und treiben ihn in die Enge. Am Ende wird ihm nichts anderes übrig bleiben, als unser Angebot anzunehmen.«

Die Tür wurde geöffnet, und eine ältere Schwester trat ein. »Dottore, ich muss Sie nun bitten, zu gehen. Signor Bregant braucht dringend Ruhe.«

»Schon gut, ich bin schon weg.« Er erhob sich und wandte sich noch einmal Bregant zu. »Sind sie dabei? Das wird klappen.«

»Das hoffe ich. Für Sie, für mich und für Camilla.«

Medeot nickte. »Zu Ihrer Sicherheit steht vor der Tür ein Polizeibeamter.«

»Danke. Ich mache mich gleich ran.«

»Sie tun erst mal gar nichts, Signor Bregant«, fuhr die Schwester dazwischen und schob Medeot bestimmt nach draußen. »Es ist Zeit für den Verbandswechsel, und dann werden Sie sich ausruhen, haben Sie verstanden?«

Bregants Antwort hörte Medeot nicht mehr, er war schon auf dem Weg nach draußen. Er konnte nur hoffen, dass Bregant tatsächlich etwas erreichte und dass es schnell ging. Sie hatten nicht viel Zeit, und tatenlos herumzusitzen, das ertrug er nicht.

Als Medeot ins Präsidium zurückkehrte, traf er auf Alexandra und Santino Capello, die sich tuschelnd in der hintersten Ecke des Pausenraums zusammengefunden hatten. Sie schienen sich angeregt zu unterhalten und bemerkten nicht, dass er eingetreten war. Er räusperte sich laut.

»Oh, Commissario, Sie kommen genau richtig.«

»Richtig wofür?«

»Ich würde gern noch einmal zu dem Waldstück fahren, in dessen Nähe Ale…, ich meine, Signora Hüttenstätter, nach der Entführung gefunden wurde. Nur, wenn Sie mich hier gerade nicht dringend brauchen, natürlich.«

»Die Gegend wurde schon von einem ganzen Team durchkämmt, ohne dass etwas gefunden wurde. Wieso glauben Sie, allein besser voranzukommen?«

»Signora Hüttenstätter würde mich begleiten. Vielleicht fällt ihr etwas auf, während wir unterwegs sind.«

Medeot behielt für sich, wie sinnlos er dieses Vorhaben fand, stattdessen wog er ab, wie wichtig Capellos Anwesenheit hier tatsächlich war.

»Na gut, Sie können gehen, aber bleiben Sie erreichbar. Und sollten Sie auch nur eine verdächtige Mücke entdecken, rufen Sie sofort Verstärkung, ist das klar?«

»Natürlich, Commissario.«

»Das Letzte, was wir jetzt brauchen, ist, dass Sie beide sich irgendwo in den Wäldern verirren. Und passen Sie gut auf Alexandra auf. Sie ist eine Zivilistin, und ihr Wohlergehen unterliegt ab sofort Ihrer Verantwortung.«

Das entsprach zwar der Wahrheit, doch Medeot bezweifelte, dass den beiden in den Wäldern nördlich von Görz außer ein paar Wanderern überhaupt jemand über den Weg laufen würde.

Capello jedenfalls schien die Ansage sehr ernst zu nehmen. Medeot sah ihm an, dass er dafür sorgen würde, dass Alexandra kein Haar gekrümmt würde.

Er holte Bearzot zu sich ins Büro und schloss die Tür.

Der Inspektor sah ihn erwartungsvoll an. »Sie haben einen Plan?«

»Wir warten noch auf einen Anruf von Marco Bregant. Er wird seine Beziehungen spielen lassen und ein paar Gerüchte streuen. Ich hoffe nur, dass das nicht allzu lang dauert, uns läuft die Zeit davon.«

»Und was passiert dann?«

»Wir locken Duca in eine Falle, indem wir dafür sorgen, dass er uns die Gemälde anbietet. Ich werde mich als Hehler ausgeben, mit einem Tizian-Liebhaber als Kunden, der immer auf der Suche nach neuen Stücken ist.«

»Und Bregant verpasst Ihnen einen guten Ruf, sodass Duca nichts anderes übrig bleibt, als anzubeißen? Das könnte tatsächlich funktionieren.«

»Das muss funktionieren, Bearzot. Die einzige Alternative, die wir haben, ist ein Polizist, der mit seiner neuen Freundin ziellos durch die Wälder läuft.«

»Ich glaube, ich verstehe nicht …«

»Schon gut, nicht so wichtig.« Medeot winkte ab.

Das Schrillen des Telefons unterbrach ihre Unterhaltung.

»Das ist er, das ist Bregant.« Medeot legte den Telefonhörer auf den Tisch und drückte eine Taste. »Signor Bregant, Sie sind auf Lautsprecher. Bitte sagen Sie, dass Sie gute Nachrichten für uns haben.«

»Fast, Commissario, fast. Aber alles der Reihe nach. Ich habe getan, was Sie verlangten, ich habe mich ein wenig umgehört und mit ein paar Leuten gesprochen.«

»Aber?«, wollte Medeot ungeduldig wissen.

»Aber wie ich Ihnen bereits sagte, ist es nicht so einfach, aus dem Nichts einen Hehler mit einem guten Ruf in Umlauf zu bringen, schon gar nicht in der kurzen Zeit. Deshalb habe ich eine andere Lösung für Sie.«

»Ich bin ganz Ohr.«

»Haben Sie schon einmal von Turiddu gehört?«

»Nicht dass ich wüsste. Wer soll das sein?«

»Ich schon«, sagte Bearzot und trat einen Schritt näher an das Telefon heran, »das ist ein echter Hehler, er handelt ausschließlich mit italienischen Renaissancekünstlern. Wir haben einen seiner Fälle in der Polizeischule bearbeitet, daher ist er mir in Erinnerung geblieben. Doch soweit ich weiß, war er in den letzten Jahren nicht mehr aktiv.«

»Das stimmt. Nachdem er Italien verlassen hatte, hat er angeblich noch eine Zeit lang von Marokko aus gearbeitet, irgendwann ist er aber endgültig untergetaucht.«

»Ist er wirklich untergetaucht, oder ist ihm etwas zugestoßen? Man erzählt sich nämlich auch, dass er sich in Marrakesch Feinde gemacht hat, als er gefälschten algerischen Berberschmuck an einen ehemaligen marokkanischen Ministerpräsidenten verkaufen wollte.«

Medeot sah den Inspektor überrascht an. Er ertappte sich einmal mehr dabei, Bearzot und dessen immenses Wissen grob zu unterschätzen. Leider trugen seine Schusseligkeit und Artigkeit oft dazu bei, dass er nicht hundertprozentig ernst genommen wurde.

Nicht einmal von seinem eigenen Chef. Wenn er das bloß ablegen könnte, würde er nicht nur ein sehr fähiger Polizist werden, sondern auch einer, mit dem man rechnen musste, dachte Medeot.

»Ihr Kollege ist sehr gut informiert, Commissario. Tatsächlich aber ist die Frage, ob Turiddu noch am Leben ist, für Ihr Vorhaben unerheblich. Schließlich weiß es hier in der Gegend keiner so genau. Ich habe daher das Gerücht gestreut, dass Turiddu seit Kurzem wieder in Friaul weilt.«

»Haben Sie, wie wir besprochen hatten, erwähnt, dass er einen Kunden hat, der Tizians sucht?«

»Das wäre zu auffällig gewesen. Stattdessen habe ich in Erinnerung gerufen, dass Turiddu immer nur erste Ware vermittelt, und allen erzählt, dass er letztes Jahr angeblich den Schwarzmarktverkauf von Tizians Porträt von Caterina arrangiert hat. Das Gerücht verbreitet sich wie ein Lauffeuer.«

»Nicht schlecht. Meine Kollegen versuchen in der Zwischenzeit, einige Hehler aus dem Verkehr zu ziehen, sodass Ducas Auswahl nicht mehr allzu groß sein wird.«

Bregant räusperte sich verlegen. »Ich habe Ihnen noch nicht den Teil der Nachrichten erzählt, der nicht so gut ist.«

»Wo ist der Haken?«

»Sie gehen auf keinen Fall als Turiddu durch, bei allem Respekt, Commissario. Sie sind zu alt.«

»Da hat er recht«, erklärte Bearzot nüchtern.

»Sie sollten sich Turiddu vorher genau ansehen und sich gut überlegen, wen Sie ins Rennen schicken wollen. Und lassen Sie mir so schnell wie möglich eine Handynummer zukommen, die ich weitergeben kann. Wir wollen doch sicherstellen, dass Duca Turiddu auch erreichen kann.«

Nur gut, dass Marco Bregant die Schnute, die Medeot gerade zog, durch das Telefon nicht sehen konnte. Bearzot konnte es, doch der ignorierte es brav.

»Wird erledigt. Danke für die Hilfe, Signor Bregant. Ich wünsche Ihnen gute Besserung.«

Medeot widmete sich sofort seinem Computer. »Dann sehen wir uns doch gleich mal an, was wir über Turiddu haben.«

Er klickte auf den ersten Eintrag, ein Foto von Turiddu poppte auf. Medeot seufzte. So schnell war die Vorfreude, nach langer Zeit wieder einmal verdeckt ermitteln zu können, dahin. Er sah diesem Mann wirklich kein bisschen ähnlich. Selbst wenn Duca nicht wusste, wie Turiddu aussah, wäre allein das Alter problematisch. Wenn der Mann mit jemandem Ähnlichkeiten hatte, dann war das am ehesten Bearzot.

»›Salvatore Bianco‹«, las er, »›bekannt nur unter seinem Spitznamen Turiddu.‹ Turiddu wie Turiddu Giuliano, der sizilianische Volksheld? Der Robin Hood, das Vorbild der Ehrenhaften? Wie anmaßend.«

»Das ist vielleicht nur Zufall. Turiddu kann auch einfach nur ein Spitzname von Salvatore sein, ich würde da nicht zu viel hineininterpretieren.«

»Wie auch immer. Zuletzt gesehen wurde er offenbar am zwanzigsten September vor sechs Jahren, danach verschwand er aus Italien.«

»War an diesem Datum irgendetwas Besonderes, das sein Abtauchen erklären würde?«

»Nichts auf den ersten Blick Ersichtliches. Wie es aussieht, gibt es auch keine Haftbefehle oder Anklagen gegen ihn. Einer Rückkehr stünde also nichts im Wege.«

»Haben Sie schon jemanden dafür im Auge?«

Medeot zögerte. »Ich werde mich mit ein paar Kollegen in Verbindung setzen, die viel Erfahrung mit verdeckten Ermittlungen haben. Da findet sich bestimmt jemand.«

»Aber Chef, bei allem Respekt, von denen weiß keiner so viel über Turiddu wie ich.«

»Was wollen Sie andeuten? Dass ich Sie losschicken soll?«

»Ich kenne ihn vermutlich besser als sämtliche Kollegen zusammen. Und er hat etwa mein Alter.«

»Das ist viel zu riskant. Sie haben überhaupt keine Erfahrung mit so etwas. Duca ist sehr gefährlich, das kann ich unmöglich verantworten.«

»Natürlich habe ich keine Erfahrung, mit gar nichts, weil Sie mich einfach nie irgendwas Wichtiges machen lassen, Chef. Das ist unfair. Lassen Sie mich Ihnen beweisen, dass ich das kann. Nur dieses eine Mal.«

»Und wenn es schiefgeht?«

»Wenn es schiefgeht, verlange ich nie wieder etwas von Ihnen.«

»Richtig, weil Sie dann tot sein werden.«

»Sie wissen, dass das Blödsinn ist. Mit einem Team wie dem von Cecchi als Rückendeckung wird mir nichts passieren.«

Medeot war nach wie vor nicht überzeugt.

»Chef, mal ehrlich, wollen Sie Duca schnappen oder nicht?«

»Natürlich will ich das.«

»Dann lassen Sie mich gehen.«

Medeot schwieg einen Moment. »Na gut, meinetwegen denke ich darüber nach«, sagte er dann.

Es war nicht einmal sicher, dass Duca tatsächlich anbeißen würde.

Doch das tat er, und zwar deutlich schneller als gedacht. Es war am frühen Nachmittag, Marco Bregants Gerücht war also gerade einmal einen halben Tag alt, da war es schon so weit. Jemand hatte angebissen.

Medeot hatte einige Zeit hin und her überlegt. Bearzots Worte waren in seinem Gedächtnis hängen geblieben. Er hatte schließlich selbst schon festgestellt, dass der Inspektor seine Arbeit im Großen und Ganzen sehr gut machte. Vielleicht war es wirklich an der Zeit, dass er die Möglichkeit bekam, sich zu beweisen. Außerdem hatte er nicht unrecht, Bearzot würde als Turiddu durchgehen, und er wusste auch am meisten über ihn. Es waren die perfekten Voraussetzungen, wäre da nicht dieses seltsame Unbehagen, das Medeot dabei verspürte. Seinem Bauchgefühl zum Trotz gab er Bearzot grünes Licht.

Es war ein eigenartiger Treffpunkt, den Duca ausgesucht hatte. Ein Café, mitten in der Innenstadt, am Rande der Fußgängerzone und vom Corso Italia, der Hauptstraße, direkt einsehbar. Noch dazu am helllichten Tag. Medeot wusste nicht, was er anderes erwartet hatte, doch irgendwie drängte sich ihm ein Klischee von heimlichen Zusammentreffen in der Dunkelheit auf.

Bearzot schritt selbstbewusst auf das Café zu, das zum Teatro Giuseppe Verdi gehörte. Er hatte zwar genau wie Medeot, der sich in der Nähe in seinem Wagen aufhielt, eine Ahnung, mit wem er sich treffen würde. Turiddu hingegen hatte das nicht. Bearzot sah sich also fragend um. Es waren nur wenige Tische besetzt, doch keiner der anwesenden Gäste schien auf jemanden zu warten. Er wählte daher einen Tisch abseits der anderen Menschen. Kaum fünf Minuten später gesellte sich jemand zu ihm. Es war ein Mann mittleren Alters, er sah nicht wirklich italienisch aus, eher slawisch. Medeot tippte auf russische Abstammung. Wer immer der Mann war, es war nicht Christian De Rosa. Für das ungeschulte Auge sah es aus, als wäre er einfach so auf das Café und Bearzot zugeschlendert, doch das stimmte nicht. Medeot hatte bemerkt, dass er schon eine ganze Weile an der Ecke gestanden und die Gäste im Café beobachtet hatte. Es hätte ihn auch überrascht, wäre Duca so völlig naiv und ohne jegliches Misstrauen in seine Falle getappt. Dennoch, sollte Duca nicht persönlich auftauchen, hatten sie ein ernstes Problem. Die ganze Operation hing von seinem Erscheinen ab.

Turiddu und der Russe beschnupperten einander vorsichtig. Bearzot spielte seine Rolle gut, er ließ es aussehen, als wäre er ihm gegenüber genauso skeptisch eingestellt, wie es umgekehrt der Fall war.

»Man erzählt sich, Sie sind gut in dem, was Sie tun«, sagte der Russe.

»Da haben Sie richtig gehört.«

»Dann erzählen Sie mir mal, was Sie tun werden, um einen Käufer für die Bilder zu finden?«

Bearzot sah ihn emotionslos an. »Das soll nicht Ihre Sorge sein.«

»Woher sollen wir dann wissen, dass Sie das auch wirklich hinbekommen? Ich will einen Beweis, dass Sie nicht nur Blödsinn daherreden.«

»Ist Ihnen nicht klar, wie so etwas abläuft? Ich bin ein Vermittler. Wenn ich Ihnen auch nur einen einzigen Namen gebe, übergehen meine Kunden mich beim nächsten Mal. Mein guter

Ruf hängt davon ab, dass ich mit solchen Informationen nicht rausrücke.«

»Ist ja schon gut«, beschwichtigte ihn sein Gegenüber.

»Woher weiß ich, dass *Sie* wirklich der sind, der Sie vorgeben zu sein? Sie haben offensichtlich keine Ahnung von dem Geschäft. Das empfinde ich als Beleidigung. Weiß Ihr Boss überhaupt, wer ich bin? Wenn er mit mir Geschäfte machen will, soll er persönlich erscheinen. Ich habe keine Lust, mich mit irgendwelchen Hampelmännern abzugeben, die keine Ahnung von gar nichts haben.«

Als der Russe nicht gleich antwortete, stand Bearzot wütend auf. Medeot blieb beinahe das Herz stehen. Der Russe erhob sich ebenfalls, doch er machte keine Anstalten zu gehen, sondern bedeutete Bearzot mit einer einladenden Handbewegung, ihm zu folgen. Sie betraten das Kaffeehaus, und der Russe nickte dem Kellner zu, worauf dieser sie durch eine Seitentür in das Theater einließ. Medeots Unruhe wurde stärker, als Bearzot aus seinem Sichtfeld verschwand.

Es blieb eine Zeit lang still, dann wurde geräuschvoll eine Tür geschlossen. Die Stimme des Russen ertönte.

»Darf ich vorstellen, Ihr Auftraggeber. Sind Sie nun zufrieden?«

»Das bin ich. Sehr erfreut.«

Duca antwortete nicht. Medeot hörte das Rascheln von Papier.

»Wie überaus interessant«, erklärte der Russe. »Diese Nachricht, wissen Sie, Turiddu, ist äußerst interessant. Soll ich Sie wirklich weiterhin so nennen?«

»Wovon sprechen Sie?«

»Sie sind nicht Turiddu. Wer sind Sie?«

»Natürlich bin ich Turiddu«, entgegnete Bearzot ruhig, »wer sollte ich denn sonst sein?«

»Sagen Sie es mir.« Die Stimme des Russen klang bedrohlich.

»Lassen Sie uns über die Bezahlung sprechen.«

Medeot sprang wie von der Tarantel gestochen auf. Das war der Satz, den sie als Codewort für den Zugriff vereinbart hatten. Es passte überhaupt nicht in den Kontext, aber offenbar war Bearzot überzeugt, die Situation nicht mehr zu seinen Gunsten drehen zu können. Wie war es möglich, dass er so schnell aufgeflogen war?

Die Funksprüche der Einsatzkräfte vermischten sich mit den Stimmen von Bearzot und dem Russen zu unverständlichem Gebrabbel, bis Medeot es nicht mehr aushielt, seine Waffe zog, durchlud und selbst in das Theater lief.

»Nichts passiert, Chef«, rief Bearzot und kam ihm entgegen.

»Wo ist Duca? Und der andere? Sind sie entkommen?«

»Wir haben sie.« Er wies über seine Schulter in die Richtung, aus der er gekommen war. Da kam ihnen auch schon das Einsatzkommando entgegen, mit zwei Personen in Handschellen.

***

Die Tankstelle sah weit weniger einladend aus als noch ein paar Tage zuvor, als sie für Alexandra das rettende Licht am Horizont gewesen war. Santino war daran vorbeigefahren, hatte den Wagen einige hundert Meter weiter am Straßenrand abgestellt und war an der Fahrbahn entlang vorausgegangen.

»Worauf wartest du?«, rief er ihr zu.

Sie beeilte sich nicht, ihm zu folgen. Es war zwar ihre Idee gewesen, noch einmal herzukommen, doch jetzt, da ihr die Erinnerung an diese Nacht so hart ins Gedächtnis gehämmert wurde, fragte sie sich, ob es so ein guter Einfall gewesen war.

»Wir müssen das nicht tun, wenn du nicht willst«, sagte Santino, als sie bei ihm angelangt war.

Sie schluckte hörbar, als sie durch die Büsche am Straßenrand in die Dunkelheit des Waldes blickte.

»Lass es uns tun«, erklärte sie mit fester Stimme und griff ganz unbewusst nach seiner Hand. Sofort war es ihr peinlich, doch Santino lächelte nur, erwiderte den Griff, und sie traten durch die Sträucher in den Wald.

»Laut dem Bericht müsstest du etwa hier auf die Straße getroffen sein. Erkennst du irgendetwas wieder?«

Sie sah sich um und zuckte hilflos mit den Schultern. Es war einfach nur Wald, Bäume, ein paar Sträucher, Steine, Wurzeln. Was genau sollte sie da wiedererkennen?

»Moment mal, da stimmt was nicht.« Vielleicht konnte sie sich an den genauen Weg nicht mehr erinnern, aber eines wusste sie genau. »Ich bin den Fluss entlanggelaufen, dann habe ich von Weitem eine Brücke gesehen. Dort bin ich auf die Straße gekommen. Gibt es in der Nähe eine Brücke?«

»Die gibt es, aber sie ist ein gutes Stück von hier entfernt.«

Sie liefen zum Wagen zurück und fuhren zu der Brücke, die im Tageslicht wenig verheißungsvoll aussah.

Diesmal hatte Alexandra tatsächlich dunkel das Gefühl, schon einmal hier gewesen zu sein. Sie waren von der Straße abgebogen und gingen den Fluss entlang Richtung Norden.

»Kannst du dich sonst noch an etwas erinnern, das uns weiterhelfen könnte?«

Santino lief wachsam hinter ihr her, eine Hand ruhte die ganze Zeit auf seiner Dienstwaffe. Seltsamerweise reichte für Alexandra allein diese Geste aus, um sich in seiner Gegenwart sicher zu fühlen. Dabei ging es gar nicht so sehr um die Waffe, sondern vielmehr um den Blick in seinen Augen, der ihr zeigte, wie ernst er es meinte, wenn er sagte, ihr würde nichts geschehen.

In einiger Entfernung erblickte Alexandra etwas, das aussah wie eine kleine Brücke.

»Was ist das da vorne?«

»Das ist eine der alten Holzbrücken aus der Zeit nach dem Ersten Weltkrieg. Die meisten von ihnen wurden abgerissen und durch Steinbrücken ersetzt, die wenigen, die es noch gibt, sind nicht mehr sicher und ziemlich einsturzgefährdet. Komisch allerdings, dass hier mitten im Nirgendwo eine steht. Bist du darübergelaufen?«

»Das ist es ja gerade, ich kann mich an die Brücke nicht erinnern.«

»Vielleicht hast du sie im Dunkeln übersehen?«

»Bestimmt nicht, ich habe bewusst nach Brücken oder Straßen gesucht. Nein, wir müssen zu weit gegangen sein. Lass uns umdrehen.«

Sie schob sich an ihm vorbei und ging den gleichen Weg wieder zurück, diesmal jedoch langsamer. Sie untersuchte jeden größeren Baumstamm und jeden umgeknickten Zweig auf ihre eigenen Spuren, doch es war zwecklos. Es war dunkel, und sie war in Panik gewesen, wie hätte sie da auch nur einen Gedanken an den Weg verschwenden können, den sie nahm?

Doch dann fiel ihr Blick auf etwas, das sie kannte. Abrupt blieb sie stehen und deutete auf das Flussufer zu ihrer Rechten. »Siehst du das da drüben? An der Stelle kommt man zum Wasser, da ist so eine Art Sandbank, und zwar nur hier. Das war das Erste, was ich von dem Fluss sah, als ich aus dem Wald kam.«

»Das ist großartig, Alexandra, das gibt uns schon mal eine ungefähre Richtung.« Santino zog eine Karte hervor, auf der das Gebiet eingezeichnet war. »Diesen Bereich hatten die Kollegen überhaupt nicht auf dem Schirm. Trotzdem gibt es auch hier keine bekannten Bunker oder Festungen, der nächste liegt fast dreißig Kilometer nördlich.«

»Ich glaube kaum, dass die einen Unterschlupf verwendet haben, der auf sämtlichen Karten verzeichnet und sogar der Polizei bekannt ist.«

Santino starrte verlegen auf die Karte. »Macht Sinn. Erinnerst du dich sonst noch an etwas?«

»Tut mir leid, nein. Gehen wir jetzt hier rein oder was?«

Sie ließ Santino als Erstes durch die dichte Reihe an Sträuchern treten. Auf der anderen Seite erwartete sie nichts als Wald. In ihrer Paranoia hatte sie insgeheim damit gerechnet, dass hier schon jemand auf sie warten und sie abfangen würde. Doch das war nicht der Fall.

Sie drangen weiter in den Wald vor.

»Warte, ich glaube hier ist etwas«, rief Alexandra und senkte ihre Stimme dann sofort zu einem Flüstern. Sie ging in die Hocke und bog einen Strauch zur Seite. Dahinter kam eine schmale Öffnung zum Vorschein, die sie nur zu gut kannte. »Das ist es«, wisperte sie aufgeregt. »Durch dieses Fenster bin ich geklettert. Wir haben es tatsächlich gefunden!«

Santino bedeutete ihr, still zu sein, und zog sie weg von der Öffnung in die Richtung, aus der sie gekommen waren. Hinter einem halbhohen Erdwall, an dessen Spitze ein alter morscher Baumstumpf den perfekten Sichtschutz bot, gingen sie in Deckung.

»Was ist los, worauf warten wir?«, fragte Alexandra ungeduldig.

»Keine Alleingänge«, mahnte Santino. »Ich habe Commissario Medeot versprochen, dich nicht in Gefahr zu bringen. Wir fordern Verstärkung an.«

»Ach komm schon, sei doch nicht so ein Spielverderber.«

»Was, wenn die noch hier sind? Wir wissen, dass sie gefährlich sind. Was willst du tun, etwa einfach hineinlaufen?«

»Natürlich nicht, aber wir könnten zumindest schon mal nach dem Eingang suchen und dann immer noch entscheiden, wie wir weiter vorgehen. Wenn wir leise und vorsichtig sind, wird uns keiner hören. Und schließlich bist du bewaffnet.«

Alexandras Aufregung entlud sich bis in ihre Fingerspitzen. Sie hatten den Bunker tatsächlich gefunden, und jetzt wollte Santino einfach *warten*? Das konnte unmöglich sein Ernst sein.

Sie versuchte, sich aufzurichten, doch er drückte sie bestimmt zu Boden.

Im Flüsterton führte er ein kurzes Telefonat mit der Zentrale. Unwillkürlich musste Alexandra grinsen. Wie er da so halb auf ihr lag und Verstärkung anforderte, barg eine gewisse Komik.

»Sie sind unterwegs«, erklärte er leise, nachdem er aufgelegt hatte, und rutschte ein Stück nach vorn, um einen Blick über die Kuppe zu werfen.

Alles in ihr schrie auf. Sie wollte nicht, dass er von ihr wegrückte, seine Nähe fühlte sich gut an, sie gab ihr auf eine sonderbare Art und Weise Sicherheit.

Die Zeit, die sie warten mussten, kam Alexandra wie eine Ewigkeit vor. Santino verharrte neben ihr, jeden einzelnen Muskel angespannt. Wäre er mit einem seiner Kollegen hier, wäre er bestimmt schon längst durch das kaputte Klofenster in die Höhle des Löwen verschwunden. Ihm entgingen kein Geräusch und keine Bewegung. Obwohl die Situation so perfekt war, machte er keinerlei Anstalten, ihr näher zu kommen. Einmal, als ihre Blicke sich trafen, strich er eine Haarsträhne aus ihrem Gesicht und schenkte ihr ein aufmunterndes Lächeln, doch mehr geschah nicht. Ganz anders als … Sie kniff die Augen fest zusammen und versuchte, den Gedanken aus ihrem Kopf zu verbannen.

Aufgeschreckt von einem Geräusch, das Alexandra nicht einmal wahrgenommen hatte, schnellte Santino herum und erhob sich. Nahezu lautlos rückten mehrere bewaffnete Personen in schusssicheren Westen an. Er besprach sich mit einem von ihnen und deutete in Richtung des versteckten Zugangs. Sein Gegenüber nickte und reichte ihm eine kugelsichere Weste. Während er sie anlegte, kam er zu Alexandra zurück.

»Du bleibst hier, okay? Das ist viel zu gefährlich. Bleib geduckt und verlass dieses Versteck nicht, egal was passiert. Verstanden?«

Alexandra konnte nur nicken. Die Art, wie er da so entschlossen vor ihr stand und völlig selbstverständlich die Ladung seiner Waffe überprüfte, beeindruckte sie vollends.

Sie sah zu, wie die Polizisten einer nach dem anderen zwischen den Bäumen verschwanden, dann war sie allein.

Sie hockte eine gefühlte Ewigkeit im Schutz des Baumstumpfes und traute sich kaum, sich zu bewegen, bis sie auf der anderen Seite des Hügels endlich wieder einige Polizisten erblickte.

»Was ist passiert? Kann mich bitte mal einer auf den neuesten Stand bringen? Ich sterbe hier ja schon beinahe.«

»Entschuldige«, keuchte Santino und kam auf sie zugelaufen. »Hat etwas länger gedauert. Hast du irgendjemanden gesehen?«

»Niemanden. Wieso, habt ihr nicht alle erwischt?«

»Wir haben gar keinen erwischt. Das Versteck war verlassen. Alles, was noch da war, waren die Reste eines kaputten Bilderrahmens, sonst nichts. Die Kollegen vom Erkennungsdienst sind auf dem Weg. Wenn es etwas gibt, werden die es finden.«

»Also war das alles ziemlich umsonst.«

»Ganz und gar nicht. Oder glaubst du, es ist ein Zufall, dass wir in einem alten Bunker mitten in den Wäldern einen Bilderrahmen finden?«

SECHZEHN

Nicht lange nach Medeot kehrten auch Alexandra und Santino Capello auf das Präsidium zurück. Sichtlich stolz berichtete Capello, dass sie den Unterschlupf der Verdächtigen gefunden hätten. Medeot konnte nicht behaupten, dass es alle Tage vorkam, dass er gleich zwei Mal überrascht wurde. Er hätte nicht im Traum damit gerechnet, dass die beiden fündig würden. Sosehr er ihnen den Triumph gönnte, gab es doch etwas, das jetzt wichtiger war, und das war die Person, die im Verhörraum auf ihn wartete.

»Die Spurensicherung ist noch im Gange, die Untersuchung sollte aber bald abgeschlossen sein.«

»Sehr gut. Geben Sie mir Bescheid, sobald das passiert ist. Ich will alle Einzelheiten wissen, ehe ich mit der Befragung beginne.«

»Wen befragen Sie denn?«

Medeot konnte nicht umhin zu versuchen, es spannend zu machen. »Die Person, die in unsere Falle getappt ist.«

»Christian De Rosa? Sie haben ihn also erwischt?«, fragte Capello.

»Das ist ja großartig«, rief Alexandra.

»Nicht ganz. De Rosa war es nicht, der angebissen hat.«

»Aber wer denn sonst? Spannen Sie uns nicht auf die Folter.«

Alexandra verschränkte die Arme vor der Brust und starrte ihn grimmig an. »Ist es Camilla Galimberti?«

Medeots Lächeln wich schlagartig aus seinem Gesicht. Er räusperte sich verlegen.

»Sie ist es, nicht wahr?«

»Sie ist tatsächlich diejenige, die wir in Gewahrsam haben.«

»Ich wusste es, ich habe es Ihnen doch gesagt, die steckt da mit drin!«

»Sie hatten vermutlich recht«, gab er widerwillig zu. Alexandra hatte allen Grund, sich aufzuregen, er hatte ihre Theorie als Hirngespinst abgetan.

»Ganz recht, das hatte ich. Und nicht nur das. Ich kann Ihnen auch ganz genau erklären, wie sie da mit drinhängt. Sie ist die Frau auf dem Überwachungsband im Supermarkt! Das unschuldige Blondchen, das sich als Kundin ausgibt. Sie hat sichergestellt, dass die Entführung so klappte, wie es geplant war. Als Sie mit dem Polizeiwagen an ihrem Haus angehalten haben, muss sie gedacht haben, sie sei aufgeflogen. Deshalb tat sie so, als wäre ihr Vater Duca und hätte sie überfallen, dabei war sie diejenige, die auf Marco Bregant geschossen und sich selbst verletzt hat. Wahrscheinlich hat sie sogar De Rosa umgebracht. Denn wenn nicht, wo ist er dann, hm? Sie ist es, Commissario. Sie ist der wahre, der neue Duca.«

Capello klappte überrascht den Mund auf und gleich wieder zu. Alexandra funkelte Medeot an und hielt den erhobenen Zeigefinger in seine Richtung. »Sie wissen, dass ich recht habe.«

»Ich muss gestehen, dass Camilla Galimberti bei dem gestellten Verkauf aufgetaucht ist, ist eigenartig, und es beweist, dass sie tatsächlich tiefer in die Sache verwickelt ist, als sie uns weisgemacht hat.«

Alexandra wollte aufbrausen, doch Medeot hob abwehrend die Hände.

»Sie müssen dennoch zugeben, dass Ihre Theorie ein wenig unrealistisch ist. Wieso sollte sie in den Supermarkt gehen und es riskieren, gefilmt zu werden, wenn alle anderen Masken tragen?«

»Genau deshalb, weil sie so niemand verdächtigen würde. Finden Sie es denn nicht eigenartig, dass sie ausgerechnet zu diesem Zeitpunkt da war?«

»Nicht besonders, sie wohnt schließlich in der Nähe. Wahrscheinlich kauft sie regelmäßig dort ein.«

»Warum war sie dann nicht unter den Zeugen? Haben Sie dafür auch eine Erklärung?«

»Vielleicht, weil sie ihren Einkauf zum Zeitpunkt der Entführung bereits beendet und den Supermarkt verlassen hatte? Die Aufnahme entstand ja vor dem Überfall.«

»Oder vielleicht, weil sie gar nicht da war?«, schlug Capello vor.

»Wirklich? Du auch?«, fauchte Alexandra ihn an.

»Wir versuchen doch nur, das Für und Wider abzuwägen, nicht wahr, Commissario?« Capello sah ihn hilfesuchend an. »Das heißt nicht, dass ich deine Theorie nicht glaube.«

»Er hat recht, Alexandra. So arbeiten wir nun mal.«

»Ich … entschuldige.« Sie starrte zu Boden. »Ich wollte dich nicht anfahren. Es ist nur«, sie fuhr sich nervös mit der Hand durch die Haare, »dieses ganze Nichtwissen macht mich echt fertig, ich weiß auch nicht.«

Er legte sanft den Arm um sie. »Aber der Nebel lichtet sich bereits«, erklärte er beruhigend.

Inspektor Battaglia war unbemerkt eingetreten und räusperte sich, um auf sich aufmerksam zu machen.

»Bitte entschuldigen Sie die Störung«, sagte er leise. Er sah verstört aus. »Dottore, ein wichtiger Anruf für Sie, es ist das Krankenhaus.«

Medeot nahm den Anruf sofort entgegen, in der Erwartung, Marco Bregant am Apparat zu haben, doch statt ihm war Bregants behandelnder Arzt in der Leitung.

Bereits nach wenigen Augenblicken ließ Medeot das Telefon wieder sinken.

»Was ist los?«, fragte Capello.

»Bregant ist tot. Ich … das … das kann unmöglich ein Zufall sein«, stammelte Medeot. »Er … es ging ihm doch gut, er war auf dem Weg der Besserung. Die Ärzte wollten ihn Ende der Woche entlassen.«

»Was ist passiert?«

»Sein Herz hat versagt, einfach so. Der Arzt meinte, er könne sich im Moment nicht erklären, wieso das passiert ist, aber es komme ihm merkwürdig vor.«

»Es wurde also möglicherweise nachgeholfen?«

»Das muss durch eine Obduktion geklärt werden. Rekapitulieren wir. Welchen Grund hätte jemand, Marco Bregant zu töten?«

»Er kann die Person, die auf ihn geschossen hat, identifizieren«, mutmaßte Capello.

»Ich dachte, er könnte sich nicht erinnern?«, warf Alexandra ein.

»Erinnerungen kommen zurück, das muss nichts heißen.«
»Es gibt noch einen weiteren Grund«, sagte Medeot tonlos. »Jemand hat herausgefunden, dass das Gerücht um Turiddu von ihm verbreitet worden ist, und wollte sich dafür rächen.«
»Das ist nicht Ihre Schuld, Commissario, das wissen Sie.«
Capello hatte recht, er wusste das, und doch änderte es nichts daran, dass es sich so anfühlte. Marco Bregant war kein schlechter Mensch gewesen, ganz im Gegenteil. Und jetzt war er tot, einfach so. Seine Miene verfinsterte sich. Er würde Camilla Galimberti dringend raten, dass sie nichts mit dieser Sache zu tun hatte, um ihretwillen.
Bearzot steckte den Kopf durch die Bürotür, eine Akte in der Hand. »Oh, eine Versammlung, von der ich nichts weiß? Habe ich etwas verpasst?«
Medeot seufzte und rieb sich mit den Händen über das Gesicht. »Capello wird Sie informieren. Konnten Sie schon etwas über das Versteck der Entführer in Erfahrung bringen?«
»Selbstverständlich, Chef. Ein interessantes Fleckchen haben wir da entdeckt, so viel steht fest.«
»Die Kurzfassung?«
»Der Unterschlupf ist tatsächlich ein ehemaliger Bunker aus dem Ersten Weltkrieg, der aber vor Jahren umgebaut wurde, wahrscheinlich von Schmugglern oder der Mafia, und ihnen als Versteck gedient hatte.«
»Bearzot, ich sagte Kurzfassung. Bitte.«
Bearzot schob sichtlich gekränkt die Augenbrauen zusammen, fuhr aber ohne einen weiteren Kommentar fort: »Ich habe Signor Fabris ein Foto des Rahmens, der gefunden wurde, zukommen lassen, und er hat ihn erkannt. Er scheint zu dem einzigen Gemälde zu gehören, das sie mitsamt dem Rahmen mitgenommen haben. Ich vermute, dass sie zeitliche Probleme hatten und es nicht mehr geschafft haben, das Bild aus dem Rahmen zu lösen, ohne es zu beschädigen. Anders kann ich es mir nicht erklären, der Rahmen ist nicht besonders wertvoll. Es gab in den gesamten Räumlichkeiten DNA-Spuren, die noch überprüft werden. Und ich habe noch etwas für Sie.« Er reichte Medeot ein Dokument

aus der Mappe. »Die Aussage des Russen, Roman Petrow. Mehrfach vorbestraft. Um seine eigene Haut zu retten, hat er ein paar interessante Informationen ausgespuckt – interessant, sofern sie wahr sind, heißt das.«

»Was sagt er?«

»Dass Duca aussteigen will. Zumindest sei das Gerücht umgegangen, er würde sich mit dem Geld aus dem Anleihengeschäft absetzen wollen. Sollte das der Plan gewesen sein, schlug er jedoch fehl, denn Duca hatte es eilig und soll zwei Fälscher auf den Job angesetzt haben, Petrow wusste aber nicht, wer die waren. Das Ergebnis war nicht identisch, wie wir wissen. Als bereits eine beachtliche Menge davon hergestellt war, fand Duca heraus, dass die gefälschten Anleihen für den angestrebten Deal nicht gut genug waren. Er konnte nur eine begrenzte Menge verkaufen, wenn er den Käufer von einer genauen Prüfung abhalten wollte. Die Fälschungen waren grundsätzlich in Ordnung, aber einem genaueren Test hätten sie nie standhalten können.«

»Deshalb die Geschichte mit der Erbschaft und der erfundene Zeitungsartikel?«

»Um zumindest einen Teil davon doch noch verkaufen zu können, richtig.«

»Und Di Gratton hat den Köder prompt geschluckt. Gut, das ist gut. Damit kann ich arbeiten. Danke, Bearzot.«

Er ließ die drei ohne weiteren Kommentar in seinem Büro stehen und ging zu den Vernehmungsräumen. Camilla Galimberti erwartete ihn bereits.

»Commissario, endlich kommt jemand. Ich sitze hier schon seit fast einer Stunde. Ist alles in Ordnung?«

Die Frau mit den blonden Locken und dem hellen Teint war noch blasser, als Medeot sie bisher erlebt hatte. Sie hockte wie ein Häufchen Elend auf dem Sessel in der Mitte des kahlen Raumes. Ob sie schon wusste, dass Marco Bregant tot war? Es war gut möglich, dass sie selbst dafür gesorgt hatte, dass es so weit gekommen war.

»Was ist los, Commissario, wieso sagen Sie nichts?«

Medeot ließ sich auf den Stuhl ihr gegenüber sinken. »Ich

dachte, ich lasse erst mal Sie erzählen. Bitte, ich bin sehr neugierig.«

»Ich erzähle Ihnen alles, was Sie wissen wollen, wenn es Ihnen hilft.«

»Was hatten Sie im Teatro Verdi zu suchen?«

»Sie wissen doch, dass Duca mich in der Hand hat. Ich hatte Angst, seinen Auftrag abzulehnen.«

»Das war berechtigt, bevor wir erfuhren, dass er Ihr Stiefvater ist«, widersprach Medeot. »Sie hätten sofort zu uns kommen müssen.«

»Ich hatte Angst«, sagte sie leise. Ihre Stimme zitterte. »Diesmal ist er noch einen Schritt weiter gegangen. Er hat gedroht, meiner Mutter etwas anzutun, Commissario. Und er sagte, es würde längst nicht so schnell gehen wie damals bei Daina. Ich dachte, wenn ich mache, was er von mir will, lässt er uns vielleicht endgültig in Ruhe.«

»Das dachten Sie? Nachdem er in Ihr Haus eingedrungen ist und Ihren Lebensgefährten schwer verletzt hat?«

»Das ist es ja gerade. Dieses Mal hat De Rosa keinen seiner Handlanger geschickt, um mich zu bedrohen. Er kam selbst, um seiner Forderung Nachdruck zu verleihen. Und das ist noch hundertmal schlimmer, Commissario, glauben Sie mir. In dem Moment, als ich in seine kalten Augen blickte, wollte ich einfach nur, dass alles vorbei ist. Aber das konnte ich meiner Mutter nicht antun. Und na ja, ich … ich dachte … ich dachte, ich würde es allein auf die Reihe bekommen. Aber da habe ich mich wohl getäuscht.«

Medeot ließ sich nicht anmerken, dass er kein Wort von dem, was sie sagte, glaubte. Sie sollte ruhig denken, dass sie ihn um den Finger wickeln konnte. »Mein Kollege war im Krankenhaus, in das man Sie bringen wollte, doch da wurden Sie nie behandelt. Was ist passiert?«

»Es ging mir doch gut. Ich wollte nicht unnötig die Zeit der Ärzte verschwenden, die hatten bestimmt Wichtigeres zu tun, Schwerverletzte zu betreuen. Deshalb ging ich einfach nach Hause.«

»Richtig, zu Hause. Da waren wir auch, Signora Testa, aber keiner der Nachbarn hat Sie gestern noch dort gesehen. Abgesehen davon, dass Ihr Haus ein Tatort war und sich die Kollegen vom Erkennungsdienst bis zum Abend dort aufgehalten haben. Auch von denen hat Sie niemand gesehen.«

»Bitte, Commissario, nennen Sie mich nicht bei diesem Namen.«

Medeot ignorierte ihre Bitte. »Wo also waren Sie in der Zeit, Signora Testa?«

Sie starrte einen Moment lang zu Boden, und Medeot meinte, gleich würden Tränen aus ihren Augen schießen.

»Ich weiß es nicht«, hauchte sie tonlos, »wirklich nicht. Ich glaube, ich bin irgendwo umhergeirrt. Die Erinnerung an diesen ganzen gestrigen Tag ist komplett verschwommen, ich stand wohl ziemlich unter Schock.«

»Sie erinnern sich nicht, natürlich. Wissen Sie, Marco Bregant erinnerte sich ebenfalls nicht, und das wird er in Zukunft auch nicht mehr, denn er ist vor Kurzem im Krankenhaus verstorben.«

»Was? Marco ist tot?« Nun suchte sie doch noch Medeots Blick, und in ihren wässrigen Augen lag etwas Tieftrauriges, derselbe Ausdruck, den er schon an jenem Tag gesehen hatte, als er ihr zum ersten Mal begegnet war. Ihre Augen füllten sich endgültig mit Tränen, und sie begann, hemmungslos zu weinen.

War sie so gut, dass sie ihm das tatsächlich vorspielen konnte? Oder tat Medeot ihr vielleicht unrecht und sie hatte nichts mit Marco Bregants Tod zu tun?

»Wie konnte das nur passieren?«, flüsterte sie schluchzend.

»Sein Herz hat versagt. Es tut mir sehr leid.« Weinende Frauen hatten ihn noch nie völlig kaltgelassen, nicht einmal, wenn sie ihm in diesem Raum gegenübersaßen.

»Das ist Angelo Cherubinis Schuld.« Sie schniefte, wischte sich die Tränen aus den Augen und zog wütend die Augenbrauen zusammen.

»Cherubini? Sie meinen, er ist schuld am Tod von Signor Bregant? Woher kennen Sie ihn?«

»Das kann ich Ihnen sagen. Duca hatte mir von ihm erzählt, als er mir den Auftrag aufzwang. Ich kannte seinen Namen schon aus der Zeitung. De Rosa sagte mir, ich würde ihn treffen, er würde mich instruieren und mir den weiteren Ablauf erläutern.«

»Angelo Cherubini, sind Sie sich sicher?«, wiederholte Medeot ungläubig.

»Natürlich, wie könnte ich nicht sicher sein? Ich habe mich mit ihm getroffen, er erklärte mir, worauf ich bei dem Verkauf und vor allem bei Turiddu achten soll.«

»Was soll Cherubini mit Bregants Tod zu tun haben?« Das traute Medeot ihm nicht zu, ganz egal, wie tief er in der ganzen Sache drinsteckte.

»Liegt das nicht auf der Hand? Sobald Marcos Erinnerung zurückgekommen wäre, hätte er der Polizei alles erzählt, was er wusste. Duca musste ihn beseitigen!«

»Mir erschließt sich immer noch nicht, welche Rolle Cherubini dabei spielen soll.«

»Ich habe Ihnen noch nicht alles erzählt.« Sie starrte zu Boden. »Ich weiß, Sie werden mir das wahrscheinlich nicht glauben, aber ich bin der Meinung, dass gar nicht Christian De Rosa Duca ist, sondern Angelo Cherubini.«

Medeot hatte ja mit so einigen Märchen gerechnet, die Camilla Galimberti ihm auftischen würde, aber nicht mit diesem. »Cherubini soll die Fäden ziehen? Was bringt Sie auf diese Idee?«, fragte er, ohne den skeptischen Unterton aus seiner Stimme verbannen zu können.

»Sie hätten sehen sollen, wie er sich mir gegenüber verhalten hat, ganz so, als hätte er das Sagen. So etwas würde De Rosa doch nie durchgehen lassen! Es gibt also nur diese eine Erklärung dafür.«

Medeot musste sich bemühen, sich seine Fassungslosigkeit nicht anmerken zu lassen. War es wirklich möglich, dass er sich so sehr in Cherubini getäuscht hatte?

Er ließ die Gespräche mit ihm Revue passieren. Tatsächlich hatte Angelo Cherubini seltsam stur darauf beharrt, dass Duca nicht existierte und nur eine urbane Legende war.

Er musste schlucken. Dabei fing er Camilla Galimbertis Blick ein, die ihn stumm musterte, als würde sie nur darauf warten, dass er zu genau diesem Schluss kam. Für den Bruchteil einer Sekunde sah er in ihren Augen etwas aufblitzen, das nicht in das Bild passen wollte.

So leicht würde er es ihr nicht machen, auf die Masche ließ er sich ganz bestimmt nicht ein. Stattdessen zog er das Bild, das Alexandra von der Überwachungsaufnahme in dem Supermarkt ausgedruckt hatte, aus seinen Unterlagen hervor und schob es ihr hin.

»Wer ist das?«, fragte sie.

»Sie.«

»Das bin ich nicht.« Sie lachte auf. »Ganz bestimmt nicht, Commissario. Wie kommen Sie darauf?«

»Sie behaupten also, Sie wären nicht vor fünf Tagen zwischen zehn Uhr dreißig und elf Uhr im Coop in der Via Isonzo gewesen?«

»Nicht dass ich wüsste.«

»Wie wäre es dann damit: Meine Kollegen haben vor nicht allzu langer Zeit einen alten Luftschutzbunker etwas nördlich von hier gefunden, der vor Kurzem als Versteck benutzt wurde. Wir haben dort einige DNA-Spuren gefunden, zusammen mit einem Bilderrahmen. Den Rahmen konnten wir schon identifizieren, und ich bin mir sicher, dass wir auch die DNA-Proben bald zugeordnet haben werden. Apropos, es wird Ihnen doch nichts ausmachen, uns eine Speichelprobe zu überlassen?«

»Ich bitte Sie, Commissario«, flehte sie mit weinerlicher Stimme. »Was versuchen Sie denn hier zu beweisen? Ich bin nicht diejenige, die hier sitzen sollte, glauben Sie mir.« Sie schluchzte. »Ich habe doch nur getan, was man mir befohlen hat. Sonst hätten die mich umgebracht!«

»Seien Sie vernünftig, Signora Testa. Sie haben nur eine Chance, aus der ganzen Sache wieder herauszukommen. Wenn Sie mir die ganze Geschichte erzählen. Und diesmal sollten die Details besser zusammenpassen.«

Er reichte ihr ein Papiertaschentuch.

Es dauerte eine Weile, während der sie offenbar ihre Chancen abwog, ehe sie leise, aber mit fester Stimme anfing zu erzählen.

»Wenn Sie die DNA-Spuren überprüfen, wird eine davon mit meiner übereinstimmen. Ich war in diesem unheimlichen Bunker, wegen der Anleihen. Duca hatte mich dorthin bestellt.«

»Haben Sie dort auch Cherubini getroffen?«

Sie nickte und trocknete sich die Tränen mit dem Taschentuch.

»Reden wir doch mal über die Anleihen. Ich bin mir sicher, Sie können auch hier etwas Licht ins Dunkel bringen. Wozu war dieses Geschäft notwendig?«

»Das weiß ich nicht, das sagte ich Ihnen doch bereits.«

»Sie können das Theater lassen, Signora Testa. Wir wissen, dass Duca aussteigen wollte, aber die Anleihen nicht gut genug gefälscht waren, um ihm die Ablösesumme zu liefern, die er brauchte. Cherubini aber ist ein Meisterfälscher. Wieso hätte er, wenn er, wie Sie behaupten, Duca ist, statt den Job selbst zu machen, eine so schlechte Arbeit in Auftrag geben sollen, noch dazu bei zwei verschiedenen Fälschern? Das ergibt keinen Sinn.«

»Ich glaube, dass mein Stiefvater in Cherubinis Abwesenheit die Geschäfte übernommen hatte, und da ging einiges schief. Deshalb kam er zurück. Oder vielleicht ist er auch nur die Nummer zwei, wie gesagt, ich weiß es nicht. Dass er in Wahrheit das Sagen hat, ist nur meine Vermutung.«

Camilla Galimberti widersprach sich selbst immer wieder. Und Medeot war überaus froh darüber, denn auch wenn er es nicht zugeben wollte, wäre er doch sehr enttäuscht, wenn Cherubini tatsächlich so tief in der Sache drinstecken würde. Wehe ihm, wenn es stimmte. Medeot würde es sich zu seiner Lebensaufgabe machen, Cherubini aufzuspüren, zu jagen und für den Rest seines Lebens hinter Gitter zu bringen.

***

Alexandra musste sich bemühen, die Tränen zurückzuhalten. Sie stand hinter dem durchlässigen Spiegel, über den dieser Vernehmungsraum verfügte, als wäre sie zu einer Salzsäule erstarrt. Genau das, was sie befürchtet hatte, war eingetroffen. Schlimmer noch, dass Angelo so sehr darin verstrickt war, hätte sie sich nie vorstellen können. Am liebsten hätte sie sich selbst geohrfeigt – dafür, dass sie geglaubt hatte, zumindest seine Entschuldigung wäre ernst gemeint gewesen.

»Also wie gesagt, *ich* glaube, dass Angelo Cherubini die Fäden zieht«, fuhr Camilla Galimberti fort. »Die offizielle Geschichte aber ist die: Für seinen neuen Plan wollte Duca unbedingt Cherubini, von dem es hieß, er sei der Beste im Kunstfälschergewerbe. Wenn man bedenkt, dass er es war, der diese Geschichte verbreitet hat, ist das schon etwas selbstverliebt, finden Sie nicht? Aber das passt ja zu ihm.«

Da gab Alexandra ihr ohne zu zögern recht. Und es lieferte ihr mit einem Mal auch den letzten noch fehlenden Teil in dieser Gleichung. Woher wussten die Entführer von ihrer Verbindung zu Angelo? Ganz einfach: von Angelo selbst. Wütend schlug sie mit der flachen Hand gegen das Glas, ohne darüber nachzudenken, dass man es auf der anderen Seite vielleicht hören konnte. Bearzot, der die Vernehmung ebenfalls verfolgte, packte sie am Arm und zog sie von der Scheibe weg.

»Sind Sie verrückt geworden?«

Das Glas hatte nicht mehr als einen dumpfen Knall von sich gegeben, woraufhin Medeot sich zu ihnen umgedreht und ihnen einen fragenden Blick zugeworfen hatte.

Alexandra signalisierte Bearzot, dass sie sich wieder beruhigt hätte, und er ließ sie los. Doch sie war alles andere als ruhig. Wie hatte Angelo ihr das nur antun können? Er war nicht nur der Grund, dass sie entführt worden war, er hatte die Entführung sogar selbst eingefädelt. Sie hätte nie für möglich gehalten, dass er dazu in der Lage wäre.

Sie richtete ihren Blick wieder auf den Raum hinter der Glaswand.

»Cherubini war doch nicht aufzuspüren, dachte ich. Wie kam es dazu, dass er zurückkehrte?«

»Das sagte ich doch gerade, es war ein abgekartetes Spiel. Er wusste von Anfang an Bescheid, denn es war seine Idee.«

Medeot seufzte. Alexandra kannte dieses Seufzen mittlerweile, es bedeutete, dass er Camilla Galimberti nicht glaubte.

»Ihnen ist klar, dass es in Ihrer Geschichte dafür, dass Cherubini Duca ist, überhaupt keinen Anhaltspunkt gibt?«

»Wie gesagt, ich weiß es nicht. Das ist nur meine Theorie. Auf jeden Fall arbeitet er eng mit Duca zusammen. Commissario, ich habe Ihnen alles erzählt, was ich weiß. Ich habe sonst nichts mit der ganzen Sache zu tun, das schwöre ich Ihnen!«

Medeot glaubte ihr nicht, das konnte Alexandra deutlich erkennen, doch für sie gab es keinen Zweifel mehr. Angelo hatte getan, was er am besten konnte, und das war abhauen. Wahrscheinlich hatte er ausreichend viele Gemälde dabei, um für immer zu verschwinden. Wo sonst war er abgeblieben?

»Bitte verzeihen Sie, Signora Testa, wenn ich Ihnen Ihre hübsche Geschichte nicht abkaufe. Sie haben mich schon einmal getäuscht, als Sie mir erzählt haben, Sie hätten rein gar nichts mit irgendwelchen gefälschten Anleihen zu tun. Da waren Sie ziemlich überzeugend. Dieses Mal allerdings werden Sie sich ein wenig mehr einfallen lassen müssen. Wie ich das sehe, wird es gerade ziemlich eng für Sie, und Sie haben allen Grund, die Sache jemand anderem in die Schuhe zu schieben. Cherubini kommt da, wie ich meine, gerade richtig. Aber selbst Sie müssen zugeben, dass Ihre Geschichte an allen Ecken und Enden hakt.«

»Ich habe nichts mehr zu sagen.«

»Das ist auch besser so. Falls es Sie überkommt, mir etwas zu erzählen, das wahr ist, lassen Sie es mich wissen. In der Zwischenzeit lasse ich Sie in Ihre Zelle bringen.«

Medeot verließ den Vernehmungsraum, und noch ehe Alexandra reagieren konnte, wurde die Tür aufgerissen, und er funkelte sie wütend an. »In mein Büro, Sie alle. Jetzt.«

Bearzot warf ihr einen vorwurfsvollen Blick zu.

Mit verschränkten Armen lehnte Medeot an seinem Schreibtisch. »Was zur Hölle sollte das? Diese Befragung ist so ziemlich die wichtigste, die in diesem Fall durchgeführt wurde, und Sie versuchen, sie zu sabotieren?«

»Es tut mir leid, Commissario«, sagte Alexandra. »Das war meine Schuld, die beiden können nichts dafür.«

»Das ist mir klar. Reißen Sie sich in Zukunft gefälligst zusammen. Das war ohnehin das letzte Mal, dass Sie bei einer Vernehmung zugesehen haben.«

»Aber ich …«

»Sie sollten im Moment lieber nicht versuchen, mit mir zu diskutieren«, unterbrach er sie forsch.

»Solltest du wirklich nicht«, flüsterte Santino ihr so leise ins Ohr, dass nur sie es hören konnte. Sein Tonfall hatte etwas so Warnendes an sich, dass Alexandra beschloss, lieber still zu sein.

Medeot kniff mit Daumen und Zeigefinger die Augen zusammen. »Wir müssen es irgendwie schaffen, Camilla Galimberti festzunageln, und das am besten vorgestern. Vorschläge?«

»Aber sie sagte doch, Angelo wäre …«, begann Alexandra, doch sie verstummte sofort wieder, als Medeots Blick sie traf.

»Waren nicht Sie es, die vorhin so vehement darauf beharrte, dass Camilla Galimberti der wahre Duca ist? So schnell ändern Sie Ihre Meinung?«

»Wenn alles darauf hindeutet, dass es anders ist«, erwiderte sie kleinlaut, »dann ja.«

»Deshalb sind wir die Polizisten und nicht Sie. Es deutet nämlich *nicht* alles auf Angelo Cherubini hin. Bisher sind das nur die Behauptungen einer Person, die über alles Auskunft geben kann, aber gleichzeitig nichts gewusst haben will. Capello, ich will einen Durchsuchungsbeschluss für Camilla Galimbertis Haus, so schnell wie möglich. Sie kann für alles Handlanger gehabt haben, nicht aber für den Schuss auf Marco Bregant. Den hat sie selbst abgefeuert. Vielleicht gibt es dafür noch irgendwo Beweise.«

Die beiden hatten das Büro schon verlassen, da wollte auch Alexandra gehen.

»Sie nicht«, befahl Medeot. »Mit Ihnen habe ich noch ein Wort zu reden.«

Sie spürte, wie ihre Unterlippe anfing zu beben.

»Von Ihnen will ich nur eins.«

Er starrte sie mit vor der Brust verschränken Armen an. Sie wartete darauf, dass er weitersprach, doch er schwieg. Bestimmt würde er ihr gleich sagen, sie müsse das Gebäude verlassen und dürfe nie wiederkommen.

»Und was ist das?«, fragte sie vorsichtig.

Er trat auf sie zu und nahm sie an den Handgelenken. Sein Blick entspannte sich. »Ich will, dass Sie sich entscheiden.«

»E-e-entscheiden?«

»Wollen Sie wirklich weiter jemandem wie Angelo nachlaufen, von dem Sie jeden Tag aufs Neue enttäuscht werden?«

»Aber ich habe doch gar nicht ...«

»Ich sehe und ich höre, Signora Alexandra. Sie hingegen sehen etwas nicht, und das ist ein sehr netter junger Mann, der Sie anhimmelt und von dem Sie – ganz egal, ob Cherubini nun Duca ist oder nicht – bestimmt nie auf solche Art und Weise hintergangen würden.«

»Sie meinen Sant–«

»Hören Sie«, unterbrach er sie, »ich will Ihnen keineswegs sagen, was Sie tun sollen. Wo käme ich da hin? Ich erzähle Ihnen nur, was ich sehe. Und ich sehe, dass Sie jemand sehr unglücklich macht.«

Alexandra musste erneut mit den Tränen kämpfen. Die Worte des Kommissars rührten sie, ausgerechnet von ihm hätte sie so etwas nie erwartet.

***

Der Durchsuchungsbeschluss war schnell unterzeichnet und Santino Capello mit einem Team bereits auf dem Weg zu Camilla Galimbertis Haus.

»Ich werde ebenfalls auf einen Sprung dort vorbeischauen«, erklärte Medeot. »Hier kann ich sonst gerade nichts tun, und das macht mich wahnsinnig. Halten Sie so lang die Stellung, Bearzot?«

»Selbstverständlich, Chef. So wird wenigstens nur einer von uns verrückt.«

Am Haus von Camilla Galimberti erwartete ihn emsiges Treiben. Jedes Möbelstück wurde angehoben, jedes Stückchen Papier umgedreht. Sollte sie hier etwas versteckt haben, würde man es finden. Die Frage war nur, wie hoch die Chancen dafür waren. Medeot schätzte sie recht gut ein. Er würde fast darauf wetten, dass sie sich so sicher gewesen war, nicht erwischt zu werden, dass sie sich nicht die Mühe gemacht hatte, ein anderes Versteck als ihr eigenes Zuhause zu suchen.

Wie eine der Statuen auf der Terrasse stand er wie angewurzelt im Wohnzimmer inmitten des Treibens und überlegte. Wenn es tatsächlich so abgelaufen war, wie er glaubte, hatten Camilla Galimberti und Marco Bregant sich in diesen Raum aufgehalten, als sie in die Einfahrt fuhren. Er versuchte, sich in die Frau hineinzuversetzen. In Panik war sie aufgesprungen, sicher, dass ihre Tarnung aufgeflogen war. Aber sie hatte es nicht umsonst bis zum Duca geschafft, da würde sie sich von so einem Kleinstadtkommissar nicht aufhalten lassen. Sie überlegte einen Moment, dann ging sie …

Medeot drehte sich um die eigene Achse, sein Blick fiel auf das Gemälde über dem Kamin. Es hing ganz leicht schief, so minimal, dass es normalerweise nicht auffallen würde. Er schritt darauf zu und hob es leicht an. Dahinter befand sich ein Safe. Er nahm das Bild und stellte es zur Seite.

Sie ging also zum Safe und holte eine Pistole hervor. Die, von der Marco Bregant nichts wusste. Vielleicht wusste er nicht einmal von dem Safe in der Wand. Bregant sprang nun auch auf, fragte sie, was sie mit der Waffe vorhatte. Sie lauschte nach dem Wagen, stellte fest, dass er tatsächlich ihr Haus als Ziel hatte. Bregant war vielleicht schon eine Zeit lang misstrauisch gewesen, doch er hatte bis zu jenem Moment nicht genau gewusst, was vorging. Camilla Galimberti zögerte nicht lang, vermutlich gar nicht, entsicherte die Waffe, zielte, und noch ehe Bregant sich überhaupt fragen konnte, was geschah, schoss sie ihm in die Brust.

Das war der einfache Teil gewesen. Der schwierige war, sich selbst zu verletzen.

Medeot wandte sich der Kommode zu, die an der Wand schräg neben dem Kamin stand. Dort hatte man Blutspuren gefunden. Man war davon ausgegangen, dass Camilla gefallen war, aber vermutlich hatte sie sich mit Absicht daran verletzt, nur so konnte sie ihre Geschichte glaubhaft rüberbringen. Doch was nun? Sie hörte schon die Autotüren knallen, und noch immer hatte sie die Waffe in der Hand. Ihr Blick fiel auf Bregant, der in einer immer größer werdenden Blutlache auf dem Boden lag.

Wieder drehte Medeot sich um die eigene Achse. Mit Blick auf die Küchenzeile hielt er inne.

Sie lief in die Küche, wickelte die Pistole in ein Geschirrtuch und verstaute sie unter der Spüle, ganz hinten bei den Putzmitteln. In Windeseile wusch sie sich die Hände, lief zurück ins Wohnzimmer und kniete sich neben Bregant. Er atmete noch. Das war ein Problem. Da hörte sie schon, wie er nach ihr rief.

So war Medeots Theorie. Sicherheitshalber warf er einen Blick unter die Spüle, doch natürlich fand sich dort keine in ein Geschirrtuch eingewickelte Pistole. Camilla Galimberti hatte selbst zugegeben, hierher zurückgekehrt zu sein, sie konnte die Waffe wieder an sich genommen haben und damit abgehauen sein. Die Nachbarn hatten sie nicht gesehen, vielleicht war sie durch die Hintertür und über den Garten gekommen und wieder gegangen.

Medeot schob sich an den Kollegen vorbei und nach draußen. Links würde sie schon nach ein paar Metern ins Sichtfeld des Nachbarhauses kommen, und auch geradeaus war sie nicht völlig geschützt. Sie konnte also nur nach rechts gegangen sein. Womöglich hatte sie die Waffe vergraben. Eine Stelle mit frisch aufgewühlter Erde sah er aber nicht.

Er hatte die Wiese überquert und trat durch die paar Büsche, die das Grundstück vom angrenzenden Waldstück trennten. Dazwischen war ein hoher Zaun. Vielleicht war sie darübergeklettert, er durfte sich von ihrem Aussehen nicht täuschen lassen, zuzutrauen war ihr alles. Die Spurensicherung musste auch diesen Bereich noch einmal gründlich untersuchen, so viel war sicher.

Er drehte sich um und wollte gerade zurückgehen, als sein Blick an einem Gullideckel hängen blieb. Er gehörte zu einer Regenwasserrinne und war, so wie die meisten in der Gegend, ziemlich alt und verrostet. Und doch sah er aus, als wäre er vor Kurzem bewegt worden. Er trat näher an das Gitter heran. Eindeutig sogar, am Erdreich an den Rändern erkannte er die ursprüngliche Position. Ein einziger Regentag hätte wahrscheinlich gereicht, um diese Spur zu verwischen, nur war Friaul seit gut zwei Wochen staubtrocken.

Eilig kramte er sein Handy hervor. »Capello? Schnell, Sie müssen herkommen. Ich bin in den Büschen am östlichen Zaun. Und bringen Sie gleich ein paar Leute mit, hier könnte was sein.«

Niemand konnte in der Questura einfach so ein und aus gehen. Nicht nur verhinderte das der diensthabende Beamte am Eingang, sondern jedes unbekannte oder bekannte Gesicht wurde von irgendjemandem registriert. Deshalb wurde sofort deutlich, dass sich am Eingang etwas tat. Blicke gingen in die Richtung, und es wurde getuschelt. Medeot war mittlerweile wieder besser gelaunt und guter Dinge, sodass er sich neugierig aus seiner Bürotür beugte, um zu sehen, was wohl für den neuesten Tratsch sorgte. Er konnte ohnehin nicht mehr tun, als zu warten. Die Sig Sauer P226, die man aus dem Kanal geholt hatte, wurde gerade untersucht. Die Ergebnisse würden jeden Moment eintreffen. Er konnte es kaum erwarten, dem Polizeidirektor seinen Erfolg unter die Nase zu reiben.

Ihm entgegen kam Angelo Cherubini. Medeot traute seinen Augen nicht. Wortlos und mit glasigem Blick marschierte er an ihm vorbei in sein Büro und ließ sich auf einen der Sessel fallen. Medeot war so perplex, dass er kein Wort herausbrachte. Er schloss die Tür und musterte ihn. Cherubini sah ziemlich mitgenommen aus. Er trug dieselben Klamotten wie vor zweieinhalb Tagen, als er in den Lieferwagen gestiegen war, an seiner Schläfe klebte getrocknetes Blut, und unter seinen Augen lagen tiefe Ringe.

»Heilige Scheiße«, murmelte Medeot und setzte sich neben ihn.

»Wow, sehe ich wirklich so schlimm aus?«

»Nein, ich … ja, Sie … wo kommen Sie her? Was ist passiert? Geht es Ihnen gut?« Er wusste nicht, welche Frage er zuerst stellen sollte, also stotterte er alle ab, die ihm einfielen.

»Das ist im Moment nicht von Bedeutung. Ich bin hier, weil ich eine Aussage machen will.«

»Worüber?«

»Über Camilla Galimberti. Sofia Testa. Duca.«

»Was wissen Sie?«

»Ich weiß, dass sie Duca ist. Es gibt ihn wirklich. Ich habe mich geirrt, Medeot.«

»Sosehr es mich auch freut, das aus Ihrem Mund zu hören, Sie müssen dennoch am Anfang beginnen.«

»Alles zu seiner Zeit. Ich bin hier, um Ihnen dabei zu helfen, diese Schlampe zu überführen. Bitte entschuldigen Sie meine Ausdrucksweise.«

»Sie wissen, dass sie es Ihnen anhängen will?«

»Ich hatte so etwas in der Art geahnt.«

»Wie haben Sie es geschafft, zu entkommen?«

Cherubini schüttelte den Kopf. »Wo ist Alessandra? Ist sie hier? Geht es ihr gut?«

»Sie treibt sich hier irgendwo herum.«

»Ich muss sie sehen.« Er machte Anstalten, aufzustehen.

»Moment mal, immer langsam. Ich kann Sie nicht einfach so wieder gehen lassen, Sie sind ein Verdächtiger.«

»Ich bin was?«

»Wollen Sie abstreiten, dass die Tizian-Gemälde in der Villa Manin von Ihnen gefälscht wurden?«

»Man hat mich dazu gezwungen, Medeot. Das wissen Sie bestimmt schon. Ich habe doch versucht, Ihnen einen Hinweis zu geben.«

»Frau, Spiegel und Dante. Tolle Hinweise waren das. Wissen Sie, dass ich mir eine ganze Nacht mit Dante Alighieri um die Ohren gehauen habe?«

»Ist das Ihr Ernst? Ich sagte, Sie sollen sich die Frau im Spiegel genauer ansehen und dass Alessandra sich mit Dante in Verbindung setzen soll. Super Stille Post.«

»Hören Sie, es tut mir leid, dass wir Sie bei der Übergabe nicht so beschützen konnten, wie es geplant war. Die waren vorbereitet.«

»Hab ich gemerkt.«

»Wie haben Sie es geschafft zu fliehen?«

Cherubini winkte ab. »Ich kann Ihnen Camilla Galimberti liefern und ein paar ihrer Komplizen.«

»Die Galimberti haben wir schon in Gewahrsam, aber für alles andere wäre ich Ihnen sehr dankbar. Was hatte eigentlich Enzo Morabito mit allem zu tun? Er hat sich schlicht geweigert, mit mir zu reden, aber Sie hatten ihn im Verdacht, nicht wahr?«

»Hatte ich, doch ich lag falsch. Tatsächlich war Morabito nämlich selbst darauf aus, an Hinweise auf Ducas Identität ranzukommen. Er hat den Verdacht, dass sie etwas mit dem Tod seiner Freundin zu tun haben könnte.«

»Deshalb hat er mit dem Kellner Kontakt aufgenommen«, murmelte Medeot. »Er dachte, dieser Rori weiß etwas darüber. Das ist gut, das ist sogar sehr gut! Vielleicht können wir noch weitere von Ducas Machenschaften aufdecken.«

»Das sollten Sie auf jeden Fall versuchen. Ich nehme an, Morabito wird etwas gesprächiger sein, wenn Sie ihm von Ducas Verhaftung erzählen. Und ich kann Ihnen noch mehr liefern. Ich kann beweisen, dass Camilla Galimberti jemanden ermordet hat. Einen Mann namens Tomas Teodori, ein Kunstfälscher.«

»Er war einer von denen, die auf mangelhafte Weise die Anleihen für sie gefälscht haben, nehme ich an? Das macht dann einen von Ihnen belegten Mord und einen von uns. Danke, Cherubini.«

»Und jetzt entschuldigen Sie mich, ich muss zu Alessandra.«

***

Alexandra stand neben Santino im Pausenraum und sah ihm dabei zu, wie er eine Haube aus Milchschaum auf ihren Cappuccino zauberte. Aus Kakaopulver bekam sie ein kleines, etwas asymmetrisches Herz obendrauf. Sie musste lächeln.

Mit einer übertrieben demütigen Geste reichte er ihr die Kaffeetasse. »Et voilà, holde Maid«, erklärte er und zwinkerte ihr zu.

Sie deutete einen Knicks an und wedelte mit der Hand. Sie hatte sich Medeots Rat zu Herzen genommen, denn er hatte genau das zu ihr gesagt, was sie eigentlich schon längst wusste. Und sie empfand das Gleiche für Santino wie er für sie. Jetzt, da die

Ermittlungen endlich handfeste Beweise zutage gebracht hatten und sie wusste, dass Camilla Galimberti ihre Zelle so schnell nicht mehr verlassen würde und sie somit nichts mehr zu befürchten hatte, ließ die Nervosität, die ihr seit Tagen den Magen umdrehte, endlich nach. Doch etwas in ihrem Bauch blieb, und das war das Kribbeln, das sie spürte, wenn Santino sie anlächelte.

Ein Räuspern riss sie aus ihren Gedanken. Sie drehte sich um und sah Angelo an der Tür zum Pausenraum stehen. Um ein Haar hätte sie die Cappuccinotasse fallen lassen.

»Du … du bist wieder da?«, stammelte sie. Etwas anderes fiel ihr im Moment nicht ein.

»Jap, ich bin wieder da. Hast du eine Sekunde? Ich würde gern mit dir reden.«

Alexandra starrte Angelo an. Der Blick in seine tiefblauen Augen zog sie sofort wie magisch an. Im selben Moment war die Unbeschwertheit, die sie noch vor einer Sekunde verspürt hatte, verschwunden. Sie sah auf das Herz in ihrer Tasse, drehte sich zu Santino um und setzte an, etwas zu sagen, doch sie wusste nicht einmal, was das sein sollte.

»Hör zu, Angelo«, sagte sie stattdessen und wandte sich ihm erneut zu. »Ich denke nicht, dass wir beide uns noch etwas zu sagen haben. Bitte lass mich in Zukunft in Ruhe.«

Sie tastete nach Santinos Hand, nahm sie und ging mit ihm an Angelo vorbei hinaus und auf den Ausgang zu. Santino hauchte ihr einen zarten Kuss auf die Wange. Alexandra lächelte.

Danksagung

Herzlichen Dank möchte ich allen sagen, die mich bei diesem Buch unterstützt haben.

Ganz besonders danke ich dem großartigen Team des Emons Verlags für die Betreuung und Unterstützung während des gesamten letzten Jahres. Dank gebührt meiner Lektorin Marit Obsen für ihre Geduld, ihren Scharfsinn und ihre wertvollen Vorschläge, die nicht mit Gold aufzuwiegen sind. Und natürlich wieder besonderen Dank an meine eifrige Agentin Ilona Jaeger von der Wortunion.

Ich danke meinen Eltern und meiner Schwester für den Rückhalt. Sie haben mir Mut gemacht, die Geschichte zu vollenden, und mich immer wieder auf den rechten Weg zurückgebracht. Außerdem danke ich meiner Mutter für die stets unterhaltsamen und spannenden Touren durch Friaul – sei es mit Fahrrad, Auto, Zug, Bus oder Boot oder zu Fuß mit riesigen Blasen an den Füßen –, sie waren eine willkommene Abwechslung zu den einsamen Rechercheabenden in der Bibliothek.

Ein herzliches Dankeschön gilt meinen Freunden und Bekannten, allen voran meiner lieben Kollegin Viktoria, die mir so manchen Schubs gegeben hat.

Auch diesmal möchte ich der Familie Gasparin danken, ohne die ich wahrscheinlich nie dazu gekommen wäre, über Friaul zu schreiben. In liebevollem Gedenken an Anna, die ich immer in besonderer Erinnerung behalten werde. *A val pì un'ora di ligria che cent di malincunia.*

Und das Wichtigste zum Schluss: Ich danke allen Leserinnen und Lesern sowie Buchhändlerinnen und Buchhändlern, die dieses Buch aus einem schier unüberschaubaren Angebot ausgesucht, gelesen und hoffentlich auch gemocht haben.